천속성天速星 신행태보神行太保 대종戴宗

천살성天殺星 흑선풍黑旋風이규李逵

천구성天究星 몰차란沒遮攔 목홍穆弘

천수성天壽星 혼강룡混江龍 이준李俊

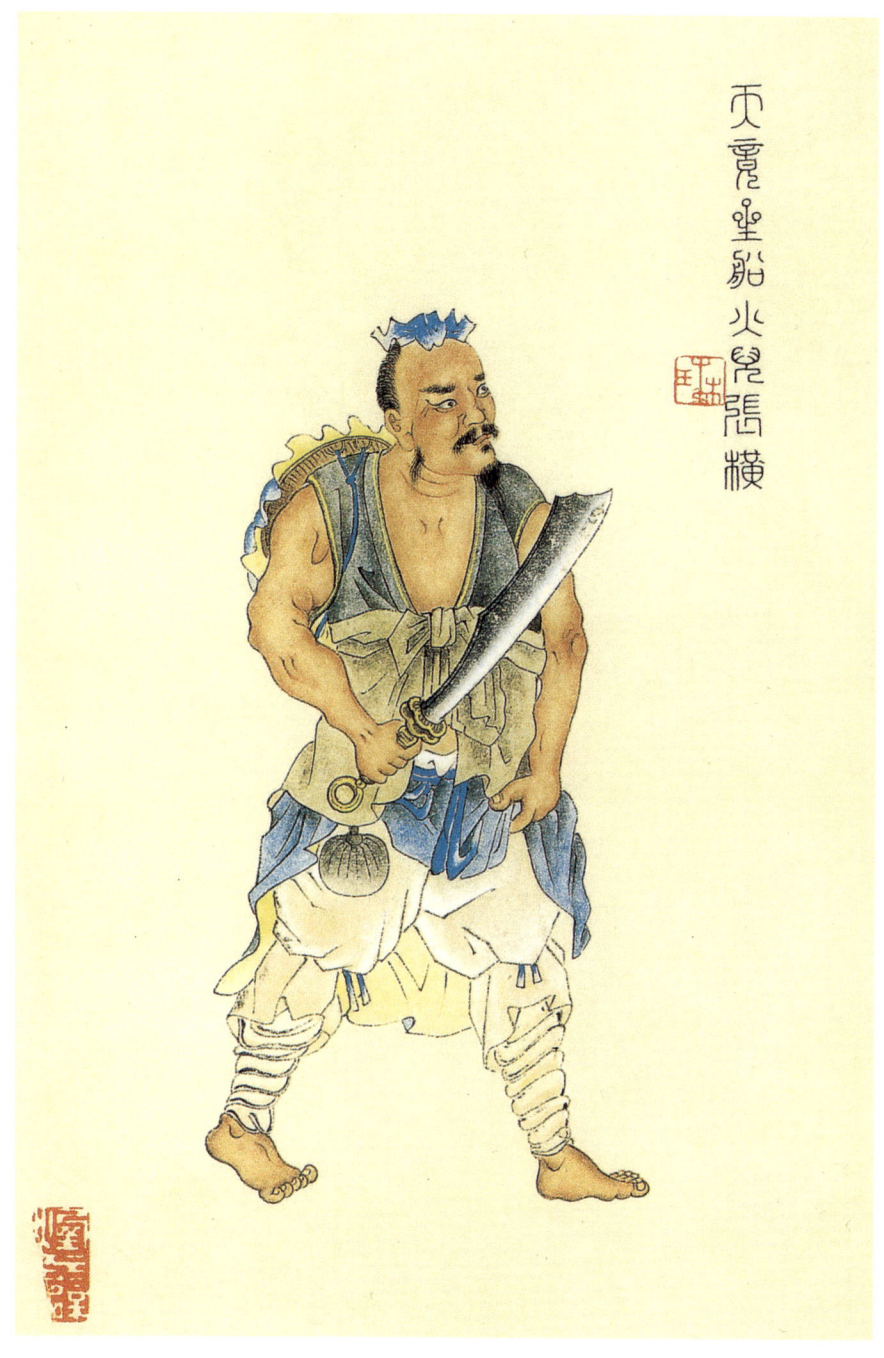

천평성天平星 선화아船火兒 장횡張橫

천뢰성天牢星 병관삭病關索 양웅楊雄

천혜성天慧星 평명삼랑拼命三郎 석수石秀

지문성地文星 성수서생聖手書生 소양蕭讓

지정성지정성 철면공목鐵面孔目 배선裴宣

지벽성地僻星 마운금시摩雲金翅 구붕歐鵬

지합성地閤星 화안산예火眼狻猊 등비鄧飛

지암성地暗星 금표자錦豹子 양림楊林

지회성地會星 신산자神算子 장경蔣敬

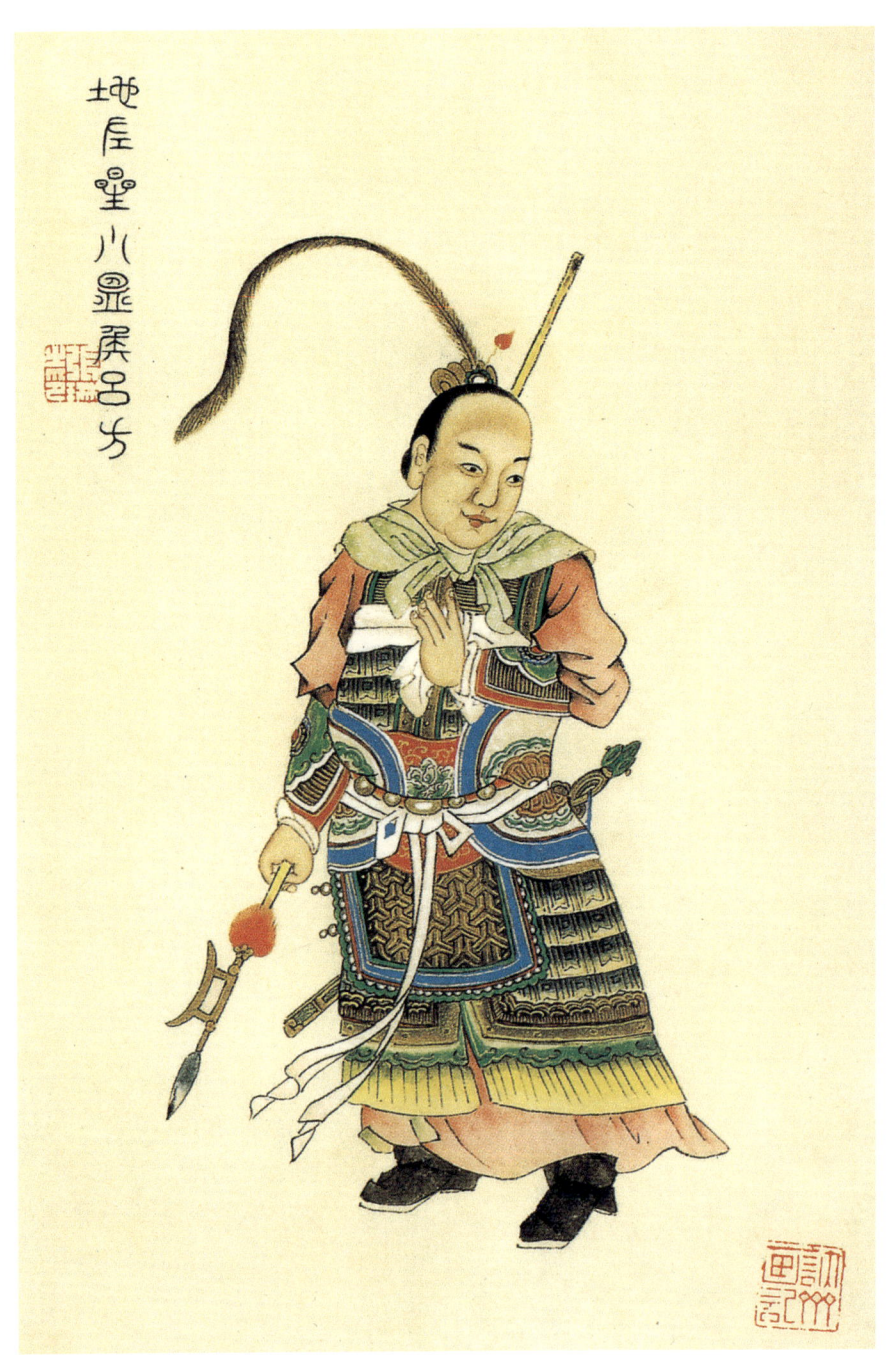

지좌성地佐星 소온후小溫侯 여방呂方

지우성地佑星 새인귀賽仁貴 곽성郭盛

지교성地巧星 옥비장玉臂匠 김대견金大堅

지명성地明星 철적선鐵笛仙 마린馬麟

지진성地進星 출동교出洞蛟 동위童威

지퇴성地退星 번강신翻江蜃 동맹童猛

지만성地滿星 옥번간玉幡竿 맹강孟康

지수성地遂星 통비원通臂猿 후건侯建

지리성地理星 구미귀九尾龜 도종왕陶宗旺

지진성地鎭星 소차란小遮攔 목춘穆春

지유성地幽星 병대충病大蟲 설영薛永

지손성지손성 일지화 채경蔡慶

지노성地奴星 최명판관催命判官 이립李立

지찰성地察星 청안호青眼虎이운李雲

지추성地醜星 석장군石將軍 석용石勇

지적성地賊星 고상조鼓上蚤 시천時遷

『수호전』의 배경이 된 북송시대의 중국 지도.
빨갛게 표시된 곳이 소설의 주무대다.

차례

제35회 강호를 떠돌다 _042
제36회 심양강 _064
제37회 말썽꾸러기 _089
제38회 다가오는 위험 _119
제39회 급습 _155
제40회 누가 두령인가? _175
제41회 천서天書 _201
제42회 호랑이 네 마리를 잡다 _226

八 양웅·석수전
제43회 양웅과 석수가 만나다 _259
제44회 절세미녀 반교운 _287
제45회 양산박 가는 길 _319

1권

황석영 추천 서문: 『수호전』에서 만나는 사람들은 누구인가 _001
옮긴이 서문 _027
김성탄 서문 _037
송사강宋史綱 _041
송사목宋史目 _047
『수호전』을 읽는 법讀第五才子書法 _053
관화당 소장 고본 『수호전』 서貫華堂所藏古本『水滸傳』序 _071

설자楔子 _079

一 노지심전
제1회 불량태위 고구 _103
제2회 자비의 손길 _145
제3회 오대산 _170
제4회 도화산 _204
제5회 사진과 노지심 _227

二 임충전
제6회 뜻밖의 불행 _249
제7회 다가오는 음모 _273
제8회 필부匹夫 _289

2권

제9회 눈꽃과 불꽃 _033
제10회 투명장投命狀 _050

三 양지전
제11회 유배 _073
제12회 대결 _091
제13회 탁탑천왕 조개 _108
제14회 7명의 도적 _126
제15회 생신강 _147
제16회 이룡산 보주사 _172

四 송강전
제17회 지키는 사람 없는 무법천지 _199
제18회 양산박 _220
제19회 위험한 방문 _244
제20회 염파석 _268
제21회 도망 _292

3권

五 무송전
제22회 호랑이와의 사투 _027
제23회 반금련 _049
제24회 독살 _105
제25회 복수 _125
제26회 십자파에서의 대결 _155
제27회 뜻밖의 인연 _173
제28회 맹주도孟州道를 제패하다 _189
제29회 비운포飛雲浦 _205
제30회 피로 물든 원앙루 _228
제31회 용두사미龍頭蛇尾 _251

六 화영·진명전
제32회 청풍채 _283
제33회 화영과 진명 _303

七 효웅梟雄
제34회 양산박으로 _331

5권

九 축가장
제46회 축가장으로 진군 _035
제47회 축가장을 다시 공격하다 _061
제48회 등주에서 온 원군 _077
제49회 축가장, 드디어 함락되다 _104

十 고당주
제50회 뇌횡과 주동 _129
제51회 시진이 수렁에 빠지다 _156
제52회 이규가 나진인을 공격하다 _179
제53회 고당주를 격파하고 시진을 구하다 _209

十一 호연작전
제54회 연환마 _235
제55회 구겸창 _256
제56회 도망간 호연작 _280

十二 풍운 양산박
제57회 영웅들이 양산박으로 모이다 _305

6권

제58회 노지심과 사진 _034
제59회 조개의 최후 _055

十三 북경성
제60회 북경 옥기린 _081
제61회 사지에 빠진 노준의 _110
제62회 북경을 공격하다 _142
제63회 다시 북경으로 _163
제64회 송강이 등창에 걸리다 _184
제65회 북경 대명부, 드디어 함락되다 _204

十四 양산박 108두령
제66회 능주의 성수장군, 신화장군 _225
제67회 조개의 원수를 갚다 _250
제68회 양산박의 주인 _274
제69회 송강, 두령 자리에 오르다 _292
제70회 천강성天罡星 지살성地煞星 _309

제 3 5 회
강호를 떠돌다[1]

송 태공이 사다리를 가져오게 하고 담장에 올라가 밖을 내다보니 횃불에 비치는 사람이 100명이 넘어 보였다. 앞에 선 사람은 운성현에 새로 온 도두 조능趙能과 조득趙得 형제였다. 두 사람이 송 태공에게 말했다.

"송 태공, 지금 일이 어떻게 돌아가는지 알고 아들 송강을 내보낸다면 우리가 알아서 보살펴주겠습니다. 만일 내보내지 않는다면 당신도 같이 잡아갈 수밖에 없습니다!"

1_ 35장 양산박에서 오용이 대종을 추천하다梁山泊吳用擧戴宗. 송강이 게양령에서 이준을 만나다揭陽嶺宋江逢李俊.

"송강이 언제 돌아왔단 말이오?"

"거짓말하지 마시오. 마을 입구 장 사장의 주점에서 술을 먹고 돌아오던 것을 본 사람이 있소. 그 사람이 여기까지 따라와 집으로 들어가는 것을 보았다고 하니 잡아뗄 생각은 하지 마시오."

송강이 사다리 옆에서 아버지를 달래며 말했다.

"아버지께서는 저놈과 다투실 필요 없습니다! 제가 나가 관가로 가면 그만입니다. 현 안에 아는 사람도 많고 이미 사면이 있었으니 분명히 죄가 감형될 것입니다. 저놈에게 애걸해봤자 소용없습니다. 조가 저놈들은 원래 교활하고 흉악한 자들인데 지금 갑자기 도두가 되었다고 무슨 의리를 알겠습니까! 그는 저와 아무 인정도 없으므로 빌어봤자 부질없는 짓입니다."

송 태공이 아들을 붙들고 울면서 말했다.

"내가 공연히 너를 불러들여 이 지경을 만들었구나. 내 아들아!"

"아버지 걱정하지 마십시오. 관가에서 이렇게 잡으러 온 것이 오히려 행운인지도 모르겠습니다. 내일 제가 만일 피하여 달아나 살인 방화를 밥 먹듯이 하는 강호의 친구들을 만났다가 잡혀왔다면, 어떻게 아버지 얼굴을 뵐 수 있었겠습니까? 다른 주州나 부府로 귀양을 간다면 정해진 기한이 찬 뒤 돌아올 수 있으니 조만간에 평생토록 아버지를 모시고 살게 될 것입니다."

"그렇게 생각한다면 내가 여기저기 돈을 써서 유배지나 좋은 곳으로 가도록 해야겠다."

송강이 사다리 위에 올라가 말했다.

"여러분, 이제 소란 피우지 마시오. 내가 이미 사면을 받아 죽지는 않을 것이오. 두 도두께서는 집 안으로 들어오셔서 술 한잔 드시고 내일 함께 관아로 갑시다."

조능이 그 말을 듣고 당황스런 표정으로 말했다.

"계책을 부려 나를 유인하려는 것 아니냐!"

"이렇게 된 마당에 내가 어찌 부모 형제까지 연루시키겠소? 마음 놓고 들어오십시오."

송강이 사다리에서 내려와 장원 문을 열고 두 도두를 대청 위로 데려와 닭과 거위를 잡고 술과 함께 대접했다. 100여 명 향병에게도 술과 음식을 대접하고 돈을 나누어주었다. 두 도두에게 잘 보아달라며 은자 20냥을 주었다. 그날 밤 두 도두는 장원에서 머물렀다. 다음 날 오경에 함께 현 관아 앞에 가서 날이 밝기를 기다렸다가 관아로 데리고 들어가자 지부가 관아 대청에 올라왔다. 지부 시문빈은 조능과 조득이 송강을 잡아온 것을 보고 기뻐하며 송강에게 진술서를 쓰라고 명령했다. 송강이 즉시 서면 자술서를 작성했다.

"작년 가을에 염파석을 돈으로 사서 첩을 삼았습니다. 계집이 정숙하지 못하므로 술기운에 논쟁을 벌이며 다투다가 실수로 살인을 저지르고 지금까지 도망다녔습니다. 지금 관가에 체포되어 재판을 받게 되었습니다. 진술한 죄에 대하여 처벌을 달게 받고 변명하지 않겠습니다."

지현이 자술서를 모두 읽고 감옥에 가둔 다음 심문을 기다리게 했다.

성안의 사람들 중 송강이 잡혔다는 말을 듣고 안타까워하지 않을 이가 누가 있겠는가? 지현을 찾아가 용서해주기를 청하며 평소 송강이

했던 선행을 알리기도 했다. 지현도 속으로는 8할 정도 용서해주고 싶었으므로 자술서대로 판결했으나, 칼을 씌우고 쇠고랑을 채우는 것을 면해주고 감옥에 가두기만 했다. 송 태공도 돈을 써서 위아래로 사람들을 매수했다. 당시 염 노파도 죽은 지 반년이나 지나 고소인이 없었고, 장삼도 파석이 없는데 굳이 원수가 되려고 하지 않았다. 현 안에 문서가 쌓였고 소송 계류 기간 60일이 지나 상부인 제주부로 보내 판결을 하고 끝내게 되었다. 제주 부윤은 사건에 대한 문서를 받아보니 사면이 있었고 이미 죄도 줄어들어 척장 20대를 때리고 강주江州2 배소로 유배를 명했다. 제주 관리들 역시 송강을 알고 있었고 이미 제주부에도 돈을 썼으므로, 말로는 곤장을 치고 자자하여 유배보낸다고 했지만 감시할 고소인도 없었기에 다들 앞장서서 보호하여 심하게 때리지 않았다. 대청에서 바로 칼을 차고 문서에 도장을 찍고 호송 공인 장천張千과 이만李萬 둘을 시켜 압송하도록 했다.

두 공인이 문서를 받고 송강을 압송하여 제주부 관아 앞에 도착했다. 송 태공이 넷째 아들 송청과 관아 앞에서 송강을 기다리고 있었다. 술을 가져와 두 공인을 대접하고 은자도 찔러주었다. 송강에게 옷을 갈아입히며 보따리를 싸고 미투리를 신겼다. 송 태공이 송강을 조용한 곳으로 불러 당부했다.

"강주는 어류와 쌀의 본산지로 물자가 풍부하여 생활하기에 더없이

2_ 강주江州: 지금의 장시성江西省 주장九江 지역.

좋은 곳이다. 일부러 돈을 써서 그곳으로 귀양가게 만들었으니 마음 편히 먹고 참도록 하여라. 나중에 네 동생을 보내 찾아가도록 하마. 용돈도 사람 있을 때마다 항상 보내주마. 네가 여기를 떠나면 바로 양산박을 지나가야 한다. 만일 그들이 네게 찾아와 입산하도록 권해도 절대 따라가지 말며, 불충하고 불효하다는 말을 듣지 않도록 조심해라. 이 말을 반드시 명심하도록 해라. 얘야, 도중에 조심해서 가거라. 하늘이 불쌍히 여긴다면 일찍 돌아와 부자와 형제가 모두 모이게 될 것이다!"

송강이 눈물을 흘리며 부친과 이별했고, 동생 송청은 한참을 따라와서 배웅했다. 송강이 이별할 때 동생에게 당부했다.

"내가 여기를 떠나더라도 걱정하지 말거라. 내가 법을 어기고 고향을 떠나 동생이 혼자 집에 남게 되었으니 연세 많으신 아버지를 아침저녁으로 잘 보살펴드려라. 행여 나 때문에 아버지를 내버려두고 강주로 올 생각은 말아라. 내가 강호에 아는 사람도 많고 만나는 사람마다 도와주지 않는 이가 없으니 돈도 마련할 곳이 있다. 만일 하늘이 버리지 않는다면 언젠가 돌아올 날이 있을 것이다."

송청이 눈물을 흘리며 이별하고 집으로 돌아가 아버지 송 태공을 보살폈다.

송강은 두 공인과 길을 떠났다. 장천과 이만은 이미 송강에게 돈을 받았을 뿐 아니라 착한 사람들이라 도중에 잘 보살펴주었다. 세 사람은 하루를 꼬박 걸어 저녁 무렵에 객점에 투숙하여 밥을 지어 먹었고, 송강은 술과 고기를 사서 두 공인을 먹였다. 송강이 두 공인에게 말했다.

"두 분께 솔직하게 말씀드리겠습니다. 우리는 오늘 여기서 바로 양산박을 지나가야 합니다. 산채에서 내 이름을 듣는다면 양산박 호걸들이 내려와 저를 잡아가려 할 것입니다. 그렇게 되어 두 분을 놀라게 할까 두렵습니다. 그러니 내일 일찍 일어나 몇 리를 더 걷더라도 샛길로 몰래 지나갑시다."

"압사님, 이렇게 말씀해주시지 않았다면 우리는 아무것도 몰랐을 것입니다. 우리가 알고 있는 지름길로 간다면 만나지 않을 것입니다."

그날 밤 계획을 정했고 다음 날 오경에 일어나 밥을 지어먹었다. 두 공인이 송강과 객점을 떠나 오솔길로 갔다. 대략 30리 길을 지나니 앞쪽 산비탈 뒤에서 사람들이 한 무리 튀어나왔다. 송강이 보고 '아이고' 소리를 질렀다. 맨 앞에 나선 사람은 다른 사람이 아닌 바로 적발귀 유당이었는데, 졸개 30~50명을 거느리고 나와 두 공인을 죽이려고 했다. 장천과 이만이 놀라 함께 꿇어앉았다. 송강이 다급하게 외쳤다.

"동생! 지금 누구를 죽이려고 하나?"

"형님, 이 두 놈 말고 따로 누굴 죽인단 말입니까!"

"자네 손을 더럽힐 필요 없이 칼을 주면 내가 끝장내겠네."

장천과 이만은 속으로 아이고 이젠 죽었구나 했다.

유당이 칼을 송강에게 건네자 유당을 바라보고 말했다.

"자네가 어째서 공인을 죽이려는 것인가?"

"산 위에서 두령님의 명으로 사람을 보내 형님이 관가에 잡혀갔다는 것을 알아냈습니다. 처음엔 운성현 감옥을 습격하려고 했으나 형님이 감옥에 계시지도 않고, 또 그다지 고생하지 않는다는 것을 알았습니다.

이번에 강주로 유배간다는 말을 듣고 길이 서로 어긋날까 두려워 크고 작은 두령이 네 길로 나뉘어 기다렸다가 형님을 산으로 모시려고 했습니다. 형님이 산에 올라가시는데 저 공인 둘은 살려서 뭐하겠습니까?"

"이것은 여러 형제가 나를 배려하는 것이 아니라 도리어 불충불효한 사람을 만드는 것이라네. 만일 이렇게 나를 위협한다면 송강의 명을 재촉하는 것이니 차라리 내가 죽어버리겠네!"

목에 칼을 대고 자결하려 했다.

유당이 황급하게 팔뚝을 붙들고 소리쳤다.

"형님, 왜 이러십니까? 좀 차분하게 생각해보세요!"

유당이 재빠르게 송강의 손에서 칼을 빼앗았다.

"여러 형제가 송강을 가엾게 본다면 나를 강주 유배지에 가게 내버려 두게. 기한을 모두 채우고 돌아와 그때 여러분과 만나겠네."

"형님은 그렇게 말씀하셔도 이 일은 제 맘대로 결정할 수 없습니다. 저 앞 대로에 군사 오용과 화영이 형님을 맞이하려고 기다리고 계시니 제가 졸개를 보내 모셔와야겠습니다."

"나는 이 말밖에 할 말이 없네. 자네들끼리 어떻게 의논해보게."

졸개가 보고하러 가고 얼마 지나지 않아 오용과 화영이 수십 기를 거느린 채 앞에서 말을 타고 달려왔다. 말에서 내려 예를 갖추고 화영이 말했다.

"어째서 형님의 칼을 벗기지 않느냐?"

"동생, 그게 무슨 말도 안 되는 소리인가. 이것은 국가의 법도이거늘 어떻게 감히 마음대로 할 수 있단 말인가!"

눈치 빠른 오용은 이 말을 듣고 웃으며 말했다.

"형님의 뜻을 알겠습니다. 어려울 것 없지요. 형님을 산채에 붙들어 놓지 않으면 되지 않겠습니까. 조 두령이 이미 한참 동안이나 형님과 만나지 못해 이번에 가슴속 이야기나 털어놓자고 하니 잠시라도 산채에 가시지요. 금방 보내드리겠습니다."

"내 뜻을 알아주는 사람은 선생밖에 없구려."

송강이 공포에 떨고 있던 두 공인을 부축하며 말했다.

"두 분은 마음 놓으시오. 내가 죽는 한이 있더라도 여러분에게 해를 끼치는 일은 없을 것이오."

"압사님만 믿겠습니다. 제발 살려만 주십시오!"

일행이 대로를 나와 갈대숲 물가에 오니 배가 이미 저쪽에서 기다리고 있었다. 배를 타고 금사탄에 내려 가마를 타고 단금정에 도착했다. 졸개들을 사방으로 보내 두령들에게 연회에 참석하라고 전하고 산으로 올라가 취의청으로 갔다. 조개가 송강을 맞이하여 인사하며 말했다.

"운성현에서 목숨을 구해주어 형제들과 여기에 도착한 이후 하루도 커다란 은혜를 잊은 적이 없었소. 또 일전에 여러 호걸을 데리고 입산시켜 우리 수호 산채를 빛나게 해주었으나 은혜를 갚고자 해도 방법이 없구려!"

"제가 그때 형님과 이별한 뒤 음란한 계집을 죽이고 강호로 도망간 지 1년 반이 흘렀습니다. 본래 찾아와 형님을 뵈려고 했으나, 우연하게 시골 주점에서 석용을 만나 집으로부터 부친께서 세상을 떠나셨다는 편지를 받았습니다. 집에 가서 알고 보니 부친께서 송강이 여러 호걸과 함께 입산할까 두려워서 편지를 보내 집으로 불러들이신 것입니다. 말은 재판을 받았다고 하지만 위아래에서 두루 보살펴주어서 심한 상처를 입지 않았습니다. 지금 유배를 가는 강주는 생활하기 좋은 곳입니다. 마침 형님의 부름을 받아 오지 않을 수 없었습니다. 오늘 이미 존안을 뵈었고 기한도 촉박하여 감히 오래 머물 수 없으니 이만 작별하고자 합니다."

"어째서 그렇게 서두른단 말이오? 잠시라도 앉으시오!"

둘은 중앙에 앉았다. 송강이 두 공인을 불러 교의 뒤에 앉게 하고 잠시도 떠나지 않도록 했다. 조개가 두령들을 불러 모두 와서 송강에게 참배하도록 했고, 두 줄로 앉게 한 뒤 소두목들에게 술을 따르도록 했다. 먼저 조개가 잔을 들고 뒤에 앉은 군사 오용과 공손승부터 백승에 이르기까지 모두 잔을 들었다. 술이 여러 번 돌자 송강이 일어나 감사하며 말했다.

"여러 형제의 과분한 사랑을 충분히 받았습니다! 송강은 죄인이라 오래 머물 수 없으니 이만 떠나고자 합니다."

"송형은 왜 이렇게 유난을 떠시오! 송형이 두 공인을 해치고 싶지 않다면 어려울 것 없소. 금은을 많이 주고 돌려보내 저들이 우리 양산박 무리에 빼앗겼다고 거짓으로 고한다면, 관아에서 죄를 따지지 않을 것이오."

"형님, 그런 말씀 마십시오! 그렇게 하는 것은 송강을 돕는 것이 아니라 저를 더욱 힘들게 하는 것입니다. 집에 계신 늙은 부친께 제가 하루도 효도를 한 적이 없는데 어떻게 감히 당부 말씀을 어기고 또 연루까지 시키겠습니까? 일전에는 일시적인 흥으로 여러분과 의기가 투합된 것입니다. 다행히도 하늘이 시골 주점에서 석용을 만나게 하셔서 집으로 이끄셨습니다. 부친께서 이런 까닭으로 제가 재판을 받고 빨리 유배가서 기간이 끝나 풀려나기를 거듭해서 당부하셨습니다. 떠나올 때에도 저만의 즐거움을 위해 집안을 고난에 빠뜨려 부친을 놀라게 하지 말라고 천 번 만 번 거듭 당부하셨습니다. 그러므로 부친의 당부를 듣고도 제가 따르지 않는다면, 위로는 하늘을 저버리고 아래로는 아버지의 가르침을 어기는 것입니다. 저같이 불충불효한 사람이 세상에 살아봤자 무슨 이익이 되겠습니까? 만일 송강을 놓아주지 않으시려면 차라리 두령들이 죽여주시기 바랍니다."

말을 마치고 눈물을 비 오듯 흘리며 바닥에 엎드려 절했다. 조개, 오용, 공손승이 함께 부축하여 일으켜 세웠고 여러 두령은 송강을 달래며 말했다.

"형님께서 기어이 강주로 가시겠다면, 오늘 하루는 마음껏 쉬시고 내일 일찍 하산하시지요."

거듭 송강을 붙들자 못 이기는 척 하루 머물며 술을 마셨다. 칼을 벗기려 했지만 거절했고 두 공인과 함께 붙어 떨어지지 않았다.

그날 밤 하루를 머물렀다. 다음 날 아침 일찍 일어나 막무가내로 떠나려 했다. 오용이 송강에게 편지 한 통을 건네며 말했다.

"형님, 제 말 좀 들어보십시오. 저와 아주 친한 사람이 지금 강주에서 양원兩院3 감옥을 관리하는 절급을 맡고 있습니다. 이름은 대종戴宗으로 대 원장戴院長이라고도 부릅니다. 그는 도술을 배워 하루에 800리를 갈 수 있으므로 사람들이 신행태보神行太保라고 부릅니다. 이 사람은 의를 중하게 여기고 재물을 가볍게 보는 사람이라 제가 밤에 편지를 한 통 썼으니, 형님이 가져다 건네주고 같이 알고 지내십시오. 그러나 혹시 무슨 일이 생기면 우리 형제들에게 알려주시기 바랍니다."

두령들은 더 이상 붙잡지 못하고 연회를 준비하여 전송하며 금은을 한 접시 준비하여 송강에게 주었고, 또 두 공인에게 은자 20냥을 주었다. 송강의 짐을 짊어지고 모두 하산하여 일일이 작별 인사를 했다. 오용과 화영은 강 건너까지 배웅하여 큰길로 20여 리를 더 갔다가 다른 두령들과 산채로 돌아왔다.

양산박을 떠난 송강이 두 호송 공인과 강주를 향하여 길을 걸었다. 두 공인은 산채에서 많은 사람과 두령이 모두 송강에게 절하는 것을 보았고 그곳에서 은자도 얻었으므로 강주로 가는 내내 송강을 조심스럽게 모셨다. 세 사람은 반달 정도를 가서 높은 고개가 보이는 곳에 도착했다. 두 공인이 말했다.

"거의 다 왔습니다. 이 게양령揭陽嶺만 넘으면 바로 심양강潯陽江이 나옵니다. 그곳에서 강주까지는 수로라 멀지 않습니다."

"날씨가 따뜻할 때 빨리 고개를 넘어 잘 곳을 찾읍시다."

3_ 양원兩院: 송나라 때 주州나 부府의 사법기관으로 주원州院이나 부원府院, 사리원司理院이 있었다. 현지 실정에 따라 주원을 사리원에 통합하기도 했고, 사리원을 좌우 둘로 나누기도 했다(『송회요宋會要』).

"압사님 말씀이 맞습니다."

세 사람은 서둘러 고개를 올라갔다. 한나절을 걸어 고개 꼭대기에 다다르니 산봉우리 끄트머리에 주점이 하나 있었다. 주점 뒤쪽은 깎아지른 절벽이고 문 앞에는 괴상한 나무가 있었으며 앞뒤로 초가집 몇 채가 있는데 그 나무 그늘 아래 주점 깃발을 걸어놓았다. 송강이 기뻐하며 공인에게 말했다.

"우리가 지금 배도 고프고 목도 마려운 참에 여기 고개 위에 주점이 있으니 들어가 술 한잔 사서 마시고 가시지요."

주점으로 들어가 두 공인은 짐을 내려놓고 몽둥이는 벽에 기대어 세워놓았다. 송강은 두 공인을 상좌에 앉히고 자기는 말석에 앉았다. 반 시진이나 앉아 기다렸는데 아무도 나타나지 않았다. 송강이 기다리다 지쳐 안쪽에 대고 소리를 질렀다.

"어째 주인장이 안 계시오?"

안에서 대답하는 소리가 들렸다.

"왔습니다. 돌아왔습니다!"

옆집에서 한 사내가 튀어나왔다. 그 사람 모습은 곱슬곱슬한 붉은 턱수염에 붉은 핏줄이 선 호랑이 눈이었다. 머리에는 다 떨어진 두건을 걸쳤으며 몸에는 베로 만든 조끼를 입어 두 팔뚝이 다 드러났고 아랫도리에는 베로 만든 수건을 두르고 있었다. 송강과 두 공인을 보더니 인사를 하고 말했다.

"손님, 술은 얼마나 드릴까요?"

"우리가 좀 걸었더니 배가 고픈데 여기 무슨 고기 같은 것도 있나?"

"삶은 소고기와 탁주가 있습니다."

"잘됐네. 먼저 소고기 두 근을 잘라 내오고 술 한 병 가져오시오."

"손님, 듣기 괴이하겠지만 여기 고개에서는 돈을 먼저 내야 술을 마실 수 있습니다."

"돈 먼저 내고 술 마시는 것이 나도 싫지는 않소. 그럼 먼저 돈을 드리리다."

송강이 보따리를 풀어 은자 부스러기를 꺼냈다. 그 사람이 옆에 서서 슬쩍 훔쳐보니 보따리가 묵직하고 두둑해 보여 속으로 좋아했다. 은자를 받아 안으로 들어가더니 술 한 통을 뜨고 소고기 한 판을 잘라 잔과 젓가락을 내오고 술을 따라주었다.

세 사람이 먹고 마시며 떠들었다.

"요즘 강호에 나쁜 사람이 많아 천 명 만 명의 사내가 계략에 걸려든답니다. 술과 고기에 몽한약을 넣어 마비시킨 다음 물건은 빼앗고 사람 고기는 만두소를 만든다고 합니다. 하지만 나는 못 믿겠어요. 어디 그런 일이 있겠어요?"

술 파는 사람이 옆에서 술을 따르다가 듣고 웃으며 말했다.

"여러분이 그렇게 말씀하니 알려드리리다. 이 고기와 술을 마시지 마시오. 안에 몽한약을 넣었어요."

송강이 웃으며 말을 받았다.

"여기 형씨, 우리가 몽한약 이야기하는 것을 들으시고 농담하시네."

두 공인도 장단을 맞추었다.

"형씨, 데워서 한잔 하는 것도 괜찮을 텐데."

"데운 술 원하시면 데워다드립지요."

사내가 술을 데워가지고 와서 세 잔을 따랐다. 배도 고프고 목도 타는데 술과 고기마저 입에 착착 달라붙어 어떻게 마시지 않겠는가? 세 사람이 각자 한 잔씩 마셨다. 이내 두 공인은 두 눈을 동그랗게 뜨고 입에서 침을 주르륵 흘리더니 서로 발버둥치다가 뒤로 자빠졌고, 송강은 당황해서 벌떡 일어나 말했다.

"두 분은 어째서 겨우 한 잔을 마시자마자 이렇게 취했소?"

두 공인에게 다가가 부축하려다가 자기도 모르게 머리가 어질하고 눈앞이 흐릿해지더니 바닥에 풀썩 쓰러졌다. 눈만 둥그렇게 뜨고 서로 바라보았으나 몸이 마비되어 조금도 움직일 수 없었다. 주점 안의 그 사내가 여유만만하게 말했다.

"정말 다행이군! 한참 동안 장사가 안 되더니. 오늘 하늘께서 내게 물건을 셋이나 보내주셨구나."

먼저 송강을 거꾸로 끌어 산의 암석 주변 인육을 처리하는 방 도마 위에 올려놓았다. 다시 두 공인을 안으로 끌어 옮겼다. 그 사람이 다시 나와 보따리와 짐을 들고 뒷방으로 가서 열어보니 모두 금은이었다. 놀라고 기뻐하며 말했다.

"내가 여기서 주점을 연 지 한두 해가 아닌데 이런 죄수는 처음 보네. 죄 짓고 귀양 가는 놈이 이렇게 많은 재물을 가지고 있다니. 하늘이 내게 주신 것이 아니면 무엇이냐!"

그 사람은 보따리를 다 살펴본 뒤 다시 싸두고 문 앞에 나와 점원이 돌아와 껍질을 벗기기를 기다렸다. 문 앞에 서서 바라보아도 아무도 보이지 않았다. 그때 고개 아래 저쪽에 세 사람이 올라오고 있었다. 사내는 다가오는 커다란 사람을 알아보고 서둘러 맞이했다.

"형님, 어디 가십니까?"

세 사람 중 커다란 사람이 대답했다.

"내가 일부러 어떤 사람을 맞이하러 올라왔네. 어림짐작해보니 지금쯤은 이곳에 도착할 때가 되었는데. 매일 고개 아래에서 아무리 기다려도 보이지 않으니 어디에서 늦어지는 건지 모르겠네."

"형님, 기다리는 사람이 누굽니까?"

"대단한 남자를 기다리고 있지."

"어떤 대단한 남자입니까?"

"자네가 감히 그의 이름을 듣고 싶다고? 제주 운성현 송 압사 송강이야."

"혹시 강호에서 말하는 산동 급시우 송 공명 아닙니까?"

"바로 그 사람이네."

"그 사람이 왜 이리 지나갑니까?"

"나도 잘 알지 못하네. 근래에 아는 사람이 제주에서 왔는데 운성현 송 압사 송강이 무슨 일인지 모르겠지만 제주부에서 출발하여 강주 유배지로 귀양간다고 하더라고. 내가 생각해보니 강주로 가려면 반드시 여기로 지나갈 것이네. 다른 곳은 길이 없어. 내가 전에 운성현까지 찾아가 만나려 했는데, 이번에 여기를 지난다니 어째서 만나보지 않겠는가? 그래서 고개 밑에서 며칠째 기다렸는데 4~5일 동안 죄수 한 명도 지나가지 않았다네. 내가 오늘 두 형제와 발길 닿는 대로 고개 위까지 올라와 여기에서 술이나 사먹으면서 자네 좀 보려고 왔네. 근래에 가게 장사는 어떤가?"

"솔직히 말씀드리면 요 몇 달 동안 거의 없었습니다. 오늘 천지가 돌보아 세 놈을 잡았는데 물건도 좀 가지고 있더군요."

커다란 사내가 서둘러 물었다.

"세 사람은 어떤 모습이었나?"

"공인 둘과 죄수 한 사람이었습니다."

사내가 깜짝 놀라 말했다.

"그 죄수가 혹시 얼굴은 검고 키가 작으며 뚱뚱한 사람 아닌가?"

"정말로 크지 않고 얼굴색도 자주색이었습니다."

커다란 사내가 당황해서 말했다.

"설마 이미 처리한 것은 아니겠지?"

"금방 작업실에 끌어다놓았는데 일꾼들이 돌아오지 않아 아직 껍질을 벗기지 않았습니다."

"내가 확인 좀 해보세."

네 사람이 한쪽 벽이 암석인 작업방 안에 들어가 도마 위에서 송강과 두 공인을 거꾸로 돌려 바닥에 내려놓았다. 그 커다란 사내가 송강의 얼굴을 바라보았으나 알 수가 없었다. 얼굴의 금인을 살펴보아도 알아볼 수가 없었다. 아무 방법이 없다가 갑자기 생각이 나서 말했다.

"공인의 보따리를 가져와 공문을 보면 알 수 있겠네."

"그러네요."

방 안으로 들어가 공인의 보따리를 가져와 열고 보니 큰 은덩어리와 또 약간의 은 부스러기가 있었다. 봉투를 열어 문서를 꺼내 보고 소리질렀다.

"정말 큰일날 뻔했군."

커다란 사내가 말했다.

"하늘이 오늘 나를 고개까지 올라오게 했군. 일찌감치 손을 대지 않아서 다행이지 정말 우리 형님의 목숨이 잘못될 뻔했네!"

커다란 사내가 주점 주인에게 말했다.

"빨리 해독약 좀 가져와 먼저 우리 형님부터 구하세."

주인도 당황하여 서둘러 해독약을 배합하여 커다란 사내와 작업실에 가서 먼저 칼을 풀고 부축하여 해독약을 부었다. 네 사람이 송강을 들어 앞의 손님 자리에 옮겼으며 그 커다란 사람이 부축하고 있는 사이에 점차 깨어났다. 송강이 깨어나 눈을 뜨고 앞에 서 있는 사람들을 바라보니 아무도 아는 이가 없었다. 커다란 사람이 두 형제에게 송강을 부축하게 하고 엎드려 절을 했다. 송강이 정신이 돌아왔으나 상황을 몰라 어리둥절해서 물었다.

"누구십니까? 내가 꿈꾸고 있는 것 아닌가요?"

술을 팔던 사람도 절을 했다.

"여기가 어디요? 두 분은 성함이 어떻게 되십니까?"

큰 사람이 대답했다.

"저는 이준李俊이라고 합니다. 고향은 여주廬州4입니다. 양자강에서 뱃사공을 하며 살아 물을 좀 압니다. 사람들은 저를 '혼강룡混江龍' 이준이라고 합니다. 저기 술을 파는 사람은 여기 게양령 사람으로 도로에서 장사(강도질)를 하며 사는데 '최명판관催命判官(목숨을 재촉하는 판관)'이립李立이라고 합니다. 제가 데려온 이 두 형제는 여기 심양강 사람으로 소금 밀매를 하면서 제 집에서 살고 있으며, 강에서 큰 물결이 쳐도 배를 저을 수 있습니다. 둘은 형제인데 여기는 출동교出洞蛟 동위童威라고 하고 저기는 번강신翻江蜃 동맹童猛이라고 합니다."

두 사람이 송강에게 사배를 올렸다.

송강이 아직도 뭐가 뭔지 몰라서 물었다.

"금방 마취시켜 쓰러뜨리더니 내 성명은 어떻게 알았습니까?"

"제가 아는 사람이 있는데, 근래에 장사를 하려고 제주에서 여기로 와서 형님의 이름을 대며 죄를 짓고 강주 유배지에 온다고 하더군요. 제가 평소에 형님을 사모하여 운성현에 가서 형님을 찾아 뵈려 했습니다. 그러나 인연이 닿지 않는지 갈 수 없었습니다. 지금 형님께서 강주로 오신다는 말을 듣고 반드시 여기를 지나리라 생각하고 있었습니다. 제가 고개 아래에서 5~7일 동안 계속 기다려도 보이지 않았습니다. 오늘 무심코 두 형제와 고개에 올라와 술을 사서 마시려고 이립을 만나 형님 이야기를 하게 되었습니다. 제가 크게 놀라 주방에 가서 보아도 형님 얼굴을 알 길이 없었는데, 곰곰이 방법을 생각하다 갑자기 공문을 꺼내 보고 형님인 것을 알았습니다. 형님께 묻기가 송구스럽지만 운성현에서 압사를 하신 것은 아는데 어째서 강주로 유배오셨는지 모르

4_ 여주廬州: 지금의 안후이성安徽省 허페이合肥.

겠습니다."

송강이 염파석을 죽인 일부터 석용을 만나 집에서 온 편지를 받고 집으로 돌아갔다가 이것이 드러나 오늘 강주로 유배오게 됐던 이야기까지 자세하게 말해주니 네 사람은 모두 감탄해 마지않았다. 이야기가 다 끝나자 이립이 말했다.

"형님, 강주 배소까지 가서 고생하느니 여기에 남는 것이 어떻겠습니까?"

"양산박에서 어떻게 해서라도 나를 잡으려 했으나 내가 거절한 것은 집안의 부친이 연루될까봐 그랬던 것입니다. 이런 마당에 어떻게 여기에 남겠소?"

이준이 이립에게 말했다.

"형님은 의로운 사람인데 함부로 그러실 리 없지. 자네는 빨리 저 두 공인을 살려내게."

이립이 서둘러 이미 돌아와 있던 졸개를 불렀다. 공인 둘을 앞 객석으로 들여다놓고 해독제를 먹여 구해냈다. 두 공인이 깨어나서 서로 바라보며 말했다.

"아무리 생각해도 먼 길을 걸어 고단했나보네. 이렇게 쉽게 취해 쓰러지다니!"

그 말을 듣고 사람들이 모두 한바탕 웃었다.

그날 밤 이립이 술을 내와 사람들을 대접하며 하루를 지냈다. 다음 날 또 술을 준비하여 대접하고 보따리를 가져와 송강과 공인에게 돌려주었다. 그날 송강이 이립과 이별했고 이준과 동위, 동맹, 두 공인과 고개를 내려와 이준의 집에서 쉬었다. 술과 음식을 준비하여 정성껏 대접하고 송강과 결의형제를 맺고 집에서 대접했다. 며칠이 지나 송강이 떠나려고 하니 이준은 막을 수 없었고 은자를 꺼내 두 공인에게 주었다. 송강이 다시 칼을 차고 보따리와 짐을 수습하여 이준, 동위, 동맹과 작별하고 게양령 밑에서 강주를 향해 떠났다.

세 사람이 한나절을 걸어 미시가 되었다. 얼마쯤 가서 도착한 마을엔 사람도 많았고 시끌벅적했다. 시장에 오니 사람들이 둥그렇게 모여 구경하고 있었다. 송강이 사람들 틈으로 끼어들어가 바라보니 원래 창봉술을 보여주며 고약을 파는 사람이었다. 송강과 두 공인이 다리를 멈추고 서서 창봉술을 구경했다. 그 교두가 손의 창봉을 놓고 이번엔 권법을 보여주었다. 송강이 갈채를 하며 말했다.

"잘한다. 솜씨가 대단하네!"

그 사람이 접시를 들고 입을 열었다.

"저는 멀리서 일부러 이곳에 일 보러 온 사람입니다. 비록 대단한 솜씨는 아니지만 관객들께서 좋게 보시어 원근에서 칭송해준 덕분입니다. 뼈나 살이 상한 데 쓰는 고약이 필요하면 구입하시기 바랍니다. 혹시 고약이 필요 없으시더라도 귀찮으시겠지만 동전 몇 푼 여비로 보태주어 빈손으로 돌아가지 않게 해주십시오."

교두가 접시를 들고 한 바퀴 돌았으나 아무도 돈을 꺼내주지 않았다.

"관중 여러분, 조금이라도 부탁드립니다."

다시 한 바퀴 더 돌았는데 사람들은 흘깃 바라보며 동전 하나 주지 않았다.

송강은 두 바퀴나 돌았는데 동전 한 푼 주는 사람이 없자 딱하기도 하여 공인을 불러 은자 5냥을 가져오게 했다.

"교두, 나는 죄인이라 당신에게 줄 것도 없소. 여기 은자 5냥은 작은 성의이니 적다고 나무라지 마시오."

그 사람은 은자 5냥을 손에 들고 고약 팔던 것을 정리하며 말했다.

"이렇게 유명한 게양진에 사리분별이 있어 나를 알아주는 사람이 하나도 없다니! 여기 이 관인께서 자신이 송사에 얽매인 몸으로 이곳을 지나며 거꾸로 은자 5냥을 주시다니.

'정원화鄭元5가 기생 이아선李亞仙과 사랑에 빠진 것을 비웃더니

자기는 기생집에 가서 놀고 싶어하는구나.

돈을 쓰는 것으로 부유함을 따질 수 없고

풍류는 옷이 많은 것과는 상관없도다!'[6]

이 5냥 은자는 다른 50냥 은자보다 훨씬 더 가치가 있는 것 같습니다. 제가 절 올립니다. 손님의 존함을 알아 널리 알리고 싶습니다!"

"교두님, 그 돈 얼마 안 됩니다! 그렇게까지 감사할 필요 없습니다."

바로 그때 사람들 사이에서 덩치가 커다란 사람이 튀어나오더니 소

5_ 정원화鄭元和: 전설에 의하면 정원화가 과거 보러 왔다가 기생이랑 노느라 시험을 못 보고 말았다. 가지고 온 돈도 다 떨어지고 아버지에게 버림받았으나 기생에게 구출되어 과거에 급제했다. 나중에 기생과 잘되어 아버지에게 다시 인정받고 잘 살았다고 전한다.

6_ 원나라 때의 잡극 「곡강지曲江池」에 나오는 가사다. 當年卻笑鄭元和, 只向青樓買笑歌. 慣使不論家豪富, 風流不在著衣多.

리를 질렀다.

"바로 저놈이냐! 너는 어디서 굴러온 개뼈다귀 같은 놈이냐. 어디서 온 죄수가 감히 계양진의 위세를 꺾으려드느냐!"

두 주먹을 쥐고 송강에게 달려들었다.

제 3 6 회
심양강[1]

   송강이 은자 5냥을 그 교두에게 준 다음부터 일이 꼬이기 시작했다. 게양진 사람들 무리에서 한 사내가 튀어나와 두 눈을 동그랗게 뜨고 고함을 질렀다.

   "이놈, 어디서 배워 처먹은 가소로운 창봉질로 게양진에서 위세를 부리느냐. 내가 이미 사람들에게 저놈을 상대하지 말라고 일렀는데, 너 이놈이 어째서 돈 좀 있다고 자랑하듯 뿌려 우리 게양진의 위풍을 꺾느냐!"

1_ 36장 몰차란이 급시우를 쫓다沒遮攔追趕及時雨. 선화아가 야밤에 심양강을 떠들썩하게 하다船火兒夜鬧潯陽江.

"내가 내 돈으로 준다는데 당신이 무슨 상관이오?"

그 큰 사내가 송강을 붙들고 고함을 질렀다.

"너 이 죽일 배군 놈이 감히 말대꾸를 해!"

"어째서 당신 말에 대꾸하면 안 된단 말이오?"

사내가 두 주먹을 들고 송강의 얼굴을 향해 내려쳤다. 송강이 피하자 사내가 다시 한 걸음 다가왔다. 송강이 맞서려고 자세를 잡는데, 창봉술을 부리던 교두가 등 뒤에서 다가오더니 한 손으로 그 사내의 두건을 잡고 다른 손으로 허리를 잡아 늑골을 감싸고 한 번 빙그레 돌리자, 비틀거리더니 땅바닥에 뒤집어졌다. 그 사내가 발버둥치며 일어나려 하자 그 교두가 발길질 한 번으로 다시 엎어뜨렸다. 두 공인은 교두를 말렸고, 사내는 땅바닥에서 기어가다가 송강과 교두를 돌아보며 말했다.

"되든 안 되든 내가 가만있을 줄 아느냐. 두고 보자."

서둘러 일어나 남쪽으로 사라졌다.

송강이 교두에게 물었다.

"교두는 성함이 어떻게 되십니까? 어디 사람입니까?"

"소인은 고향이 하남河南 낙양洛陽으로 설영薛永이라고 합니다. 조부는 노종 경략상공의 휘하에서 군관이었는데 동료에게 미움을 받아 승진하지 못했고, 자손인 저는 창봉술 재주를 남들에게 보여주며 고약을 팔면서 살아가고 있습니다. 강호에서는 저를 병대충病大蟲 설영이라고 합니다. 은공의 성함이 어떻게 되시는지 물어도 되겠습니까?"

"소생은 송강이라고 합니다. 산동 운성현 사람입니다."

"혹시 산동 급시우 송 공명 아니십니까?"

"제가 바로 그 사람입니다."

설영이 그 말을 듣고 바로 엎드려 절했고, 송강이 서둘러 부축하며 말했다.

"같이 술이나 한잔 할까요?"

"좋습니다! 존안을 뵙고 싶었지만, 방법이 없었는데 잘되었습니다."

서둘러 창봉과 고약 보따리를 수습하고 송강과 인근의 주점 안에 들어가 술을 마시려고 했다. 그런데 술집 안에 들어가니 주인이 난처해하며 말했다.

"술과 고기가 모두 있긴 하지만 당신들에게는 감히 팔 수가 없습니다."

송강이 놀라고 어이가 없어서 술집 주인에게 따졌다.

"어째서 우리에게 팔지 못하겠다는 것이오?"

"방금 당신들과 싸우던 분이 사람을 보내 팔지 말라고 했습니다. 만약 당신들에게 판다면 우리 가게를 박살낼 거라고 했습니다. 우리는 여기서 감히 그의 말을 어길 수 없습니다. 그 사람은 게양진의 우두머리라 아무도 명을 어길 수 없습니다."

"그렇다면 우리가 떠나야겠네. 우리가 여기서 먹고 있으면 다시 찾아와서 소란을 피우겠지."

설영이 송강에게 말했다.

"소인은 객점에 가서 방값을 지불하고 오겠습니다. 하루나 이틀 지나 강주에서 다시 만나시죠. 형님이 먼저 가십시오."

송강이 다시 10~20냥을 꺼내 설영에게 주며 이별하고 떠났다.

송강이 두 공인과 함께 주점을 나와 다른 곳으로 술을 마시러 갔다. 주점 주인이 말했다.

"도련님이 당신들에게 아무것도 팔지 말라고 분부했는데 어떻게 팔겠습니까? 다른 곳에 가도 마찬가지이니 쓸데없이 힘 낭비하지 마시오. 아무 데도 안 될 거요!"

송강과 두 공인은 아무 할 말이 없었다. 여러 군데 주점을 돌아다녔으나 모두 같은 소리만 했다. 세 사람이 시장 끝까지 와서 불이 켜져 있는 작은 객점에 들어가 투숙하려고 했으나 그곳에서도 받아주지 않았다. 송강이 주인에게 물으니 대답이 돌아왔다.

"작은 도련님이 여기저기 돌아다니며 당신 세 사람을 재우지 말라고 분부했습니다."

송강은 형세가 좋지 않자 두 공인을 데리고 대로를 향하여 걸었다. 마침 붉은 태양이 지고 하늘이 어두워지기 시작하자 송강과 두 공인은 마음이 더욱 급해졌다. 세 사람이 다시 대책을 논했다.

"창봉술 구경했다가 아무 이유 없이 그놈에게 미움을 사다니. 앞에는 마을이 없고 뒤에는 객점도 없으니 어디로 가야 하룻밤을 투숙할 수 있으려나?"

멀리 보이는 조그만 길 수풀 깊은 곳에서 불빛이 비추고 있었다. 송강이 그쪽을 보며 말했다.

"저기, 불빛이 비추는 곳에 반드시 인가가 있을 것이오. 저기 가서 무슨 수를 써서라도 조심조심 하룻밤 지내고 내일 일찍 출발합시다."

공인이 불빛을 보더니 송강에게 말했다.

"저 불빛이 비추는 곳은 우리가 가려는 길이 아닙니다."

"어쩔 수 없습니다! 비록 우리가 가는 방향이 아니라도 내일 부지런히 2~3리 더 가면 별 문제 아니지 않겠소?"

세 사람이 대로에서 나와 2리도 못 갔는데 숲 뒤에 대장원이 나타났다. 송강과 두 공인이 장원 앞에서 문을 두드렸다. 장객이 듣고 나와 문을 열며 말했다.

"누구시기에 해 저문 야밤에 남의 집 문을 두드리시오?"

송강이 공손하고 조심스럽게 대답했다.

"소인은 죄를 짓고 강주로 귀양가는 사람입니다. 오늘 잘 곳을 지나치는 바람에 쉴 곳이 없어서 댁에 하룻밤 머물렀으면 합니다. 내일 아침에 선례대로 방값을 지불하겠습니다."

장객이 대답했다.

"그렇게 말씀하시니 여기서 잠시 기다리시오. 내가 들어가 장원 주인인 태공에게 알려 허락하면 쉬게 해주겠습니다."

장객이 들어가 통보하고 다시 몸을 돌려 나와 말했다.

"태공께서 들어오라십니다."

송강과 두 공인이 초당 안에서 주인 태공을 만났다. 태공은 장객에게 시켜 문간방에 데리고 가 쉬게 하고 저녁밥도 먹게 했다. 장객이 문간방에 데리고 가서 등불을 켜고 세 사람을 쉬게 했다. 세 사람의 밥, 국과 반찬을 가져와 이를 먹었다. 장객이 그릇을 치우고 안으로 들어갔다. 두 공인은 말했다.

"압사님, 여기 아무도 없으니 오늘 밤은 칼을 벗고 편안하게 주무시고 내일 일찍 떠나지요."

"그 말도 맞소. 그렇게 합시다."

이에 즉시 칼을 벗고 두 공인과 방 밖에서 손을 씻으며 고개를 들어 별로 가득 찬 하늘을 바라보다가 고개를 숙이니 타작마당 옆쪽 집 뒤에 시골의 오솔길이 눈에 들어왔다. 세 사람이 손을 씻고 방 안으로 들어와 방문을 닫고 잠자리에 들었다. 송강과 두 공인이 서로 얘기했다.

"이 장원 태공이 우리를 하루 머물게 해주어 정말 다행이오."

바로 그때 안에서 어떤 사람이 횃불을 붙이고 타작마당에서 여기저기 비추며 뒤지는 소리가 들려왔다. 송강이 안에서 문틈으로 바라보니 태공이 장객 3명을 데리고 횃불을 든 채 도처를 비추고 있었다. 송강이 공인에게 투덜거리며 말했다.

"여기 이 태공도 우리 아버지와 똑같구려. 모든 일을 자기가 점검하기 전에는 가서 자려고 하지 않는다니깐. 아무리 작은 일도 자기가 점검을 해야만 마음을 놓는다니까."

그때 밖에서 어떤 사람이 문을 열라고 소리쳤다. 장객이 나가 문을 여니 5~7명이 들어왔다. 앞에 선 사람은 손에 박도를 들었고 뒤에 따라온 자들은 쇠스랑과 몽둥이를 들었다. 송강이 살펴보니 그 박도를 든 사람은 바로 계양진에서 송강을 때리려고 하던 자였다. 송강은 또 태공이 묻는 말을 들었다.

"작은 애야, 너 어디 갔다 왔냐? 누구랑 싸웠기에 이렇게 늦게 창과 몽둥이를 들고 들어오니?"

"아버지는 몰라도 돼요. 형은 집에 있어요?"

"네 형은 술 먹고 취해 뒤 정자에서 자고 있다."

"내가 가서 깨워야겠어요. 나랑 같이 쫓아갈 사람이 있어요."

"너 또 누구랑 다퉜냐? 네 형 불렀다간 중도에 그만두려 하지 않을 텐데. 무슨 일인지 내게 말해봐라."

"아버지, 오늘 마을에서 창봉을 휘두르며 고약을 파는 약장수가 우리 형제에게 알리지도 않고 제멋대로 약을 팔더라고요. 내가 마을 사람들에게 아무도 돈을 주지 말라고 했어요. 그런데 어디서 나타난 죄수가 앞장서서 은자 5냥을 주고 게양진의 위풍을 꺾어버리잖아요. 내가 그놈을 쥐어 패려고 하는데 죽일 놈의 약장수가 나를 틀어쥐고 자빠뜨리더니 한 대 치고 다시 한번 차서 아직도 허리가 아파요. 내가 이미 사방 주점과 객점에 이놈들을 먹이지도 재우지도 못하게 막아놓았어요. 먼저 세 놈은 오늘 밤 몸을 숨길 데도 없게 해놓았어요. 그러고 나서 내가 도박장 부하들을 불러 객점에 가 약장수를 잡아 실컷 두드려 팼고 지금은 도두 집에 매달아놓았어요. 내일 강가로 보내 묶어 강에 던져버리면 화가 좀 풀릴 것 같아요. 그런데 공인 둘이 압송하던 죄수가 보이지 않아요. 앞에 객점도 없고 도무지 어디 가서 자는지 알 수가 없어요. 내가 지금 형을 깨워 둘로 나누어 쫓아가 이놈을 붙잡아야겠어요!"

"애야, 그렇게 명줄 재촉하는 짓 좀 하지 마라. 그 사람이 약장수에게 돈을 주면 그만이지 네가 무슨 상관이냐? 네가 왜 그 사람을 때리려고 그러느냐? 그 사람이 때린 것이 상처가 심하지 않으니 내 말 듣고 그만두어라. 네가 남에게 맞았다는 것을 알면 네 형이 가만히 있겠니? 또 가서 남의 생명을 해칠 것 아니겠니! 내 말 듣고 방에 가서 자거라. 이 늦은 밤에 남의 집 문 두드려서 화나지 않게 하는 것도 덕을 쌓는 거란다."

사내는 태공의 말을 따르지 않고 박도를 들고 장원 안으로 들어갔다. 태공도 허둥지둥 뒤를 따라 갔다.

송강이 부자간의 대화를 듣고 공인들에게 말했다.

"이런 공교로운 일이 있나? 어떻게 해야 한단 말이냐? 호랑이 굴에 들어오다니. 다른 방법은 아무것도 없고 빨리 나가야겠네. 만일 저놈이 알아채면 분명이 죽이려 할 텐데. 설령 태공이 말하지 않아도 장객들이 어떻게 감히 숨길 수 있겠나?"

두 공인도 몸을 떨면서 말했다.

"맞습니다. 꾸물거릴 때가 아닙니다. 어서 빨리 달아납시다!"

"정문으로 나갔다간 큰일날 터이니 집 뒤쪽 벽을 뜯고 나갑시다."

두 공인은 보따리를 지고 송강은 칼을 들고 방 안에서 나와 타작마당 집 뒤편의 벽을 뜯어냈다. 세 사람은 별빛 아래에서 숲속 깊은 곳의 작은 길을 따라 달렸다. 달리 길을 가릴 형편이 안 되어 무작정 걸었다. 한 시진쯤 달렸을 때 눈앞에 온통 갈대밭이 펼쳐지고 커다란 강이 출렁거리며 흐르고 있었다. 바로 심양강에 도착한 것이었다. 등 뒤에서 고함 소리가 들려오고 횃불이 어지럽게 비추며 바람 소리, 휘파람 소리가 어지럽게 들려오고 있었다. 송강이 '아이고' 소리를 지르며 발을 동동 굴렀다.

"하늘이시여 제발 살려주십시오!"

세 사람이 갈대숲에 숨어 뒤를 바라보니 횃불들이 점점 다가오고 있었다. 마음이 갈수록 다급해져서 방향도 모르고 허우적거리며 정신없이 갈대숲 안을 달렸다. 하늘 끝에 닿지 못하면 땅 끝에라도 닿는다고, 앞을 바라보니 커다란 강이 앞을 가로막았고 옆에 널따란 포구가 있었다. 송강이 하늘을 바라보며 탄식했다.

"이렇게 힘들 줄 알았으면 그냥 양산박에 머물고 말았을 텐데. 여기서 죽을 줄은 정말 몰랐네!"

바로 그 순간 갑자기 배 한 척이 갈대숲을 헤치고 나왔다. 송강이 배를 보고 다급하게 외쳤다.

"사공, 우리 좀 태워주시오. 내가 돈은 얼마든지 드리리다!"

사공이 배 위에서 물었다.

"세 사람은 누군데 여기까지 오셨습니까?"

"뒤에 강도들이 우리를 약탈하려고 악착같이 쫓아오고 있습니다. 제발 배에 태워 건네주시오. 제가 은자를 듬뿍 드리겠습니다!"

사공이 배를 뭍에 붙이자 셋은 황급하게 올라탔다. 한 공인은 보따리를 선창에 던져넣고 다른 공인은 수화곤으로 배를 밀었다. 뱃사공은 노를 들고 있다가 보따리가 뱃전에 떨어지는 소리가 둔탁하여 속으로 좋아했다. 사공은 작은 배를 강 가운데로 저어갔다. 물가에까지 쫓아온 사람들은 이미 모래사장까지 닿았다. 우두머리로 보이는 두 사람은 박도를 들었고 따라 온 20여 명은 각자 창봉과 횃불을 들고 배를 향해 고함을 질렀다.

"너 거기 뱃사공, 빨리 배를 이리 대라!"

송강과 두 공인은 배 안에 함께 납작 엎드려서 사공에게 애걸했다.

"사공, 배를 대면 안 됩니다! 우리가 많은 은자로 사례하겠습니다!"

사공은 고개를 끄덕이며 물가 사람들에게 대답도 하지 않고 배를 상류로 끼익끼익 저어갔다. 건너편 물가에서 큰 사내가 소리쳤다.

"야 너 사공, 배를 저어오지 않으면 다 죽여버릴 거야!"

사공이 몇 차례 냉소를 지으며 무시해버렸다. 건너편 사내가 크게 소리를 질렀다.

"너는 누구냐? 너 정말 죽고 싶냐. 이리 저어오지 않을 거냐!"

사공이 냉소하며 대답했다.

"어르신은 바로 장張 사공 나리시다. 괜히 생사람 건드리지 말아라!"

뭍의 횃불 속에서 커다란 사내가 말했다.

"원래 장형이시군요. 당신 우리 두 형제를 알아보시겠습니까?"

"내가 장님도 아닌데 모를 리가 없지!"

"우리를 아신다면 배를 저어오셔서 얘기 좀 하시지요."

"할 말 있거든 내일 아침에 하자. 배에 탄 손님이 빨리 가자고 한다."

"우리 형제는 그 배에 탄 세 사람을 잡으려고 합니다."

"배에 탄 세 사람은 모두 내 가족이다. 먹여주고 입혀주는 부모란 말이다. 지금 모시고 돌아가 판도면板刀麵2을 먹여야겠다!"

"이리로 저어오셔서 저와 상의 좀 합시다."

"내 옷과 밥을 가져다가 네게 기꺼이 넘겨주겠느냐!"

"장형, 그런 말을 하려는 것이 아니오. 우리는 세 죄수만 있으면 됩니다. 제발 배를 여기로 붙이시오!"

사공이 배를 저으면서 대답했다.

"내가 며칠 만에 여기 이 손님을 받았는데 순순히 네게 보낼 것 같으냐! 너희 둘 다 나를 원망하지 말고 나중에 보자."

송강은 어리둥절하여 사공과 뭍의 두 사람이 무슨 말을 나누는지 전혀 알지 못하고 선창 안에서 몰래 두 공인에게 말했다.

"이 사공이 아니었다면 어쩔 뻔했소. 우리 세 사람의 생명을 구해줄 뿐 아니라 우리 대신 대꾸까지 해주네. 저 사람 은혜를 잊지 말아야지. 이 배를 타고 강을 건너게 된 것이 정말 행운이 아니면 뭐겠소!"

사공이 배를 저어 물가에서 점점 멀어졌다. 세 사람이 배 안에서 물가를 바라보니 갈대밭에서 횃불이 밝게 빛나고 있었다.

"감사합니다. '마침 좋은 사람을 만나면 나쁜 사람으로부터 멀어진다'더니, 이 곤경에서 간신히 벗어날 수 있었습니다!"

사공은 세 사람의 감사에 전혀 대답하지 않고 노를 저으며 호주湖州의 가요를 읊었다.

| 어르신은 강가에서 잔뼈가 굵도록 | 老爺生長在江邊 |
| 친구를 사귀기보다 돈을 더 좋아했었지. | 不愛交遊只愛錢 |

2_ 판도면板刀麵: 옛날 중국 강호의 은어. 칼로 베어 죽인 다음 물속에 던져버리는 것을 말한다. 판도(몸체는 좁고 길며 자루는 짧은 칼)로 면을 잘라 물에 던져넣는 것을 비유하여 말한 것이다.

| 어젯밤에 화광대제3가 나를 쫓아온 것은 | 昨夜華光來趁我 |
| 떠날 때 화광의 금벽돌을 빼앗았기 때문이지. | 臨行奪下一金磚 |

 송강과 두 공인은 노래를 듣고 모두 온몸이 오싹하고 간이 쪼그라들었다. 송강이 다시 생각하고 말했다.
 "저 사람이 장난치는 것이겠지."
 세 사람이 안에서 서로 추측하고 있는데 사공이 노를 놓고 말했다.
 "이 빌어먹을 놈아. 거기 공인 둘은 평소에 우리 사업에 가장 방해가 되는 놈들인데, 오늘 어르신 손에 잘 걸렸다! 너희 세 놈은 판도면이 먹고 싶으냐 아니면 혼돈餛飩4이 좋으냐?"
 "사공 어르신, 제발 농담 좀 그만하십시오! 그런데 '판도면'은 뭐고 '혼돈'은 어떻게 하는 것입니까?"
 사공이 두 눈을 부릅뜨고 송강을 노려보며 말했다.
 "어르신이 네놈하고 뭔 살판이 난다고 농지거리란 말이냐! 만일 판도면을 원한다면 내가 이 배 바닥에 날카로운 쾌도를 하나 숨겨놓았다. 번거롭게 서너 번씩 휘두를 필요도 없이 한 놈당 한칼에 베어버리고 강물에 던져버리는 것이다. 네놈이 혼돈을 먹고 싶다면 세 놈 옷을 홀

3_ 화광대제華光大帝: 도교 4대 호법 중 한 사람이다. 전설에 따르면 그의 성명은 마령요馬靈耀이며 태어날 때부터 눈이 세 개였다고 한다. 그의 무기는 왼손에 든 금벽돌(삼각형 벽돌)인데 도둑맞은 적이 있다고 한다.
4_ 훈툰: 얇은 밀가루 피에 고기소를 넣고 싸서 찌거나 끓여 먹는 음식.

딱 벗기고 실오라기 하나 걸치지 않고 스스로 강물에 뛰어들어 뒈지는 것이다."

송강이 그 말을 모두 듣고 두 공인을 끌어안으며 말했다.

"아이고, 행운은 둘이 함께 오지 않고, 재앙은 혼자 오는 법이 없다고 하더니 그 말이 맞네!"

사공이 소리를 버럭 지르며 말했다.

"셋이 잘 상의해서 빨리 대답해라!"

"사공께서는 잘 모르실 것입니다. 저도 죄를 짓고 어쩔 수 없이 강주로 유배가는 사람입니다. 우리 셋을 가엾게 여기어 제발 살려주십시오."

"무슨 헛소리를 지껄이느냐! 너희 셋을 용서해달라고? 반쪽도 용서할 생각이 없다. 내가 그 유명한 어미도 몰라보고 애비도 모른다는 '개대가리 장 노인'이다. 주둥이 닥치고 빨리 물로 뛰어들어라!"

송강이 다시 애걸하며 말했다.

"보따리 안에 든 금은보화와 의복들을 모두 드릴 테니 제발 세 사람 목숨만 살려주십시오!"

사공이 배 바닥에서 번쩍이는 판도(날은 좁고 길며 자루는 짧은 칼)를 꺼내더니 소리를 질렀다.

"네놈들이 바라는 것이 무엇이냐?"

송강이 하늘을 우러르며 말했다.

"내가 천지를 공경하지 않고 부모에게 불효를 저지르고 범죄를 저질러 두 분까지 연루시켰습니다."

두 공인도 송강을 끌어안고 말했다.

"압사님, 그만합시다! 됐어요. 우리 셋이 함께 죽으면 그만입니다."

"너희 세 놈 빨리 옷 벗고 물에 뛰어들어라! 뛰라고 하는데 뛰지 않는다면 내가 잘라서 물에 던져버리겠다!"

송강과 두 공인이 함께 끌어안고 강물을 바라보았다. 그때 강 위에서 끼익 하고 노 젓는 소리가 들려왔다. 사공이 고개를 돌려 바라보니 배 한 척이 빠른 속도로 물살을 가르며 상류에서 미끄러지듯 다가오고 있었다. 배 안에 세 사람이 타고 있었는데, 한 사람이 손에 삼지창을 가로로 들고 뱃머리에 서 있었고, 고물에서 젊은 두 사람이 빠르게 노를 젓고 있었다. 밝은 달빛 아래에서 배는 이미 앞에 도착했다. 뱃머리에 삼지창을 들고 있던 사내가 고함을 질렀다.

"앞에 사공은 누구이기에 감히 여기에서 일을 벌이고 있느냐? 배 안의 물건을 너 혼자 다 먹을 속셈이냐!"

사공이 고개를 돌려 바라보더니 깜짝 놀라 대답했다.

"누군가 했더니 원래 이형이셨군요. 난 또 누구라고! 형님, 또 저는 데려가지도 않고 한건 해먹으러 가시오."

"동생, 여기서 한건 챙겼네! 배 안에 있는 놈들한테서 챙길 만한 것이 좀 있나?"

"듣기에 웃기시겠지만 내가 요 며칠 운이 따르지 않았고, 또 도박하다 돈을 잃어 한 푼도 없습니다. 답답해서 모래사장에 앉아 있던 차에 물가에서 사람들이 이 세 놈을 쫓기에 배에 태웠는데 공인 두 놈이 검고 키 작은 죄수를 압송하고 있었습니다. 누군지 모르지만 강주로 유배간다는데 목에 칼을 차고 있지는 않더군요. 강가에서 이들을 쫓던 목木가 형제 둘이 그를 잡으려고 하더군요. 챙길 만한 것도 좀 있어서 돌려주지 않았습니다."

"엥! 혹시 송 공명 형님 아닌가?"

송강이 들어보니 목소리가 귀에 익은 듯하여 선창에서 소리쳤다.

"배 위의 사람은 누구요? 여기 송강 좀 살려주시오!"

사내가 깜짝 놀라 대답했다.

"정말 우리 형님이시네. 빨리 나와보시오!"

송강이 배 안에서 나와 바라보니 밝은 별빛 아래 혼강룡 이준이 이물에 서 있었다. 그리고 출동교 동위, 반강신 동맹이 고물에서 노를 젓고 있었다.

이준이 송 공명이란 소리를 듣고 얼른 배를 건너 뛰어와 '아이고' 소리를 내며 말했다.

"형님 얼마나 놀라셨습니까! 만일 제가 조금만 늦었더라면 큰일날 뻔하셨습니다. 오늘 제가 집에 앉아 있는데 마음이 불안하더라고요. 배를 타고 여기 나와 소금 밀매꾼이나 잡아볼까 했는데, 형님이 수난을 당하고 있을 줄은 몰랐습니다."

사공이 한참을 아무 소리 못하고 멍청하게 있다가 겨우 물었다.

"형님, 이 검둥이가 산동 급시우 송 공명이시오?"

"이제 알아보겠나!"

사공이 바로 엎드려 절하며 말했다.

"아이고 나리, 일찌감치 성명이라도 말씀하셨으면 내가 그렇게 심하게 대하지 않았을 텐데, 형님의 생명을 상하게 할 뻔했습니다!"

송강이 이준에게 사공을 가리키며 물었다.

"이분은 누구신가? 성함이 어떻게 되십니까?"

"형님은 모르실 겁니다. 이 사람은 제 결의 동생 장횡張橫이라는 사람으로 소고산小孤山 아래가 고향이고 별명은 선화아船火兒5라고 합니다. 여기 심양강에서 전문적으로 이런 선한 길을 만들고 있습니다."

송강과 두 공인이 듣고 한바탕 웃었다. 배 두 척이 나란히 노를 저어 모래사장 옆에 가서 배를 묶고 선창에서 송강과 두 공인을 부축하여 뭍에 올랐다. 이준이 또 장횡에게 말했다.

"동생, 내가 전에 말했잖아. 천하의 의사는 산동 운성현 급시우 송강밖에 없다고. 지금 자세히 봐두게."

장횡이 부싯돌로 등에 불을 붙여 송강을 비추어보고 모래사장에 엎드려 절을 하며 사죄했다.

"형님, 제 죄를 용서해주십시오!"

장횡이 절을 마치고 물었다.

"의사 형님, 어쩌다 여기로 유배를 오셨습니까?"

이준은 송강이 범죄를 짓고 지금 강주로 유배오게 된 과정을 설명했다. 장횡이 이준의 이야기를 듣고 자신에 대해서 이야기했다.

"형님께 말씀드리겠습니다. 제게 친동생이 하나 있는데 재주가 매우

5_ 선화아船火兒: 항주 사투리로 뱃사공을 이른다.

뛰어납니다. 온몸이 눈처럼 하얗고 40~50리 길을 물속에 들어가 7일 밤낮을 숨어 있을 수 있습니다. 헤엄을 치면 마치 한 마리 살치 같고 무예가 뛰어나 사람들은 낭리백조浪里白條 장순張順이라고 부릅니다. 당초 제 동생과 둘이 양자강 가에서 본분에 맞는 일을 했었습니다."

송강이 장횡에게 물었다.

"그래서 어떻게 됐나?"

"우리 형제는 도박에 지면 제가 먼저 배를 저어 강가 조용한 곳에서 몰래 사람들을 건네줍니다. 그런 손님들은 돈 100전을 아끼고 또 빨리 가려고 제 배를 탑니다. 배에 손님이 가득하면 동생 장순이 등에 커다란 보따리를 지고 손님으로 가장하여 배를 탑니다. 내가 배를 강 중간까지 저어가 노를 멈추며 닻을 내리고 판도를 빼들며 뱃삯을 받습니다. 본래 한 사람당 500전이면 충분한데 억지로 3관을 받습니다. 먼저 동생에게 돈 내라고 하면 거짓으로 내려 하지 않죠. 제가 한 손으로 머리를 잡고 다른 손으로 허리를 잡아 강에 풍당 하고 던져버리고 맨 처음 사람부터 뱃삯 3관을 요구합니다. 제 동생이 물에 빠져서 나오지 않는 것을 보고 모두 얼이 빠져서 어쩔 수 없이 뱃삯을 냅니다. 돈을 다 걷으면 외진 곳에 내려줍니다. 제 동생은 물밑에서 건너편까지 건너가 사람이 다 돌아가기를 기다렸다가 둘이 돈을 나누어 갖고 도박하러 가지요. 그때 우리 둘은 다른 것은 하지 않고 그 짓만 하고 살았어요."

"강변에서 얼마나 많은 사람이 자네 배를 탔는지 알 만하네."

이준과 일행이 송강의 말을 듣고 유쾌하게 웃었다.

"지금은 우리 형제 모두 업종을 바꾸었습니다. 저는 여기 심양강에서 혼자 이 사상私商6을 하고 있습니다. 동생 장순은 지금 강주에서 물고기를 팔고 있습니다. 지금 형님이 가실 때 편지라도 한 통 보내고 싶은데 글자를 몰라 쓸 수가 없네요."

"마을에 가서 글방 선생에게 써달라고 하면 되지."

이준이 이렇게 말하고 동위와 동맹을 남겨 배를 지키도록 했다.

세 사람은 등불을 든 이준과 장횡을 따라 마을을 향해 걸었다. 반리도 못 갔는데 물가에서 횃불이 여전히 밝게 빛나고 있었다. 장횡이 이준을 바라보며 말했다.

"그 형제가 아직도 돌아가지 않았나보네."

"자네가 말하는 그 형제라는 사람이 누군가?"

"게양진에 사는 목가 형제입니다."

"두 형제를 불러서 형님께 인사나 시켜야겠네."

송강이 놀라 손을 내저으며 말했다.

"안 되네. 저 둘은 나를 잡으러 쫓아오는 것이라네!"

"형님 걱정하지 마십시오. 저 형제들이 형님을 몰라보았지만 우리와 같은 사람입니다."

이준이 손을 흔들며 휘파람을 불자 횃불을 든 사람들이 번개같이 달려왔다. 이준과 장횡이 송강을 공손하게 모시고 함께 말하는 것을

6_ 사상私商: 그전에 동생과는 인명을 해치지 않았는데, 지금은 물건을 빼앗고 사람을 죽이는 일을 하고 있다.

보고 두 형제는 크게 놀라서 말했다.

"두 형님은 이 세 사람을 어떻게 아시오?"

이준이 호탕하게 웃으며 말했다.

"너는 이분이 누군지 아느냐?"

"모릅니다. 하지만 저 사람이 우리 마을에서 창봉을 쓰며 약을 파는 자에게 은자를 주어 우리 진의 위풍을 무너뜨렸기에 잡으려고 쫓아왔습니다."

"저분이 내가 항상 너희에게 말하던 산동 급시우 운성현 송 압사 공명 형님이다. 너희 둘은 빨리 형님께 절하지 않고 뭣하느냐!"

두 형제가 박도를 내던지고 몸을 구부려 절하며 말했다.

"진작부터 형님 이름은 듣고 있었습니다. 오늘 이렇게 만나 정말 기쁩니다! 조금 전에 무례를 범하여 형님을 해치려고 했습니다. 저희를 불쌍하게 여겨 용서해주십시오."

송강이 두 사람을 부축하여 일으키며 말했다.

"두 장사의 이름은 무엇이오?"

옆에서 이준이 거들며 말했다.

"이 형제는 여기에 사는 부호입니다. 이름은 목홍穆弘이고 별명은 몰차란沒遮攔입니다. 동생은 목춘穆春인데 소차란小遮攔이라고 하며 게양진을 휘어잡은 패거리입니다. 형님은 모르시겠지만 우리 여기에는 3패覇가 있습니다. 모두 형님께 알려드리지요. 게양령 위아래는 저와 이립이 차지하고 있고 게양진은 목 형제가 차지하고 있으며 심양 강변은 장횡과 장순 둘이 차지했습니다. 이 셋을 합쳐 3패라고 합니다."

송강이 그 말을 듣고 문득 떠오르는 것이 있어서 말했다.

"우리가 어떻게 알았겠는가. 이렇게 되었으니 우리 형제들의 정분을 봐서라도 설영을 놓아주시기 바라네."

목홍이 웃으며 말했다.

"창봉을 쓰는 그 사람 말입니까? 형님, 걱정 마십시오. 지금 즉시 동생을 보내 데려다가 형님께 돌려드리지요. 형님을 저희 집에 모셔서 정식으로 사과드리겠습니다."

이준이 말했다.

"그러면 좋지, 좋아! 그럼 지금 너희 집으로 가자."

목홍이 장객을 불러 둘이 가서 배를 준비하도록 하고 동위, 동맹도 함께 장원으로 가서 모이기로 했다. 또한 사람을 시켜 장원에 알려 양과 돼지를 잡아 연회를 준비하도록 했다. 다른 한편으로 동위, 동맹을 기다려 함께 장원을 향해 가는데 이미 시간이 오경이 되었다. 모두 장원에 도착하여 목 태공을 불러 모시고 인사를 했으며, 초당에 모여 손님과 주인이 모두 자리 잡고 앉았다. 송강은 목 태공과 마주 앉았다. 서로 이런저런 이야기를 나눈 지 얼마 되지 않아 날이 밝았는데 목춘이 설영을 데리고 들어와 함께 모였다. 목홍이 연회를 열어 송강 등 손님을 대접했으며, 밤이 늦어 돌아가지 않고 모두 장원에서 잤다. 다음 날 송강이 떠나려 하니 목홍 등이 붙들어 장원에 머물게 하여 송강을 데리고 게양진에 나가 놀면서 경치를 구경했다. 3일이 지나 송강은 기한을 어길까 두려워하여 떠날 것을 고집했다. 목홍과 사람들이 말릴 수가 없어서 이날 송별 연회를 열었다.

다음 날 송강이 일찍 일어나 목 태공 및 여러 사람과 이별을 하고 떠났고, 설영은 목홍의 집에 며칠 머물다가 강주로 송강을 찾아와 다시 만나기로 했다. 목홍이 말했다.

"형님, 걱정하지 마십시오. 제가 여기서 잘 보살피겠습니다."

목홍이 금은을 꺼내 송강에게 주고 두 공인에게도 은자를 나누어주었다. 출발 전에 장횡이 목홍 장원의 사람에게 편지를 대필시켜 송강에게 주며 동생 장순에게 전해달라고 부탁했고, 송강은 이를 받아 보따리 안에 넣었다. 일행이 모두 심양강까지 배웅하러 나왔고, 목홍이 배를 불러 짐을 먼저 배에 실었다. 사람들은 모두 강가에 술과 음식을 준비하여 전별했고, 송강은 다시 칼을 들고 눈물을 흘리며 이별했다. 이준, 장횡, 목홍, 목춘, 설영, 동위, 동맹 등 일행은 각자 집으로 돌아갔다.

송강은 두 공인과 배를 타고 강주로 향했다. 이 사공은 지난번과 달리 돛을 펼쳐 바람을 가르며 일찌감치 강주 부두에 도착하여 물가에 내려주었다. 송강은 부두에서 바로 칼을 썼으며, 두 공인은 문서를 꺼내 짐을 지고 강주부 앞으로 가니 마침 부윤이 대청에서 업무를 보고 있었다. 원래 강주지부는 채득장蔡得章이라 하는데 현임 채 태사太師 채경의 아홉째 아들이었다. 그래서 강주 사람들은 그를 채구 지부蔡九知府라 불렀다. 그는 탐욕스럽고 교만하며 사치스러웠다. 강주는 돈과 양식이 넘치고 사람도 많으며 물산 또한 풍부한 곳이라서 태사가 일부러 그에게 지부를 맡긴 것이다. 두 공인이 도착한 당일 바로 공문을 제출했으며 송강을 대청 앞에 데리고 갔다. 채구 지부가 송강의 인물이 범상치 않음을 보고 물었다.

"너는 어째서 칼 위에 주 관아에서 봉인한 용지가 없느냐?"

두 공인이 대답했다.

"오는 도중에 봄비에 젖어 떨어져버렸습니다."

"빨리 문서를 작성하여 성 밖 유배지 배소에 보내라. 너희가 직접 가거라."

두 공인이 송강을 배소에 보내 인계했다. 당시 강주부 공인은 공문을 보내 송강을 구금하고 아울러 공인과 함께 주부 관아 앞 주점에 가서 술을 마셨다. 송강은 은자 3냥을 꺼내 강주부 공인에게 주었다. 강주부 공인은 증명문서를 요구하고 송강을 독방으로 보내 기다리도록 했다. 공인은 먼저 관영과 차발에게 가서 송강을 대신해 편의를 부탁하고 인수인계를 한 뒤 증명문서를 얻어 강주부로 돌아갔다. 두 공인은 송강의 보따리와 짐을 돌려주고 온갖 감사를 다한 뒤 이별하여 성으로 들어갔다. 두 공인이 함께 돌아가며 말했다.

"우리가 비록 놀라기도 하고 고생은 했지만 돈은 많이 벌었네."

둘은 주 관아에 돌아가 회신 문서를 받고는 제주부로 돌아갔다.

한편 송강은 또 사람을 시켜 차발을 독방으로 불러 은자 10냥을 주었고, 관영에게는 은자 10냥에 10냥을 더 보냈으며 선물도 보냈다. 배소 안에서 관리하는 사람과 심부름하는 군졸에게는 은자를 주고 차도 사서 먹여 송강을 좋아하지 않는 사람이 없었다. 잠시 후 점고를 하러 대청으로 불려나가자 칼을 벗기고 관영을 만났다. 뇌물을 얻었기 때문에 대청의 관영이 말했다.

"이번에 유배온 죄인 송강은 듣거라. 선대 태조 무덕 황제께서 내리신 유지에 따라 새로 유배온 모든 죄수는 반드시 살위봉 100대를 맞아야 한다. 여봐라, 잡아서 형틀에 올려라."

송강이 관영에게 공손하게 말했다.

"소인이 도중에 감기가 걸려 아직도 낫지 않았습니다."

"너는 확실히 병색이 있구나. 얼굴색이 누리끼리하여 병의 증상이 있어 보이지 않느냐? 일단 살위봉은 내버려두어라. 이 사람은 서리 출신이니 본 배소의 초사抄事7를 맡기도록 하여라."

그리고 즉시 문서를 작성하여 초사방으로 보냈다. 송강이 관영에게 감사 인사를 하고 독방으로 가서 짐을 들고 초사방으로 갔다. 죄수들은 송강이 제법 체면이 있는 것을 보고 모두 술을 사서 축하했다. 다음 날 송강이 술과 음식을 준비하여 죄수들에게 답례했다. 얼마 지나지 않아 차발과 패두를 청하여 술을 대접했고 관영에게는 항상 선물을 보냈다. 송강에게는 금은보화가 많아서 그들과 관계를 쌓기에 충분했다. 반달쯤 지나자 배소 안에서 그를 좋아하지 않는 사람이 없었다.

자고로 '권력자에게 빌붙어 아부하는 것이 인지상정'이라고 했다. 송강이 하루는 차발과 초사방에서 술을 마시고 있는데 차발이 송강에게 말했다.

"형님, 제가 전에 말했던 절급에게 인정을 쓰라고 말씀드렸는데 어찌

7_ 초사抄事: 전문적으로 베껴 쓰는 일을 하는 서리.

서 여러 날이 지나도록 사람을 시켜 보내지 않습니까? 이미 10일이 넘었는데 내일 그가 오게 되면 분명히 가만있지 않을 것입니다."

"괜찮습니다. 그 사람이 찾아와 돈을 달라고 하더라도 주지 않을 것입니다. 만일 차발 형님이 필요하면 송강에게 물으시고 가져다 쓰셔도 상관없습니다. 그러나 그 절급이 달라고 한다면 한 푼도 없습니다! 그 사람이 찾아오면 제가 달리 방법이 있습니다."

"압사님, 그 사람은 매우 사나울 뿐만 아니라 무예 또한 보통이 아닙니다. 아마도 목청을 높여 압사님에게 모욕을 줄 것이고, 제게는 압사님께 말씀드리지 않았다고 따질 겁니다!"

"형님은 그 사람 마음대로 하게 내버려두세요. 제게 방법이 있으니 걱정 마십시오. 감히 보내지도 않을 것이고, 그 역시 감히 내게 달라고 하지 않을 것입니다."

그 말이 다 끝나지도 않았는데 패두가 들어와서 보고했다.

"절급이 여기에 와서 지금 대청에서 난동을 부리며 '새로 귀양온 죄수 놈이 어째서 내게는 상납금을 주지 않느냐!'며 욕하고 있습니다."

차발이 말했다.

"제가 뭐라고 했습니까? 그 사람이 직접 왔으니 나한테도 질책할 것입니다!"

송강이 웃으며 자리에서 일어서더니 말했다.

"차발 형님, 죄송합니다. 오늘은 여기까지 하시고 나중에 다시 한잔 하시지요. 저는 나가서 저 사람과 얘기 좀 해야겠습니다."

차발도 함께 일어나 서둘러 나가며 말했다.

"우리는 만나지 않고 피하는 게 좋겠습니다."

송강이 차발과 헤어져서 초사방을 나와 점시청點視廳8으로 절급을 만나러 나갔다.

8_ 점시청點視廳: 죄인을 점검하는 대청.

제 3 7 회

말썽꾸러기[1]

송강이 차발을 보내고 초사방을 나와 점시청으로 가서 보니 그 절급은 의자를 가져다가 대청 앞에 앉아 고함을 버럭 지르고 있었다.

"새로 유배온 죄인 놈은 어떤 놈이냐?"

패두가 송강을 손가락으로 가리키며 말했다.

"바로 저 사람이오."

절급이 송강을 위아래로 훑어보고 나서 욕을 퍼부었다.

"너 이 얼굴도 검고 키도 똥자루만 한 죽일 놈아! 네가 누구의 권세

1_ 37장 급시우가 신행태보를 만나다及時雨會神行太保. 흑선풍이 낭리백조와 싸우다黑旋風鬪浪里白條.

를 믿고 내게 상납금을 바치지 않느냐?"

"'인정이란 것은 사람 사이에 오가는 정으로 자발적으로 쓰기 원해야 한다'고 했는데, 강제로 남의 재물을 쥐어짜려 하시오? 정말 쪼잔하구먼!"

사람들이 송강의 말을 듣고 긴장하여 손에 땀을 쥐었다. 그 사내는 발끈하며 욕을 쏟아냈다.

"이런 죽일 죄수 놈이. 아니 세상에 어떻게 이런 무례를! 도리어 나더러 쪼잔하다고? 저는 어떻다고 나한테 뒤집어씌워? 신곤訊棍2을 백 대는 맞아야겠구나."

주변 사람들은 모두 송강과 관계가 좋아서 곤장을 때린다는 말을 듣자 우르르 나가버리고 두 사람만 남았다. 모두 나가버리자 속에 열불이 치밀어 신곤으로 송강에게 달려가 치려 했다.

"절급께서 나를 때리려 하시는데 내가 무슨 죄를 지었습니까?"

"이런 죽일 죄수 놈, 네가 내 손 안에 들어온 물건이랑 다를 줄 아느냐. 기침하는 것도 내가 죄라고 하면 죄가 되는 것이다!"

"내가 잘못했더라도 죽을죄는 아니지 않소."

절급은 화가 머리끝까지 치밀어올라 말했다.

"죽을죄가 아니라도 너를 죽이려면 어려울 것 없다. 파리 잡는 것이나 다를 것 하나 없다!"

2_ 신곤訊棍: 관에서 사용하던 것으로 범죄에 대해 자백을 강요하며 때리던 몽둥이.

송강이 정색하며 가까이 다가가서 작은 소리로 말했다.

"내가 상납금을 주지 않은 것이 죽을죄라면 양산박 오용하고 내통하는 것은 무슨 죄란 말이오?"

그 사람은 이 말을 듣고 몹시 당황하여 손에 들었던 곤봉을 떨어뜨리며 공손하게 말했다.

"뭐, 뭐라고 하셨소?"

"당신이 군사 오용하고 내통하고 있다고 했는데 나한테 뭘 물으시오?"

그 사람은 어쩔 줄 모르고 당황하더니 송강을 가까이 당겨 물었다.

"다, 당신은 누구요? 그런 말은 어디서 들었소?"

송강은 만면에 웃음을 띠며 공손하게 말했다.

"소생은 산동 운성현 송강입니다."

그는 크게 놀라 거듭해서 인사를 하며 말했다.

"원래 형님이 바로 운성현 급시우 송 공명이시군요!"

"입에 올릴 만큼 대단한 이름은 아니오."

"형님, 여기는 이야기를 나눌 만한 장소가 아니니 감히 절을 올리지 못하겠습니다. 괜찮으시다면 같이 성내로 들어가 마음껏 이야기 나누시지요."

"그럽시다. 절급은 잠시 기다리시오. 가서 방문 좀 잠그고 오겠소."

서둘러 방에 가서 오용의 편지를 꺼내고 돈을 챙겨넣은 다음 방에서 나와 잠그고 패두에게 잘 지키라고 했다. 그 사람과 배소를 나와 강주성 안으로 들어가 거리의 주점 이층에 앉았다. 절급이 송강에게 물었다.

"형님은 어디서 오용 선생을 만나셨습니까?"

송강이 품속에서 편지를 꺼내 건네주었다. 그는 봉투를 뜯어 모두 읽어보더니 소매 안에 넣고 일어나 송강에게 절했다. 송강이 서둘러 일어나 답례하며 말했다.

"방금 제 말이 불쾌하셨더라도 탓하지 마십시오. 용서하십시오!"

"저는 송가 성을 가진 사람이 배소 안에 들어왔다는 말만 들었습니다. 전에는 유배온 죄수라면 상납금 5냥을 내야 했습니다. 이번에 이미 10여 일이 넘었는데 보내지 않았습니다. 오늘 한가한 날이라서 받아내려고 했더니 바로 형님이셨군요. 공교롭게 배소 안이라 심한 말로 형님을 모독했으나 너그럽게 용서해주십시오!"

"차발이 일찍이 크신 이름을 말해주었습니다. 송강이 일부러 귀하신 얼굴을 뵙고 싶었으나 어디에 사시는지 모르는 데다 성안으로 들어올 수도 없었습니다. 일부러 형장이 찾아오시길 기다려야 만날 수 있었으므로 이렇게 오래 걸린 것입니다. 5냥 은자가 아까워 보내지 않은 것이 아니고 형장이 반드시 오시도록 일부러 시간을 끈 것입니다. 오늘 다행히 이렇게 뵙게 되어 평생의 소원이 이루어졌습니다."

이 사람은 누구인가? 오용이 추천한 강주 양원 감옥 절급 원장 대종이었다. 당시 송나라 금릉로金陵路에서는 절급을 모두 '가장家長'이라고 칭했고 호남로湖南路3에서는 '원장院長'이라고 불렀다. 원래 대 원장은 놀라운 도술을 보유하고 있었다. 긴급한 군사 정보를 전하기 위해 길을 나설 때 갑마甲馬4 두 개를 허벅지에 묶고 신행법神行法5을 쓰면 하루에 500리 길을 갈 수 있었으며 네 개를 묶으면 하루에 800리를 갈 수 있었다. 그러므로 사람들이 '신행태보神行太保' 대종이라고 불렀다. 대 원장과 송강은 그동안 겪었던 사정과 일들을 주고받으며 서로 즐거워했다. 둘은 이층 방에 앉아 술 파는 사람을 불러 술과 과일, 야채를 시키고 술을 마셨다. 송강은 우연히 여러 호걸을 만나고 많은 사람과 회합하던 일들을 이야기했고, 대종은 오용과 왕래하던 일을 조금도 거리낌 없이 솔직하게 토로했다. 두 사람이 서로 속으로 좋아하는 것들을 말하며 술 두세 잔을 마셨을 때 아래층에서 소란스런 소리가 들렸다. 점원이 서둘러 방 안으로 들어오더니 대종에게 말했다.

"이 사람은 원장님이 아니고는 아무 말도 듣지 않습니다. 도저히 방법이 없으니 번거롭더라도 원장께서 좀 달래주십시오."

대종은 귀찮아서 내려가고 싶지 않았지만 할 수 없이 물었다.

"아래층에서 행패를 부리는 게 도대체 누구냐?"

점원이 대답했다.

"항상 원장님과 함께 다니는 '철우鐵牛' 형님이 아래층에서 주인장에게 돈을 빌리고 있습니다."

대종이 듣고 웃더니 몸을 일으키며 말했다.

"또 이놈이 아래에서 무례한 짓거리를 하고 있네. 난 또 누구라고.

3_ 여기에서 금릉로, 호남로의 로路는 송나라의 행정구역으로 지금 중국의 성급省級이다.
4_ 갑마甲馬: 일종의 부적.
5_ 신행법神行法: 마치 나는 것같이 달리는 술법.

형님 잠시 앉아 계십시오. 제가 가서 이놈을 불러오겠습니다."

대종이 몸을 일으켜 내려간 지 얼마 되지 않아 온몸의 피부는 검고 생김새는 무시무시하며 기골이 장대한 사내를 데리고 올라왔다. 송강은 그 사람을 보자마자 아주 무섭게 생겨 깜짝 놀라 당황하며 물었다.

"워……원장, 이분은 누……누구시오?"

"이 사람은 제가 일하는 옥 안의 옥졸로 이규李逵라고 합니다. 본적은 기주沂州6 기수현沂水縣 백장촌百丈村입니다. 본래 별명을 붙여 '흑선풍黑旋風' 이규라고 부르는데, 타향에서는 '이철우李鐵牛'라고 합니다. 사람을 때려죽이고 도망나왔다가 사면되었으나 고향으로 돌아가지 않고 여기 강주에 남았습니다. 술버릇이 고약하여 사람들이 무서워합니다. 쌍도끼7를 잘 부리고 권법과 봉술에도 능합니다. 지금 여기 감옥에서 일하고 있습니다."

이규가 송강을 위아래로 훑어보더니 대종을 보고 불쑥 물었다.

"형, 저 검둥이는 누구야?"

대종은 어이가 없어서 송강을 바라보고 웃으며 말했다.

"압사님, 보다시피 이놈이 이렇게 우악스럽습니다. 예절이나 체면이라곤 전혀 몰라요!"

6_ 기주沂州: 지금의 산둥성山東省 린이臨沂.

7_ 이규가 사용하는 쌍도끼는 판부板斧라 불리는 고대의 무기다. 도끼날이 보통 도끼보다 평평하고 넓다. 『수당연의』에서 정교금程咬金도 판부를 사용한다.

"형, 우악스럽다는 말이 무슨 소리야?"

대종이 평소와 달리 매우 다정히 이규에게 훈계하며 말했다.

"동생, '저분이 누구십니까' 하고 물어야지 '저 검둥이는 누구야'라고 물어보면 그게 바로 우악스러운 것이지 무엇이냐? 내가 말해주마. 이분은 네가 평소에 찾아가서 의지하고 싶다던 그 의사 형님이다."

"혹시 지금 이 사람이 산동 급시우 검둥이 송강이라는 거야?"

"어허, 이놈이 그래도 감히 어른을 전혀 몰라보고 윗사람 이름을 직접 불러대느냐! 빨리 절 안 하고 뭐하는 짓이냐!"

"진짜 송 공명이면 내가 절을 하겠지만, 만일 상관없는 사람이라면 절은 무슨 젠장맞을 절이야! 절급 형, 나를 속여 절 시켜놓고 놀리려고 그러는 거지."

송강은 이규의 당돌함에 전혀 개의치 않고 나서서 말했다.

"제가 바로 산동 검둥이 송강입니다."

이규가 박수를 치며 기뻐하더니 갑자기 풀썩 엎드려 넙죽 절하며 말했다.

"아이고 우리 이 어르신! 진작 말씀하셔서 철우도 좀 즐겁게 해주지."

송강이 서둘러 답례하며 말했다.

"장사 형님께서는 여기 앉으시지요."

"동생, 내 옆에 앉아서 마셔라."

"작은 잔에 따라 마시기 귀찮으니 큰 대접으로 마십시다."

송강이 옆에서 이규를 바라보며 말했다.

"방금 아래층에서 무슨 연유로 화를 내셨습니까?"

"내가 50냥짜리 은덩어리를 10냥에 저당잡혔는데, 여기 주인장에게 10냥을 빌려 은덩이를 찾아와 돌려주고 나머지는 내가 쓰려 했어요. 짜증나게 병신 같은 주인이 빌려주지 않네! 막 그놈과 맞장을 떠서 박살을 내려고 하는데 형이 나를 불러서 올라온 거야."

"모두 10냥이면 찾을 수 있겠습니까? 이자는 따로 필요 없어요?"

"이자는 이미 여기 있으니 본전 10냥만 있으면 찾을 수 있어요."

송강이 이규의 말을 듣고 몸에서 은자 10냥을 꺼내 건네주며 말했다.

"형씨, 가지고 가서 찾는 비용으로 쓰십시오."

대종이 막으려고 했으나 송강은 이미 은자를 끄집어냈다. 이규가 은자를 받으며 말했다.

"좋았어! 두 형님이 여기서 기다리면 은자를 찾아와 돌려드리고 송강 형과 성 밖에 가서 술 한잔 마셔요."

송강이 일어서려는 이규를 붙들어 앉히며 말했다.

"잠시 앉아 술 몇 잔 들고 가시오."

"금방 돌아온다니까요."

거침없이 일어서서 발을 젖히고 아래층으로 서둘러 내려갔다. 대종이 불만에 가득 차서 말했다.

"형님이 은자를 빌려주면 안 돼요. 방금 제가 말리려고 했는데 벌써 건네주시면 어떻게 해요?"

"왜요?"

"저놈이 솔직하긴 하나 술과 도박을 좋아하는데 무슨 은자가 있다고 저당잡히겠습니까? 형님이 저놈에게 속아 은자만 날린 것입니다! 서둘러 가는 것을 보니 틀림없이 도박하러 간 거예요. 딴다면 형님께 돌려주겠지만 잃는다면 저놈이 무슨 재주로 돌려주겠습니까? 제가 형님 볼 면목이 없습니다."

송강이 밝게 웃으며 말했다.

"그렇게 말하면 제가 섭섭합니다. 그까짓 돈 몇 푼이 뭐가 대단합니까? 날리면 그만이지요. 제가 보기에도 정말 충직한 사람인 것 같습니다."

"저놈이 실력도 있지만 단지 몹시 거칠고 대담해 걱정입니다. 강주 감옥에서 술만 마셨다 하면 죄인들은 내버려두고 자기처럼 건장한 옥졸만 두들겨 팹니다. 내가 그것 때문에 한두 번 연루된 것이 아닙니다. 오로지 억울한 일을 당한 사람 편을 들고 강한 자는 두드려서 강주성 안의 많은 사람이 그를 두려워합니다."

"우리도 몇 잔 더 마시고 성 밖에 나가 구경이나 합시다."

대종이 송강의 말을 듣고 그제야 생각난 듯 말했다.

"제가 미처 형님과 같이 강주성을 돌아볼 생각을 못했군요."

"강주의 풍경을 보고 싶었습니다. 같이 돌아보면 정말 좋지요."

둘이 술 마시는 이야기는 여기서 마치겠다. 한편 이규가 은자를 손에 넣고 생각했다.

'송강 형님과 사귄 적도 없었는데 10냥씩이나 빌려주다니. 과연 의를 중시하고 재물을 아끼지 않는다는 말이 거짓이 아니었어! 여기까지 오셨는데 유감스럽게 매일 잃어 술 한잔 사줄 돈 한 푼 없네. 돈 10냥을

얻었으니 한판 벌여야겠다. 돈 몇 관이라도 따서 술 한잔 사주면 모양이 좀 나겠지!'

생각이 여기에 미치자 서둘러 성 밖으로 달려가 소장을小張乙의 도박장에 와서 은자 10냥을 꺼내놓고 소리쳤다.

"두전頭錢[8] 이리 내놔라. 나도 걸어야겠다!"

소장을은 이규가 도박을 할 때마다 항상 남을 속이는 법이 없음을 알고 있으므로 바로 대답했다.

"이번 판은 쉬시지요. 형님은 이 판 끝나고 하세요."

돈 딸 생각밖에 없는 이규에게 다음 판을 기다릴 인내심이 있을 리 없었다.

"이 판에도 걸어야겠다!"

"옆에서 따로 맞추어도 상관없지요."

"그럴 생각 없고 바로 이 판에 걸어야겠다! 은자 5냥 걸었다."

이규가 돈을 걸려고 옆에 서 있던 사람의 두전을 잽싸게 빼앗으며 말했다.

"누가 나와 한판 할 거냐?"

소장을이 말했다.

"은자 5냥을 걸겠습니다."

8_ 두전頭錢: 일종의 도박 도구로, 6개의 동전을 두전이라 한다. 두전을 던져 '자字(정면)'와 '만縵(뒷면)'의 숫자로 승부를 결정짓는다.

이규가 동전을 던지며 소리질렀다.

"뒷면(쾌快—두전이 뒷면이면 '쾌'라 부른다)에 걸었다. 뒷면 나와라!"

두전이 '댕그랑' 하고 떨어지더니 글자가 있는 앞면이(차叉—두전이 모두 정면이면 '차'라 부른다) 나왔다. 소장을은 이규가 걸었던 은자를 집어갔다. 이규가 다급하게 소리쳤다.

"내 돈은 10냥이잖아!"

"다시 5냥을 걸면 되잖아요. 뒷면이 나오면 은자를 돌려줄게요."

이규는 다시 두전을 들고 소리치며 공중에 던졌다.

"뒷면 나와라!"

두전이 댕그랑 하고 바닥에 떨어지더니 데구루루 굴러 야속하게 글자가 나왔다. 소장을이 의기양양하게 웃으며 말했다.

"내가 나서지 말고 잠시 쉬라고 했잖아요. 내 말 안 듣더니 결국 앞면만 두 번 나왔잖아요."

돈을 따서 송강에게 술을 대접하겠다던 계획이 어그러지자 마음이 다급해져서 자기도 모르게 목소리가 부드러워졌다.

"이 돈은 내 게 아니야!"

"누구 돈이건 그게 무슨 상관이에요! 졌으면 그만이지 무슨 소리 하는 거예요?"

이규는 송강에게 술 한잔 살 기회가 사라지는 것이 안타까워 더욱 조심스레 말했다.

"다른 방법이 없으니 나한테 빌려주면 내일 갚을게."

소장을이 이규의 사정을 알 리가 없었다.

"지금 농담하세요? 자고로 도박장에서는 아비와 자식도 없다고 했어요. 도박에 져놓고 왜 이렇게 억지예요?"

저고리 앞섬을 당겨 벌리며 억지를 부리기 시작했다.

"돌려줄래 말래?"

소장을은 이규의 행동을 보고 고개를 갸우뚱거리며 말했다.

"이규 형님, 평소에는 도박에 져도 깨끗하게 승복하시더니 오늘은 어째서 이렇게 못난 짓을 하고 계시오?"

이규가 아무 대답도 못하고 주섬주섬 은자를 집고, 또 다른 사람의 은자 10여 냥도 빼앗더니 적삼 안에 넣어 품으며 두 눈을 부릅뜨고 말했다.

"어르신께서 평소에는 지면 깨끗하게 승복했는데 오늘 한 번만큼은 부득이하게 승복하지 못하겠다!"

소장을이 다급하게 앞으로 나와 은자를 빼앗으려다가 이규에게 밀려났다. 도박꾼 11~12명이 한꺼번에 덤벼들어 은자를 빼앗으려 하자, 이규가 앞을 치는 척하다가 옆을 차고 오른쪽을 치는 척하다가 왼쪽을 두드리니 아무도 당해낼 재간이 없었다.

모두 때려눕히고 바로 문 앞에 이르렀다. 문을 지키던 놈이 놀라 문앞을 가로 막으며 물었다.

"형님, 어딜 가려 하십니까? 못 나갑니다."

이규가 한 손으로 문지기를 번쩍 들고 발로 문을 걷어차고 나왔다. 도박꾼들이 뒤를 따라 뛰쳐나왔다.

"형님, 우리 돈까지 빼앗아가는 것은 정말 너무하잖소!"

문 앞에서 소리만 지르며 한 사람도 나서서 달라고 하지 못했다.

이규가 막 자리를 떠나려고 하는데 뒤에서 한 사람이 달려와 어깨를 잡아당기며 말했다.

"너 이놈! 어째서 남의 재물을 빼앗았느냐?"

이규가 그 말에 대답하며 몸을 돌렸다.

"이런 개 같은, 네가 무슨 상관인데!"

돌아보니 대종과 송강이 뒤에 서 있었다. 이규가 부끄러워 당황하며 말했다.

"형님, 너무 나무라지 마십시오. 평소에는 도박에 져도 그냥 승복하는데, 형님에게 술 한잔 대접할 돈이 없어서 오늘 한 번만큼은 잃고 싶지 않았습니다. 마음은 급하고 돈을 마련할 길은 막막해서 이런 부끄러운 짓을 벌였습니다."

송강은 이규의 말을 듣고 신이 나서 웃으며 말했다.

"동생, 이제 은자가 필요하면 언제든지 달라고 하게. 오늘 잃었으니 빨리 그 돈은 돌려주게."

이규가 적삼 안에서 은자를 꺼내 송강에게 건네주었다. 송강이 소장을을 불러 은자를 돌려주었다. 소장을은 돈을 받으며 말했다.

"두 분 나리에게 아룁니다. 나중에 봉변을 당할까 무서워서 제 돈만 가져가고 이규 형님에게 딴 10냥은 돌려드리겠습니다."

"원망하지 않을 테니 아무 걱정 말고 가져가시오."

소장을이 은자를 받으려 하지 않자 송강이 다시 물었다.

"저 사람이 당신들을 때리지는 않았소?"

"일꾼과 돈을 돌려달라던 손님 그리고 문지기가 맞아서 안에 쓰러져 있습니다."

"그렇다면 사람들에게 치료비를 주겠소. 동생에게 감히 달라고 못할 테니 내가 주겠소."

소장을이 돈을 받고 감사하며 돌아갔다.

송강이 대종을 돌아보고 말했다.

"우리 이형이랑 한잔 마시러 갑시다."

"앞에 강가에 있는 것은 비파정琵琶亭 주점인데 당나라 백낙천白樂天9의 유적입니다. 저 비파정에서 술 한잔 마시며 경치도 구경하지요."

"그러면 성안에 들어가 음식 좀 사가지고 갑시다."

"그럴 필요 없습니다. 지금 정자 안에서 사람들이 술을 팔고 있습니다."

"그러면 더 말할 것 없지요."

세 사람은 비파정을 향해 걸었다. 비파정에 올라서 바라보니 한쪽은 심양강에 인접해 있었고, 다른 한쪽은 주점 주인의 집이었다.

비파정 안에는 좌석이 10여 개 있었는데, 대종은 그중에서 가장 깨끗한 자리를 골라 송강을 상석에 앉히고 자기가 맞은편에 앉은 다음

9_ 백낙천白樂天: 백거이白居易. 당대 유명한 문학가로 낙천樂天은 호다. 당 헌종 원화년元和年에 한림원 학사를 맡았으며 상서를 올렸다가 강주사마로 좌천되었는데 그때 장시「비파행琵琶行」을 썼다.「비파행」은 백거이가 심양 강변에서 비파를 타는 기녀를 만나 이야기를 듣고 쓴 작품이다.

이규를 옆에 앉혔다. 세 사람은 자리를 정하고 심부름꾼을 불러 야채, 과일, 해산물, 안주를 시켰다. 주보는 강주에서 유명한 상등의 술인 옥호춘玉壺春 두 단지를 가져와 진흙 밀봉을 뜯었다. 이규가 당당하게 말했다.

"술을 마시려면 큰 잔에다 꿀꺽꿀꺽하고 마셔야지 작은 잔에 홀짝홀짝 마시는 건 아주 짜증난단 말이야."

대종이 이규 때문에 자기 체면이 다 구겨졌다고 생각해서 더 이상 참지 못하고 불끈 화를 냈다.

"너는 촌스러운 소리 좀 작작해라! 주둥이 닥치고 주는 대로 받아먹어라."

그러나 송강은 전혀 상관하지 않고 주보를 불러 분부했다.

"우리 두 사람에게는 작은 잔을 주고 이분께는 큰 그릇을 하나 내오거라."

주보가 내려가 큰 대접을 가져다 이규 앞에 놓고 술을 따르며 안주를 상 위에 차려놓았다. 이규가 기분 좋게 웃으며 말했다.

"송강 형님은 정말 좋은 사람이오. 사람들이 하던 말이랑 다르지 않고 내 성격을 단번에 알아버렸네. 정말 형님으로 삼기를 잘했네."

주보가 옆에서 술을 5~7차례 따랐다.

송강은 이 두 사람, 특히 이규를 만나 기분이 몹시 좋았으므로 술을 여러 잔 마시고 갑자기 생선탕이 마시고 싶어 대종에게 물었다.

"여기에 신선한 물고기가 있는가?"

대종이 심양강을 돌아보며 말했다.

"형님, 강에 가득 찬 고깃배가 안 보이십니까? 여기는 바로 쌀과 물고기의 고장인데 어째서 생선이 없겠습니까?"

"매운 생선탕이 술 깨는 데 좋으니 좀 마시고 싶네."

대종이 주보를 불러 조금 매운 생선탕을 만들어오도록 했다. 잠시 후 생선탕을 만들어온 것을 보고 송강이 말했다.

"맛있는 음식은 아름다운 그릇에 담아 먹어야 제 맛이라네. 비록 술집이지만 그릇도 정말 마음에 드는군."

젓가락을 들고 대종과 이규에게도 권하며 고기를 몇 점 집어 먹고 탕을 몇 모금 마셨다. 이규는 젓가락은 전혀 쓰지 않고 손으로 그릇에서 고기를 건져 뼈까지 모두 씹어 먹었다. 송강은 웃음을 참지 못했고 탕을 몇 모금 더 먹다가 젓가락을 놓고 다시는 먹지 않았다. 대종이 옆에서 지켜보고 말했다.

"형님, 분명히 물고기를 절여서 형님 입맛에 안 맞는 것이지요?"

"제가 본래 술을 마시고 신선한 생선탕을 즐겨 마시는데 이 고기는 정말 별로입니다."

대종이 맞장구를 치며 말했다.

"저도 먹지 않겠습니다. 절인 것은 내키지 않아요."

이규는 자기 그릇의 물고기를 씹어 먹으며 말했다.

"두 형님이 안 들겠다면 내가 다 먹어야지."

손을 뻗쳐 송강 그릇의 것을 가져다 먹고, 또 대종의 그릇에 담긴 것까지 가져다 먹으니 국물이 여기저기 떨어져 온 탁자가 흥건했다.

송강은 이규가 생선탕 세 그릇을 가져다가 물고기만 건져 뼈까지 다

씹어 먹는 것을 보고 주보를 불러 분부했다.

"여기 이형께서 배가 많이 고프셨다. 가서 고기 두 근을 썰어서 가져오너라. 돈은 나중에 한꺼번에 지불하마."

주보가 말했다.

"저희는 양고기만 팔고 소고기는 없습니다. 양고기를 시키시면 가져다드리겠습니다."

이규가 듣고 물고기 국물을 주보의 얼굴에 퍼부어 몸이 온통 국물에 젖었다. 대종이 깜짝 놀라 벌떡 일어서서 말했다.

"너 또 무슨 짓이냐!"

이규가 대답했다.

"이 무례한 놈이 짜증나게, 내가 소고기는 먹고 양고기는 안 먹는다고 만만하게 보잖아!"

주보가 울상을 지으며 말했다.

"소인은 묻는 말에 대답만 했지 아무 말도 안 했습니다."

송강이 주보를 달래듯이 말했다.

"가서 잘라오면 내가 돈은 주겠네."

주보는 화를 참고 양고기 두 근을 잘라 접시에 담아 가져와 탁자에 올려놓았다. 이규는 고기를 보고 아무것도 따지지 않고 한 움큼씩 집어다 먹었다. 어느새 양고기 두 근을 모두 먹어치웠다. 송강이 바라보고 말했다.

"장하다! 정말 사내대장부로다!"

"송강 형님이 내 맘을 알아주는구려. 고기보단 암만해도 생선이 더

맛있지?"

대종이 주보를 불러 물었다.

"방금 생선탕 말이야. 그릇은 깨끗하고 보기 좋았지만 절인 고기라 맛이 없었어. 무슨 신선한 고기가 있으면 여기 우리 나리 해장하게 따로 탕 좀 끓여오너라."

주보가 계면쩍게 웃으며 말했다.

"솔직히 말씀드리지요. 아까 그 고기는 확실히 어제 잡은 고기입니다. 오늘 활어는 아직 배 안에 있는데, 물고기 거간꾼이 나타나기 전에는 팔지 않으므로 신선한 고기가 없습니다."

이규가 벌떡 일어나며 말했다.

"내가 가서 활어 두어 마리 얻어다가 형님께 대접해야겠네!"

대종이 이규를 붙잡으며 말했다.

"넌 가지 마라! 주보가 가서 몇 마리 얻어오면 그만이다."

"배에서 고기나 잡는 놈들이 나한테 주지 않을 수 없을걸. 그까짓 게 얼마나 된다고!"

이규는 말리는 대종을 뿌리치고 바로 나갔고, 대종은 송강에게 하소연하며 말했다.

"형님, 너무 탓하지 마십시오. 제가 괜스레 이 따위 놈을 끌어들여서 체면은 다 깎이고 창피해 죽을 지경입니다!"

송강이 너그럽게 미소를 지으며 말했다.

"타고난 성격이 그런 것인데 어떻게 고치겠습니까? 나는 도리어 그의 진실함에 끌립니다."

두 사람은 비파정 위에서 함께 웃으며 이런저런 이야기를 나누었다.

한편 이규가 강변을 걸으며 주변을 바라보니 어선 80~90척이 한 줄로 늘어서서 모두 푸른 버드나무에 매여 있었다. 배 위의 어부들은 노를 베고 비스듬히 누워 잠을 자는 이도 있었고, 어망을 수선하기도 했으며, 강에서 목욕을 하는 사람도 있었다. 때는 바로 5월 중순이라 붉은 해가 서산으로 저물고 있는데, 거간꾼이 나타나기 전이라 선창을 열고 물고기를 파는 사람은 없었다. 이규가 배 옆으로 가 소리를 질렀다.
"너희 배 안의 살아 있는 물고기 두 마리를 내게 다오!"
그 어부가 대답하며 말했다.
"거간 주인이 나타나지 않아서 물고기를 꺼낼 수 없습니다. 저기 상인들이 모두 바닥에 앉아서 기다리는 것을 보시오."
"거간 주인인지 나발인지 뭘 기다린다고? 물고기나 두 마리 내놓아라!"
"종이도 사르지 않았는데 어떻게 감히 선창을 열겠습니까? 어째서 먼저 당신에게 고기를 드려야 한단 말이오?"
이규는 사람들이 고기를 주려 하지 않자 배 한 척으로 뛰어올라갔는데, 누구도 이규를 말리지 않았다. 이규가 배 위의 일에 대해선 아무것도 몰라서 대나무로 얽어 짠 바자[10]를 뽑아버렸다. 물가에 서 있던

10_ 바자: 대, 갈대, 수수깡, 싸리 따위로 발처럼 엮어서 만든 물건. 울타리를 만드는 데 쓰인다.

어부가 보고 말했다.

"이런 제기랄, 망했다!"

이규가 손을 뻗어 갑판 아래를 더듬어보았으나 고기가 한 마리라도 있을 리가 없었다.

원래 장강의 어선은 고물에 커다란 빈 공간이 있어서 강물이 드나들 수 있게 하고 살아 있는 물고기를 넣고 대나무 바자로 막아놓았다. 이렇게 하면 선창 안으로 물이 드나들므로 강주의 물고기는 신선했다. 이규는 이런 것을 모르고 바자를 들어올려 물고기를 놓아준 것이다. 이규가 다시 다른 배로 뛰어올라가 대나무 바자를 들어올렸다. 70~80명 어부가 모두 달려와 대나무 상앗대로 이규를 두들겼다. 이규는 화가 크게 났으나 마음이 조급하여 저고리를 벗으니 안은 바둑돌 무늬의 수건만 매고 있었다. 어지러이 내려오는 상앗대를 두 손으로 막고 5~6개를 한꺼번에 잡아 비트니 파 부러지듯이 꺾였다. 어부들이 보고 모두 놀라 닻줄을 풀고 배를 저어 달아났다. 이규가 분노에 가득 차 웃통을 벗은 채 부러진 상앗대를 들고 뭍으로 올라와 상인들을 두드려대니 멜대를 짊어지고 사방으로 도망갔다.

한참 혼란스러울 때 한 사내가 작은 길에서 걸어 나왔다. 사람들이 보고 소리쳤다.

"거간 주인이 왔다! 저기 시커먼 사람이 여기서 물고기를 빼앗으며 어선을 쫓아버렸습니다."

"시커먼 사람이 누구이기에 감히 이렇게 무례하단 말이냐!"

사람들이 이규를 가리키며 말했다.

"저놈이 또 뭍으로 내려와서 사람들을 닥치는 대로 때렸습니다."

그 사내가 이규에게 달려와 소리를 질렀다.

"너 이놈이 아무리 표범 심장과 호랑이 쓸개를 씹어 처먹었더라도 감히 어르신의 사업을 방해해서는 안 되지 않느냐!"

이규가 사내를 바라보니 키는 6척 5~6치쯤 되고 나이는 32~33세쯤 되어 보였으며 버드나무 같은 세 가닥 검은 수염이 입가를 쪽 뻗어 덮었다. 머리는 녹색 망사로 만든 만자두건을 두르고 있었는데 붉은 구레나룻이 어울려 돋보였다. 상의는 하얀 저고리를 입고 허리에는 명주로 된 주머니 끈을 묶었으며 아래로는 청백색의 올빼미 다리처럼 생긴 미투리를 신고 손에는 저울을 들고 있었다. 이 사람은 고기를 팔러 왔다가 이규가 소란스럽게 난리치며 사람을 때리는 것을 보고 저울을 상인에게 맡기고 달려가 소리쳤다.

"이 자식이 누구를 그렇게 때리느냐!"

이규는 대답도 하지 않고 상앗대를 돌려 그 사람을 두들겨 패기 시작했고, 그 사람은 벌써 이규에게 달려들어 상앗대를 빼앗았다. 이규가 다시 그 사람의 머리카락을 붙잡았다. 그는 이규에게 머리를 잡힌 채 하체로 달려들어 넘어뜨리려고 했으나, 황소 같은 이규의 힘을 당해내지 못하고 바로 밀려나서 몸 가까이 접근할 수 없었다. 다시 그가 옆구리를 몇 번 때렸으나 이규는 신경도 쓰지 않았다. 다시 또 몸을 날려 발로 걷어찼으나 이규가 살짝 피하더니 바로 그의 머리를 누르고 쇠망치 같은 주먹을 들어 척추를 북 치듯이 내려치니, 그 사람은 꼼짝도 못하고 맞았다. 한참 때리고 있는데 한 사람이 등 뒤에서 허리를 끌어안고 다른 한 사람은 손을 잡으며 소리쳤다.

"안 된다. 그만해라!"

이규가 고개를 돌려 바라보니 송강과 대종이었다. 이규가 손을 놓자 그 사내는 몸을 빼더니 연기처럼 사라졌다.

대종이 이규를 원망하며 말했다.

"내가 너더러 물고기 얻으러 가지 말라고 했더니 또 여기서 사람을 패고 있느냐. 만일 사람을 때려죽이기라도 한다면 감옥에 들어가 목숨을 잃지 않겠느냐?"

"내가 형님을 연루시킬까봐 걱정하는 모양인데, 사람을 때려죽이면 나 혼자 책임질 테니 걱정 마시오!"

송강이 말리며 말했다.

"동생, 말싸움 그만하고 저고리 가지고 가서 술이나 마시세."

이규가 버드나무 가지에서 저고리를 집어들어 팔에 걸치고 송강과 대종을 따라 걸었다. 10여 걸음을 걸었을 때 등 뒤에서 욕하는 소리가 들려왔다.

"죽일 검둥이 자식아! 이번엔 너 나랑 승부를 가리자."

이규가 고개를 돌려 바라보니 그 사내가 옷을 홀딱 벗고 바지를 돌돌 말아 묶었는데, 온몸이 눈처럼 하얀 것이 삶은 돼지 수육 같았다. 머리는 두건을 빼고는 모두 붉은 털로 가득 찼다. 강변에서 그 사람이 상앗대로 배를 밀면서 다가와 욕을 퍼부었다.

"능지처참을 당할 검둥이 자식아! 어르신이 너를 무서워하면 사내도 아니다. 달아나면 너는 남자도 아니다!"

이규가 듣고 크게 분노하여 울부짖으며 적삼을 벗고 몸을 돌려 쫓아갔다. 그 사내는 배를 약간 물가에 붙이더니 한 손에 상앗대를 잡아 배를 고정시키더니 욕을 마구 해댔다. 이규도 지지 않고 욕을 하며 말했다.

"야 너 배에서 내려와!"

사내가 상앗대로 이규의 다리를 찌르며 화를 돋우었다. 이규가 번개같이 몸을 날려 배 위로 뛰어들었다. 사내가 이규의 화를 돋우어 배로 유인한 다음 상앗대를 뭍에 대고 밀며 두 발에 힘을 주니 배는 화살처럼 강 한가운데로 나아갔다. 이규가 비록 수영을 조금 할 줄 알았지만 잘하지 못하므로 당황하여 어쩔 줄 몰라 했다. 사내는 더 이상 욕을 하지 않고 상앗대를 던지며 말했다.

"덤벼라. 이번엔 너랑 반드시 승부를 봐야겠다!"

바로 이규의 팔뚝을 잡고 말했다.

"너랑 싸울 것도 없이 먼저 물맛부터 보여주마!"

두 다리로 배를 흔드니 배가 거꾸로 뒤집히며 두 영웅의 몸도 따라서 공중제비를 돌며 풍덩 하고 강물에 떨어졌다. 송강과 대종은 서둘러 강변으로 달려 나오다가 배가 강 한가운데에서 뒤집히는 것을 보고 강가에 서서 '아이고' 소리를 지르며 발을 동동 굴렀다. 강가에는 이미 300~500명이 몰려들어 버드나무 그늘에 앉아 구경하며 말했다.

"저 검은 사람 이번에 제대로 임자한테 걸려 살려고 발버둥치다 물깨나 먹게 생겼구먼!"

송강과 대종이 물가에 서서 바라보는데 강물이 갈라지면서 사내가 이규를 들어올리더니 다시 물밑으로 끌고 들어갔다. 푸른 물결이 넘실대는 강 가운데에서 이규의 검은색 몸통은 더욱 검게 보였고, 상대편의 서리처럼 새하얀 피부는 햇살에 반짝이고 있었다. 둘은 한 덩어리가 되어 엉켜 싸웠다. 강가의 300~500명 무리 중에 어느 하나 환호하지 않는 자가 없었다. 당시 이규가 그 사내에게 물속으로 끌려들어가 눈알 흰자위가 잠기도록 물을 먹고 다시 물 밖으로 끌려나와 숨 한번 겨우 들이마시고, 또다시 끌려 들어가며 한도 끝도 없이 당하고 있었다. 송강이 이런 광경을 보고 대종을 시켜 사람들에게 구원을 요청하도록 했다. 대종이 사람들에게 물었다.

"저 하얀 사람은 누구냐?"

남자를 아는 사람이 말했다.

"저 사람은 바로 여기 거간 주인으로 장순張順이라고 합니다."

송강이 이름을 듣고 갑자기 생각이 났다.

"혹시 낭리백조라고 불리는 장순이 아닙니까?"

사람들이 이구동성으로 대답했다.

"그렇습니다. 바로 저 사람입니다."

송강이 대종에게 다급하게 말했다.

"내게 저 사람 형인 장횡이 보내온 편지가 배소 거처에 있으니 어떻게 해보게."

대종이 듣고 물가에서 강 중심을 향하여 큰 소리로 말했다.

"장형, 이제 그만하시오. 내가 당신 형님 장횡의 편지를 가지고 있소. 그 검은 사람은 우리 형제이니 그만 용서해주고 강가에 와서 이야기합시다."

장순은 강 중심에서 대종이 부르는 소리를 듣고 평상시에 알고 지내던 사람이라 바로 이규를 풀어주었다. 강가로 헤엄쳐와 뭍으로 기어오르더니 대종을 보고 인사를 하며 말했다.

"원장님, 소인이 무례함을 저질렀다고 탓하지 마시기 바랍니다."

"그대가 내 체면을 보고 우리 동생 좀 구해서 끌어올려주면 사람을 한 분 소개시켜주겠소."

장순이 다시 물속으로 뛰어 들어가 헤엄쳐 이규에게 다가갔다. 이규는 물속에서 머리를 내밀고 허우적거리며 올라왔다 내려갔다 발버둥치며 헤엄치는 척하려고 애를 썼다. 장순이 이미 도착하여 이규의 한 손을 잡고 두 다리로 평지를 걷는 것처럼 헤엄쳤다. 물이 배에 닿지 않고 배꼽이 드러날 정도로 헤엄을 잘 쳤다. 한 손으로 물을 가르며 이규를 강 언덕으로 끌어올렸다. 강가에서 구경하던 사람들이 모두 환호했다. 송강은 넋을 잃고 한참을 바라보았다. 이규가 기침을 해대며 한참 동안 물을 토해냈다. 대종이 모두를 돌아보며 말했다.

"비파정으로 가서 이야기 좀 나눕시다."

장순은 적삼을 빌려 입었고 이규도 적삼을 걸쳤다. 네 사람이 다시 비파정으로 올라가던 중 대종이 장순에게 말했다.

"장형, 나를 아시오?"

"소인은 원장님을 알고 있었지만 인연이 닿지 않아 인사할 기회가 없었습니다."

대종이 이규를 가리키며 장순에게 물었다.

"평소에 이규를 알고 계셨습니까? 오늘 이규가 무례한 짓을 범하고 말았습니다."

"소인이 어찌 이형을 모르겠습니까만 붙어본 적은 없었습니다."

이규가 장순을 노려보며 으르렁거렸다.

"네놈이 오늘 내게 물을 흠씬 먹였겠다!"

"너도 오늘 나를 실컷 두들겨 팼잖아!"

대종이 두 사람을 달래며 말했다.

"두 분은 이번 기회에 친한 친구가 되기 바라오. 속담에 '싸우지 않으면 서로를 알 수 없다'고 하지 않았소."

이규가 째려보며 말했다.

"너 다음부터 거리에서 나랑 만나지 않도록 조심해라!"

"그럼 물속에서 기다리마!"

그 말에 네 사람은 즐겁게 한바탕 웃으며 다 같이 인사말만 하고 예는 생략했다.

대종이 장순에게 송강을 가리키며 말했다.

"장형, 이 형님을 혹시 아시오?"

장순이 송강을 쳐다보더니 대종을 돌아보며 말했다.

"저는 모르겠습니다. 여기서 본 적도 없습니다."

이규가 벌떡 일어서며 의기양양하게 말했다.

"이 형이 바로 흑송강이다!"

장순이 놀라며 대답했다.

"혹시 산동 급시우 운성현 송 압사님이십니까?"

대종이 말했다.

"바로 공명 형님이시오."

장순이 머리를 조아려 절하며 말했다.

"명성은 오래전부터 들었습니다만, 생각 밖에 오늘 이렇게 만나 영광입니다! 강호 사람들은 형님이 맑은 덕을 지녔고 위태롭고 어려운 사람을 도우며 의를 받들어 재물을 아끼지 않는다고 말하더군요."

"가당치도 않은 말씀입니다! 전에 이곳으로 올 때 게양령 혼강룡 이준의 집에서 며칠 머물렀습니다. 나중에 심양강에서 목홍을 만났고 우연히 형님인 장횡도 함께 만나 소식을 전하는 편지 한 통을 전해주라고 했는데 배소 거처에 두고 가져오지 않았습니다. 오늘 대 원장과 이 형이랑 여기 비파정에서 술 한잔 마시며 경치를 구경했습니다. 송강이 술이 과해 신선한 생선탕을 마시고 해장을 할까 했는데, 저 사람이 물고기를 구해오겠다고 고집을 피웠습니다. 우리 둘이 무슨 재주로 말리겠습니까. 강가에서 고함 소리가 나고 시끄럽기에 주보를 불러 물어보니 시커먼 사람이랑 누가 싸운다고 하더군요. 우리 둘은 서둘러 가서 말리려다가 뜻밖으로 장사를 만나게 되었습니다. 오늘 송강이 하루아침에 세 명의 호걸을 만나게 된 것이 어찌 하늘의 도움이 아니겠습니까! 같이 앉아서 술 한잔 하시지요."

주보를 불러 잔과 접시를 다시 내오고 안주를 새것으로 바꾸었다. 장순이 말했다.

"형님께서 물고기를 좋아하신다니 제가 가서 몇 마리 가져오겠습니다."

송강이 대답했다.

"좋지요."

이규가 일어나며 말했다.

"나도 같이 가자."

대종이 고함을 빽 지르며 말했다.

"또 시작이냐! 너 아직도 물을 덜 마셨냐?"

장순이 웃으며 이규의 손을 잡고 말했다.

"내가 이번에 이형이랑 같이 가서 물고기도 얻어오고 다른 사람들은 어떻게 되었는지 살펴봐야겠네요."

둘이 비파정에서 내려왔다. 장순이 휘파람을 불자 강 위에 있던 배들이 강가로 몰려왔고 장순이 물었다.

"어느 배에 금색 잉어가 있느냐?"

이쪽 사람이 말했다.

"내 배에 있는데."

"내 배에도 있다네."

순식간에 금색 잉어 10여 마리가 모였다. 장순이 그중에서 가장 큰 것 네 마리를 골라 버드나무 가지를 꺾어 꿰고 이규에게 가지고 가서 준비하도록 했다. 장순은 상인들을 점검하고 소거간꾼에게 무게를 달아 고기를 팔도록 분부했다. 장순은 비파정으로 돌아와 송강과 함께 술을 마셨다. 송강이 장순에게 감사하며 말했다.

"한 마리면 충분할 텐데 왜 그리 많이 보냈소?"

"약소한 물건이라 입에 담기도 민망스럽습니다! 형님께서 다 드시지 못하면 거처에 가지고 가셔서 반찬으로 드십시오."

두 사람은 나이에 따라 자리를 잡았다. 이규가 말했다.

"내가 나이가 더 많아."

세 번째 자리에 앉고 장순이 마지막 자리에 앉았다. 다시 주보를 불러 옥호춘 두 단지를 시키고 해산물과 안주와 과일을 시켰다. 장순이 주보에게 한 마리는 매운탕을 만들게 하고 다른 한 마리는 술로 찌게 했으며 또 한 마리는 회를 떴다.

네 사람은 술을 마시며 가슴속에 품고 있던 이야기를 풀어놓았다. 이야기가 한창 무르익을 무렵 이팔청춘의 미소녀가 비단옷을 입고 들어와 네 사람 앞에서 공손하게 사배를 하고 목청을 높여 한 곡조 뽑아냈다. 이규가 영웅담을 풀어놓을 차례가 되었을 때 그녀가 노래를 부르자 세 사람이 그 노래를 듣느라 이야기가 끊겨버렸다. 화가 나서 몸을 날려 두 손가락으로 소녀의 이마를 쿡 찍었다. 소녀가 놀라 소리를 지르며 갑자기 뒤로 쓰러졌다. 사람들이 다가가서 보니 소녀의 분홍색 뺨이 흙빛으로 변해 이내 붉은 입술에서 숨이 멈추었다. 주점 주인이 앞으로 나와 네 사람을 막더니 관아에 가서 고발하려고 했다.

제 3 8 회

다가오는 위험[1]

당시 이규가 손가락을 튕기자 어린 계집이 맞고 놀라 쓰러졌고, 주점 주인이 뛰어나와 막아서며 말했다.

"네 분 손님, 아이고 이 일을 어떻게 합니까?"

주인이 당황하여 주보를 불렀다. 주보가 앞에 나와 즉시 입에 물을 머금고 뿜어내 쓰러진 계집을 깨웠다. 잠시 후 계집이 깨어나자 부축하여 일으키며 살펴보니 관자놀이에 살갗이 조금 벗겨져 기절한 것이었다. 깨어난 계집은 아무런 이상이 없었다. 계집의 부모는 흑선풍이 딸

1_ 38장 심양루에서 송강이 반시를 읊다潯陽樓宋江吟反詩. 대종이 양산박의 가짜 편지를 전하다梁山泊戴宗傳假信.

을 때렸다는 말을 듣고 놀라 한동안 넋을 잃고 아무 말도 못했다. 딸이 스스로 말도 하자 어미가 수건을 꺼내 머리를 묶어주고 바닥에 떨어진 비녀와 귀걸이를 주워 챙겼다. 송강이 옆에서 보고 딱한 듯이 물었다.

"너는 성이 무엇이냐? 어디 사람이냐?"

계집의 늙은 어미가 송강에게 대답했다.

"어르신께 사실대로 아룁니다. 저희 늙은 부부 성은 송宋이고 원래 개봉부 사람입니다. 여기 제 딸년 이름은 옥련玉蓮입니다. 아비에게 노래를 몇 가지 배워 이 비파정에서 노래를 불러 생계를 이어가고 있습니다. 성질이 급해서 주변 상황을 살피지 않고 나리들 이야기판에 끼어들어 제멋대로 노래를 부른 것입니다. 오늘 여기 어르신께서 실수로 제 딸년을 조금 상하게 했지만, 그렇다고 관아에 송사를 벌여 누를 끼칠 수는 없지 않겠습니까?"

송강은 계집의 어미가 사리에 맞게 말하는 것을 보고 말했다.

"너는 사람을 하나 찾아 나와 함께 내가 머무는 군영에 가자. 내가 너에게 은자 20냥을 줄 것이니 딸을 잘 키워 나중에 선량한 사람에게 시집보내고 이런 곳에서 노래 파는 짓은 때려치우거라."

부부가 놀라 엎드려 절하며 말했다.

"어떻게 감히 그렇게 많은 돈을 받겠습니까!"

"나는 한마디도 허튼소리하는 사람이 아니다. 네 남편을 딸려보내면 내가 그에게 건네주겠다."

"나리, 도와주셔서 정말 감사하옵니다!"

대종은 송강이 많은 돈을 쓰게 되자 이규를 원망하며 말했다.

"너 이놈 사람들과 짜고 형님 돈을 우려내려는 것 아니냐!"

"손톱에 살짝 긁혀서 지가 자빠진 것을 날더러 어쩌라고. 저렇게 약해빠진 계집년은 보질 못했다니까! 형이 내 얼굴을 백 대를 쳐봐라. 멀쩡하지."

이규의 말을 듣고 모두 웃었다.

장순이 주보를 불러 말했다.

"여기 술값은 내가 지불할 테니 달아놓아라."

주보가 대답했다.

"아무나 내도 상관없습니다. 괜찮아요. 그냥 가십시오."

송강이 이런 일을 그냥 지나칠 리가 없었다.

"동생, 내가 두 사람을 끌고 술 마시러 온 것이니 내가 술값을 내야겠네!"

장순이 막무가내로 송강을 말리며 말했다.

"정말 어렵게 형님을 만났습니다. 산동에 계신다면 저희가 찾아가 의지했을 것입니다. 오늘 하늘이 도와 이렇게 만나게 되어 작은 성의라도 표하고 싶은 것인데 거절하시는 것은 예가 아닙니다!"

대종이 중간에 끼어 한마디 거들었다.

"송강 형님, 장형이 저렇게 공경하는 마음을 내비치니 못 이기는 척 받아들이시오."

"동생이 내겠다고 하니 나중에 내가 한잔 사겠네."

장순은 기쁘기도 하고 신이 나서 잉어 두 마리를 들고 대종, 이규와 함께 송 노인을 따라오게 하고 비파정을 나와 송강을 배웅하여 군영까지 왔다. 다섯 사람은 모두 초사방에 들어가 앉았다. 송강이 먼저 은자 20냥을 꺼내 송 노인에게 주어 돌려보냈다. 날이 이미 저물어 장순은 송강에게 물고기를 건네주고 장횡의 편지를 받아 집으로 돌아갔다. 송강이 50냥짜리 은자를 꺼내 이규에게 주며 말했다.

"동생, 가지고 가서 쓰게."

대종도 송강과 이별하여 이규와 함께 서둘러 성안으로 들어갔다.

송강은 물고기 한 마리는 관영에게 주고 나머지는 자기가 먹었다. 물고기가 신선하고 입에 맞아 욕심을 부려 너무 많이 먹었다. 야밤 사경에 창자가 꼬이듯이 배가 아팠다. 날이 밝았을 때 연이어 설사를 해, 이미 스무 번도 넘게 측간을 들락거리다 온몸에 힘이 빠져 방 안에 쓰러져 잠을 잤다. 송강은 평판이 좋았으므로, 군영 안의 사람들이 죽을 삶고 탕을 끓여 시중을 들었다. 다음 날 장순은 송강이 물고기를 좋아하던 것을 생각해 황금 잉어 두 마리를 편지에 대한 답례로 가져왔다가 설사병에 걸려 방 안 침상에 누워 죄수들의 보살핌을 받는 것을 보았다. 의원을 불러 치료하려고 하자 송강이 말했다.

"음식에 욕심을 내어 날생선을 먹다가 설사병에 걸린 것이니, 설사를 멎게 하는 육화탕六和湯을 지어 먹으면 괜찮아질 것이네."

장순이 가져온 잉어는 왕 관영과 조 차발에게 각각 한 마리씩 보냈다. 물고기를 전하고 육화탕을 지어 송강에게 주고 돌아갔다. 군영 안에 있던 사람들이 약을 달여 송강에게 먹였다. 다음 날 대종이 술과 고기를 준비하여 초사방으로 송강을 찾아왔는데 이규도 따라왔다. 송강이 설사병이 금방 나은지라 고기를 먹을 수 없으므로 둘이서 방 안에서 먹었다. 날이 저물 때까지 머물다가 돌아갔다.

송강은 배소 군영 안에서 5~7일을 쉬어 몸이 좋아지고 병세도 완전히 치유되자 성안에 들어가 대종을 찾으려고 생각했다. 다시 하루가 지났는데 아무도 찾아오지 않았다. 다음 날 아침 식사를 마치고 진시쯤에 은자를 가슴에 넣고 방문을 잠근 다음 군영을 나왔다. 한가롭게 거리를 거닐다 성안으로 들어가 주 아문 왼편에서 대종의 집을 물었다. 누군가가 말했다.

"그는 처자식이 없어서 성황당 옆 관음암에서 살고 있습니다."

송강이 듣고 바로 그곳으로 찾아갔으나 이미 문을 잠그고 나가버렸다. 다시 돌아와 흑선풍 이규를 찾으니 대부분의 사람이 대답했다.

"이규는 정해진 거처가 없고 가족도 없이 아무 데나 떠돌아다니는 사람이라 주로 감옥에서 살고 있습니다. 고정된 거처가 없는 순검은 동쪽에서 이틀 머물고 서쪽에서 잠시 쉬므로 어디에 사는지 알 수가 없습니다."

송강이 다시 물고기 거간꾼 장순을 찾아가니 어떤 사람이 대답했다.

"그는 성 밖 마을에서 삽니다. 고기를 팔 때는 성 밖 강변에 있다가 외상값을 받을 때만 성안으로 들어옵니다."

송강은 이 말을 듣고 성 밖으로 나와 그곳이 어디인지 물어봐야 했다. 혼자서 돌아다니자니 흥이 나지 않아 성 밖으로 나와 발길 닿는 대로 돌아다녔다. 그때 강가의 경치가 매우 뛰어나 감상하기에 부족함이 없었다.

한 주점 앞을 지나가다가 고개를 들어 바라보니 주점 장대 위에 푸른 깃발이 걸려 있는데 '심양강 정고潯陽江正庫'2라고 적혀 있었다. 처마 바깥에 걸린 편액에는 소동파가 쓴 '심양루潯陽樓'라는 세 글자가 크게 쓰여 있었다. 송강이 그것을 보고 속으로 생각했다.

'내가 운성현에 있을 때 강주에 심양루라는 아름다운 건물이 있다더니 원래 여기에 있었구나. 내가 비록 혼자 여기에 왔지만 그냥 지나칠 수 없지. 올라가 혼자 논다고 안 될 것도 없잖아?'

건물 앞으로 다가와 보니 문 양쪽 주홍 기둥 하얀 패 위에 대련 다섯 글자가 각각 크게 쓰여 있었다. 바로 '세상에 비할 바 없이 좋은 술이 있어, 심양루가 천하에 이름을 떨치노라世間無比酒, 天下有名樓'라고 쓰여 있었다. 송강이 이층으로 올라가 강변 쪽 방에 앉아 난간에 기대어 바라보니 감탄이 그치지 않았다. 주보가 올라와 물었다.

"손님, 일행을 기다리시겠습니까? 아니면 혼자 드시겠습니까?"

"손님 두 사람이 더 올 텐데 아직 도착하지 않았네. 먼저 좋은 술 한 동이하고 과일과 고기를 가져오고 생선은 필요 없네."

주보가 주문을 받고 아래로 내려갔다. 잠시 후 쟁반을 들고 올라와 '남교풍월藍橋風月'이란 술을 한 동이 내려놓고 요리와 신선한 과일, 안주 등을 차렸는데 살진 양고기, 연한 닭고기, 절인 거위, 돼지 살코기 등이 주홍 쟁반에 가득 차 있었다.

2_ 정고正庫: 송대에 소금과 술은 전매라 각지에 술창고를 만들어 국가에서 독점했으며 개인은 주세를 납부해야 했다. 정고는 각지의 술 저장 창고다. 즉 심양루는 심양강 지역의 국영 주류 총판점이다.

송강이 보고 속으로 흐뭇해서 우쭐거리며 말했다.

"이렇게 정갈하고 풍성한 음식과 아름다운 그릇들이 어울리는 것을 보니 확실히 강주가 좋긴 좋구나. 내가 비록 죄를 짓고 여기로 귀양을 왔지만 이런 진정한 산수를 보게 되는구나. 내가 살던 곳에도 명산과 고적이 있었지만, 여기 경치와는 비교가 되지 않는구나."

혼자 난간에 기대어 실컷 마시다보니 자기도 모르게 술에 취하여 갑자기 여러 감회가 떠올랐다.

'산동에서 태어나 운성현에서 자랐고 서리胥吏가 되어 강호에서 많은 호걸과 사귀었다. 비록 부질없는 헛된 명성을 얻었지만 지금 나이가 이미 서른이 넘었는데도 명성이나 금전 어느 것 하나 이루지 못하고 양쪽 뺨에 자자하고 여기에 유배나 오다니! 내가 고향의 부모와 형제를 무슨 면목으로 볼 수 있단 말인가?'

자기도 모르게 술기운이 올라오며 눈물이 줄줄 흐르고 불어오는 바람, 눈에 보이는 모든 것이 마음에 닿고 심금을 울렸다. 갑자기 「서강월西江月」3 사詞 한 수가 떠올라 주보를 불러 지필묵을 가져다달라고 하고 몸을 일으켜 하얀 벽에 적혀 있는 옛사람들의 시사를 감상하고 음미했다. 송강이 술김에 곰곰이 생각했다.

'나도 여기에 한 수 남기지 못할 이유가 없지. 만일 나중에 성공하여

3_ 서강월西江月: 서강월은 사패詞牌다. 사의 격식은 율시와 달리 모두 1000여 개의 격식이 있다. 여기서 말하는 격식은 바로 사의 악보다. 「서강월」은 원래 당의 교방곡敎坊曲이었다.

여기를 지날 때 다시 보고 지난 세월을 기억한다면 오늘의 아픔이 생각날 것이다.'

술김에 먹을 진하게 갈아 붓끝에 잔뜩 묻히고 하얀 벽에 써내려갔다.

어려서 경전과 사서를 두루 익혔고	自幼曾攻經史
자라서 또한 권모술수를 갖추었다네.	長成亦有權謀
사나운 호랑이가 잡초 우거진 언덕에 엎드려	恰如猛虎臥荒丘
이빨과 발톱을 감추고 참아내고 있다네.	潛伏爪牙忍受
불행하게 양 볼에 자자를 새기고	不幸刺文雙頰
강주로 귀양와서 견디고 있노라!	那堪配在江州
나중에 복수라도 한다면	他年若得報冤仇
심양강 강물을 붉게 물들이리라!	血染潯陽江口

송강은 여기까지 쓰고 매우 흡족하여 크게 웃고 다시 몇 잔 더 마시며 즐거워했다. 자기도 모르게 자제력을 잃고 방탕해져서 손발이 저절로 들썩이자 붓을 다시 들고 「서강월」 아래에 7언 절구를 한 수 적었다.

몸은 오 땅에 있는데 마음은 산동을 향해 있고	心在山東身在吳
뜻을 숨기고 천지 사방을 헤매며 탄식한다.	飄蓬江海謾嗟籲
훗날 뜻을 이루어 청운을 펼치게 되거들랑	他時若遂凌雲志
황소4가 나만 못한 장부라 비웃어주리라!	敢笑黃巢不丈夫

송강은 시를 쓰고 뒤에 '운성현 송강이 쓰다鄆城宋江作'라고 다섯 자를 크게 써내려갔다. 모두 마치고 붓을 탁자 위에 던져놓으며 스스로 한 번 더 읊었다. 다시 술잔에 가득 따라 마시고 자기도 모르는 새에 취하여 술을 이기지 못했다. 주보를 불러 술값을 지불하고 또 은자를 상으로 주었다. 소매를 펼치고 아래층으로 내려와 비틀거리며 길을 더듬어 군영으로 돌아왔다. 방문을 열고 침상에 쓰러져 깨어나니 이미 오경이었다. 술은 깼으나 어제 심양루에서 시를 지었던 일은 아무것도 기억하지 못했다. 그날은 술병을 앓아 방 안에 누워 있었다.

한편 여기 강주 심양강 건너 맞은편 들판에 따로 도시가 하나 있었는데 무위군無爲軍5이라고 불렀다. 여기에서 한직 통판通判6을 맡고 있던 황문병黃文炳이란 자가 있었다. 이 사람은 글 읽은 문인이었으나, 아첨을

4_ 황소黃巢: 당나라 말년에 왕선지王仙芝의 반란에 호응하여 농민 반란을 일으켰다. 왕선지 사후 수십만 군대를 거느린 수령이 되었다. 879년에 광주廣州, 장안長安을 격파하고 대제大齊 정권을 세웠다. 민간 전설에 황소는 사람을 가장 많이 죽인 마군이라고 한다. 송강의 시에서 황소를 비웃은 문구는 두 가지 해석이 가능하다. 황소처럼 반란을 일으켜 황제가 될 것이라는 것, 그리고 황소보다 더 많은 사람을 죽이겠다는 것이다.

5_ 무위군無爲軍: 군軍은 송대 행정구역이다. 송 997년에 천하를 15로路로 나누고 나중에 3로를 더하여 18로를 만들었다. 로는 지금 중국의 성에 해당된다. 로 아래의 행정구역은 부府, 주州, 군軍, 감監으로 나눈다. 그러나 '무위군'이라는 지명은 어디에도 없으므로 『수호전』 작자가 가상으로 만든 지명이다. 무위현은 있었다고 한다. 군은 주로 변방 요새나 군사 요충지에 설치한 행정구역이다.

6_ 통판通判: 부지부副知府나 부지주副知州에 해당된다.

잘하는 무리로 도량이 좁아 실력 있고 재능 있는 자를 시기했다. 자기보다 뛰어나면 해를 끼치고 자기보다 못하면 괴롭혀 향촌에서 많은 사람을 해쳤다. 채구 지부가 현임 태사 채경의 아들이란 것을 알고 매번 남을 이간질하면서 지부의 비위를 맞추었다. 항상 강을 건너와 지부를 방문하며 추천을 받아 벼슬길에 올라 다시 관리가 되기를 희망했다. 송강이 고난을 받아야 할 운명인지 맞수를 만나게 되었다. 그날 황문병은 집에 한가롭게 앉아 있다가 마땅히 할 일도 없어 종 둘을 데리고 절기에 맞는 선물을 사서 자기 집 배를 타고 강을 건너와 바로 강주부 관아로 가서 채구 지부를 방문하려고 했다. 때마침 관아에서 공식 연회가 열려 감히 들어가지 못하고 돌아오려고 했다. 마침 하인이 배를 심양루 아래에 묶어두었는데, 황문병은 날씨가 한창 덥자 이층에 올라가 잠시 쉬었다 가려고 했다. 발길 닿는 대로 술창고에 들어갔다가 한번 살펴보고 주점 이층에 올라가 난간에 기대어 시간을 보내고 있었다. 벽에 쓰인 시구가 매우 많았는데, 잘 지은 것도 있었지만 엉망으로 아무 식견이 없는 것들도 있어서 황문병은 보고 냉소를 지었다. 이때 송강이 지은 「서강월」과 함께 읊은 칠언절구를 보고 깜짝 놀라 말했다.

"이것은 반역시 아닌가? 누가 여기에 쓴 거야?"

뒤에 '운성송강작'이란 다섯 글자가 보였다. 황문병이 다시 한번 읽었다.

"어려서 경전과 사서를 두루 익혔고 자라서 또한 권모술수를 갖추었다네."

차갑게 웃으며 중얼거렸다.

"정말 대단한 자부심이군!"

다시 다음 구를 음미했다.

"사나운 호랑이가 잡초 우거진 언덕에 엎드려, 이빨과 발톱을 감추고 참아내고 있다네."

고개를 갸우뚱하며 생각했다.

"이놈이 자기 분수도 모르고 나대는군!"

"불행하게 양 볼에 자자를 새기고, 강주로 귀양와서 견디고 있노라."

다시 웃으며 말했다.

"고상한 뜻을 가진 사람도 아니고, 보아하니 유배온 놈에 불과하구나."

다시 다음 시구를 읊조렸다.

"나중에 복수라도 한다면, 심양강 강물을 붉게 물들이리라."

고개를 좌우로 흔들며 말했다.

"이놈이 누구에게 복수를 한다는 말이지? 게다가 여기에서 일을 벌이시겠다고! 배군 놈 주제에 무슨 재주로 일을 잘도 벌이겠다!"

밑에 적힌 시도 읽어 내려갔다.

"몸은 오 땅에 있는데 마음은 산동을 헤매고, 민망초처럼 천지 사방을 헤매며 탄식한다."

고개를 끄덕이며 말했다.

"이 두 구를 보니 그럭저럭 용서가 되는군."

마지막 두 구를 읽었다.

"훗날 청운을 펼치게 되거들랑, 황소가 나만 못한 장부라 비웃어주리라!"

혀를 쭉 빼고 고개를 좌우로 흔들며 말했다.

"이놈이 정말 무례한 놈이구나! 황소를 앞지르겠다니, 이것이 모반이 아니면 대체 무엇이란 말이냐?"

다시 '운성송강작'이란 글을 읽고 생각하며 말했다.

"나도 많이 들어본 이름이니 아마도 지방 서리일 텐데."

주보를 불러 물었다.

"여기에 이 시와 사를 적은 것은 누구냐?"

"어떤 사람이 밤에 혼자 와서 술 한 병을 마시고 적었습니다."

"대강 어떤 사람이냐?"

"뺨에 금인이 두 줄 있는 걸로 봐서 유배지 군영 사람인 것 같습니다. 생김새는 피부가 검고 키는 작으며 통통하게 살이 쪘습니다."

"알았다."

붓과 벼루를 빌리고 종이를 가져와 베낀 다음 몸에 넣고 주보더러 지우지 말라고 분부했다.

황문병이 아래층으로 내려와 배로 돌아가서 하루를 보냈다. 다음 날 밥을 먹고 하인에게 물건 상자를 담은 멜대를 지우고 바로 관아 앞으로 갔다. 지부가 관아에서 퇴청하자 사람을 시켜 알렸다. 한참 뒤 채구 지부가 사람을 내보내 후당으로 길을 인도했다. 채구 지부가 직접 맞이하여 황문병과 인사를 주고받은 다음 선물을 건네주고 주빈으로 나누어 자리에 앉았다. 황문병이 채 지부에게 말했다.

"제가 밤에 강을 건너와 부에 찾아와 인사를 하고자 했으나, 공식 연회가 열리고 있다는 말을 듣고 감히 제멋대로 들어올 수가 없었습니다. 그래서 오늘에야 뵙게 되었습니다."

"통판은 나와 허물없는 친구인데 들어와 같이 참여했어도 무슨 문제가 되었겠소? 내 접대가 소홀했군."

이때 하인이 차를 가지고 왔다. 차를 마시고 황문병이 말했다.

"제가 감히 상공에게 직접 여쭙지는 못하겠습니다. 근래에 부친 태사 어른께서 사람을 보내신 적이 있습니까?"

"며칠 전에 편지가 왔네."

"경사에서 근래에 새로운 소식이 있습니까?"

"부친이 편지를 보내 당부하셨더군. 근래에 태사원太史院[7] 사천감司天監[8]이 황제에게 상주문을 올렸다고 하네. '밤에 천문을 살펴보니 강성罡星[9]이 오초吳楚[10] 땅을 비추고 있으니 감히 모반을 꾀하는 무리가 있거든 철저하게 살펴서 토벌하라. 게다가 번화가에서 아이들이 시정을 풍자하는 가요를 부르는데 그 내용은 '나라를 좀먹는 것은 가목이고, 싸움을 일으키는 것은 수공이라. 삼십륙이 종횡으로 날뛰니, 난리는 산동에서 일어나리라耗國因家木, 刀兵點水工. 縱橫三十六, 播亂在山東'라고 했다

7_ 태사원太史院: 원대에 천문을 관찰하고 달력을 제작하는 일 등 천문에 관련된 일을 하던 관서.

8_ 사천감司天監: 중국 고대의 천문과 달력을 관장하던 관리.

9_ 강성罡星: 중국 고대의 별자리 이름이다. 북두칠성의 자루 부분을 말한다.

10_ 오초吳楚: 중국 춘추시대 오초의 옛 땅을 말한다. 지금의 양쯔강 중하류 지역이다.

네. 그래서 내게 지방을 잘 지키라고 당부하였다네."

황문병이 한참을 생각하더니 웃으며 말했다.

"상공, 이 일은 결코 우연이 아닌 것 같습니다!"

소매에서 심양루에서 베낀 시를 지부에게 건네주며 말했다.

"여기에도 그런 것이 있습니다."

채구 지부가 받아 읽어보고 말했다.

"이것은 반시反詩(반역의 시가) 아닌가? 통판은 이것을 어디에서 얻었소?"

"소생이 밤에 찾아와 감히 부 안으로 들어오지 못하고 강변으로 되돌아갔습니다. 딱히 할 일도 없어서 더위를 피하려고 심양루에 올라가 놀다가 사람들이 써놓은 시사를 구경했습니다. 하얀 벽에 이 시가 새로 적혀 있더군요."

"누가 써놓은 것일까?"

"상공, 위에 '운성송강작'이라고 쓰여 있지 않습니까?"

"송강이란 자는 어떤 사람이오?"

"불행하게 양 볼에 자자를 새기고, 강주로 귀양와서 어떻게 살아가리?'라고 쓰여 있지 않습니까? 보아하니 유배지 군영에 유배온 죄인입니다."

"유배온 죄인 주제에 하긴 무얼 하겠소!"

"상공, 그를 얕보지 마십시오. 상공 말씀대로 태사 어른께서 적어 보내셨다는 아이들의 노래가 바로 이놈과 맞아떨어지고 있습니다."

"그건 또 어째서 그런가요?"

"'모국인가목耗國因家木'에서 말한 국가의 돈과 식량을 소모하는 사람은 가목이라 했습니다. 분명히 가家의 머리 부분과 목木자가 결합하면 송宋자입니다. 둘째로 '도병점수공刀兵點水工'은 전쟁을 일으키는 사람은 수공이라 했으니, 물수水 변에 공工자를 결합하면 분명히 강江자입니다. 이 사람은 이름이 송강으로 반시를 지은 것은 분명히 운명입니다. 하늘이시여 만민에게 복이 깃들게 하옵소서!"

"종횡삼십륙, 파란재산동縱橫三十六, 播亂在山東'은 무엇을 말하는 것이오?"

"육육년이거나 육육이란 수를 가리키겠지요. '파란'은 지금의 운성현으로 산동에 속한 지역입니다. 이 네 구로 따지면 송강이란 놈과 모두 일치합니다."

"여기에 그런 사람이 있는지 모르겠소."

"소생이 밤에 주보에게 물어보니 그저께 썼다고 합니다. 이 사람을 찾는 것은 어려울 것 없습니다. 배소에 있는 죄인 명단을 가져다가 조사하면 여기 있는지 없는지 바로 알 수 있습니다."

"통판의 안목이 보통이 아니오."

바로 하인을 시켜 창고지기를 불러 배소 군영의 문서를 가져오게 하여 살펴보았다. 하인이 가져온 문서를 채구 지부가 직접 살펴보니 과연 뒷부분에 있었다.

'5월 중에 새로 유배온 죄수 한 명 운성현 송강.'

황문병이 보고 말했다.

"바로 아이들의 노래에 부합하는 사람이니 보통 일이 아닙니다! 조금이라도 늦어 행여나 말이 새어나간다면 달아날까 두렵습니다. 빨리 사람을 보내 잡아들이고 하옥한 뒤 다시 상의하시지요."

"그 말이 옳소."

바로 정당에 올라가 양원兩院11에서 감옥을 관리하는 절급을 불렀다. 정당 아래에 대종이 대령하자 지부가 말했다.

"너는 공인을 데리고 빨리 배소 군영에 가서 심양루에 반역의 시를 쓴 범인 운성현 송강을 잡아오너라. 잠시라도 시각을 지체해서는 안 된다!"

대종은 지부의 말을 듣고 놀라 속으로 비명을 질렀다. 관아에서 나오자마자 절급과 옥졸들을 점검하고 불러서 말했다.

"각자 집으로 돌아가 무기들을 들고 내가 사는 곳 옆 성황당 안에 모이도록 하여라."

대종이 분부를 마치자 모두 집으로 돌아갔다. 대종은 바로 신행법을 써서 배소 군영 안 초사방으로 들어갔다. 문을 밀어서 보니 마침 송강이 방 안에 있다가 대종이 들어오는 것을 보고 황급하게 맞았다.

"내가 그저께 성안에 들어가서 동생을 여기저기 찾아다녔다네. 찾을 수가 없어서 혼자 심심하기에 심양루에 올라가 술 한 병 마셨다네. 요 이틀 정신이 흐리멍덩한 것이 다 거기에서 술을 마셔서라네."

"형님, 그날 거기 벽에다 뭐라고 적어놓지 않았소?"

11_ 양원兩院: 송나라 때 부 주급의 사법기구에는 부원 또는 주원 외에 사리원司理院이 있었다.

"술 마시고 해댄 미친 소리를 누가 기억하겠는가?"

"방금 지부가 나를 불러 사람을 여럿 데리고 심양루에 반시를 적은 죄인 운성현 송강을 관가로 잡아오라고 명령했습니다. 제가 듣고 놀라 먼저 공인들에게 준비해서 성황묘로 모이라고 하고 와서 미리 알리는 것입니다. 형님, 이제 어떡합니까? 어떻게 해야 할까요?"

송강이 듣고 머리를 긁고자 해도 어디가 가려운지 알지 못한 것처럼 어떻게 해야 할지 막막했다.

"이번엔 진짜 죽었구나!"

"제가 해결책을 생각해보았는데 통할지 모르겠습니다. 지금 저는 어물거릴 시간 없이 돌아가 사람들과 형님을 잡으러 다시 올 것입니다. 형님은 머리칼을 풀어헤치고 바닥에 오줌똥을 갈긴 후 거기에 뒹굴며 미친 척하십시오. 내가 사람들과 같이 오면 헛소리를 지껄이며 완전히 미친 사람 행세를 하세요. 그러면 제가 돌아가서 지부에게 둘러대보겠습니다."

"알려줘서 고맙네. 자네 말대로 되었으면 좋겠네!"

대종은 서둘러 송강과 이별하고 성안으로 돌아갔다. 곧바로 성황묘로 가서 공인을 데리고 배소 군영 안으로 들어가 거짓으로 소리를 질렀다.

"누가 새로 유배온 송강이냐?"

패두가 사람들을 데리고 초사방에 와서 보니 송강이 산발을 한 채 대소변 위에 누워 구르며 대종과 공인들이 온 것을 보고 말했다.

"너희는 뭐하는 잡것들이냐?"

대종이 거짓으로 큰 소리를 질렀다.

"이놈을 붙잡아라!"

송강이 눈깔을 뒤집고 정신없이 사람들을 때리며 말했다.

"나는 옥황상제의 사위다. 장인어른이 내게 천병 10만을 거느리고 너희 강주 사람을 죽이라고 했다! 염라대왕을 선봉으로 삼고 오도장군에게 뒤를 맡기셨으며 무게가 800근이나 되는 금인을 내게 주었다. 네 놈들을 죽여버리겠다!"

공인들이 그 꼴을 보고 수군거렸다.

"뭐야, 원래 미친놈이잖아. 이런 놈 잡아가서 뭐하려고?"

대종이 얼른 맞장구를 쳤다.

"너희 말이 옳다. 그냥 돌아가서 사실대로 말하고 그래도 잡아오라고 하면 그때 다시 오자."

공인들은 대종을 따라 주 관아로 되돌아왔다. 채구 지부는 대청에서 대종과 공인이 돌아오기를 기다리고 있었다.

"원래 송강이란 놈은 미친놈으로 똥오줌도 가리지 못하고 미친 소리를 해대며 온몸에 똥칠갑을 하여 가까이할 수도 없었기에 잡아오지 않았습니다."

채구 지부가 이유를 물으려고 할 때 황문병이 병풍 뒤에서 돌아 나와 지부에게 말했다.

"저 말은 믿지 마십시오. 본인이 쓴 시사와 필적을 보면 미친 사람이 아닙니다. 여기에는 분명히 속임수가 있습니다. 어찌되었든 끌어올 수 없다면 짊어지고라도 와야죠."

"통판 말이 옳소."

채구 지부가 대종에게 명령했다.

"너희는 아무것도 상관 말고 무조건 잡아오너라."

대종은 명령을 받고 속으로 아이고 하고 고함을 질렀다. 다시 공인을 데리고 군영으로 와 송강에게 말했다.

"형님, 일이 실패하고 말았소! 가는 수밖에 다른 도리가 없습니다."

커다란 대나무 광주리에 송강을 담아 짊어지고 가서 강주 관아 대청 앞에 내려놓았다. 지부가 공인에게 말했다.

"저놈을 끌고 오너라!"

송강을 대청 아래에 꿇어앉히려 하자 반항하며 두 눈을 크게 뜨고 채구 지부를 쳐다보며 말했다.

"너는 어떤 자식이기에 감히 내게 물어보느냐! 나는 옥황상제의 사위다. 장인어른이 내게 천병 10만을 거느리고 너희 강주 사람을 죽이라고 했다. 염라대왕을 선봉으로 삼고 오도장군으로 뒤를 맡기셨으며, 무게가 800근이나 되는 금인을 내게 주었다! 너희가 빨리 피하지 않으면 내가 너희를 모두 죽여버리겠다!"

채구 지부가 보니 정말 미친 사람 같았다. 황문병이 다시 지부에게 말했다.

"본관 차발과 패두를 불러 이 사람이 왔을 때부터 미친 것인지 근래에 미친 것인지 물어보면 어떻겠습니까? 만일 올 때부터 미쳤다면 정말 미친 것이고, 근래에 미쳤다면 반드시 미친 척하는 것입니다."

"옳은 말이오."

사람을 보내 관영과 차발을 불러 둘에게 물으니 어떻게 감히 속일 수 있겠는가? 바른 대로 말할 수밖에 없었다.

"이 사람이 올 때는 미친 증상을 보이지 않았고 근래에 이런 증상이 생겼습니다."

지부가 그 말을 듣자 화가 치밀어올라 옥졸을 불러 송강을 묶고 엎어놓은 다음 한 번에 연이어 50여 대를 때렸다. 송강이 두들겨 맞아 정신을 잃었다가 깨어나기를 몇 번 반복하며 피부가 찢기고 살이 터져 선혈이 낭자하게 흘렀다. 대종은 송강이 맞는 것을 바라보면서 속으로 비명만 지를 뿐 구해낼 아무런 방법이 없었다. 송강이 처음에 이런저런 헛소리를 해대며 버텼으나 도저히 매를 견디지 못하고 자백했다.

"일시적인 술기운으로 반시를 쓰긴 했습니다만, 특별히 다른 뜻이 있는 것은 아닙니다."

채구 지부는 조서를 꾸미고 한쪽 무게가 25근인 사형수용 칼을 채운 뒤 감옥에 가두었다. 송강은 맞아 두 다리를 움직일 수 없었고 즉시 칼을 고정하고 사형수 감옥에 갇혔다. 대종은 온 힘을 다하여 보호하면서 옥졸에게 분부하여 잘 보살피도록 했다. 대종이 음식을 준비하여 송강에게 공급했음은 말할 것도 없다.

한편 채구 지부는 관아에서 물러나와 황문병을 후당으로 초청하여 다시 감사했다.

"통판의 높은 식견이 아니었다면 저놈에게 깜빡 속을 뻔했소."

"상공, 이 일은 늦장을 부려서는 안 됩니다. 서둘러 편지를 쓰셔서 빨리 도성에 계신 태사에게 보내 상공이 국가를 위해 이렇게 커다란 일을 했음을 보여드려야 합니다. 그리고 편지에 '만일 산 채로 원한다면 죄수 호송 수레에 태워 도성으로 보내고, 원치 않는다면 운송 도중에 변고가 생길까 두려우니 본처에서 참수하여 나라의 근심을 제거하겠습니다'라고 아뢰십시오. 황제께서도 아시면 분명히 기뻐하실 겁니다."

"통판의 말씀이 일리가 있소. 내가 즉시 사람을 시켜 집에 보내겠소. 편지에 통판의 공도 적었으니 부친께서 천자에게 아뢰어 일찍감치 부귀한 도시로 승진되어가서 영화를 누리도록 해달라고 말이오."

황문병이 절로 입이 벌어지며 좋아했다.

"그렇게만 된다면 소생이 평생 문하에 기탁하여 무슨 일이라도 해서 은혜를 갚겠습니다."

황문병은 채구 지부를 재촉하여 집으로 보내는 편지를 쓰고 도장을 찍게 했다. 황문병이 다시 지부에게 물었다.

"상공의 편지는 어떤 심복에게 보내는 것입니까?"

"본주에 대종이라는 양원 절급이 있는데, 신행법을 사용하여 하루에 800리 길을 갈 수 있다오. 내일 아침 이 사람을 도성으로 보내면 10여 일 만에 왕복할 수 있을 것이오."

"정말 그렇게 빠르다면 좋지요, 좋습니다!"

지부는 후당에 술을 준비하여 황문병을 대접했다. 다음 날 지부와 작별하고 무위군으로 돌아갔다.

한편 채구 지부는 편지를 넣는 통 두 개를 준비하여 금은보배와 노리개를 넣고 위에 봉함 종이를 붙였다. 다음 날 아침에 대종을 후당으로 불러 당부했다.

"여기 이 선물과 편지는 6월 15일 부친의 생일을 경축하여 동경 태사부로 보내는 예물이다. 날짜가 촉박하여 너만이 해낼 수 있다. 너는 고생을 물리치지 말고 밤낮으로 서둘러 달려가거라. 답장을 받아 돌아오거든 내가 큰 상을 내릴 것이다. 네 일정은 모두 내 마음속에 들어 있다. 내가 네 신행의 날짜를 이미 계산해두고 회신을 기다릴 테니, 절대 중간에 늦장을 부려 일을 망치지 말거라."

대종이 듣고 감히 따르지 않을 수 없어서 편지와 상자를 받아 지부에게 작별 인사를 하고 나왔다. 상자를 거처에 놓아두고 감옥으로 가서 송강에게 말했다.

"형님, 걱정 마십시오. 지부가 저를 도성으로 보내 10일 안에 돌아오라고 했습니다. 태사부에 가서 여러 방법을 알아보고 형님을 구할 방도를 찾아보겠습니다. 매일 밥은 이규에게 부탁하여 음식 수발을 빼먹지 않도록 맡겨놓았습니다. 형님은 마음 푹 놓으시고 며칠 기다리십시오."

송강은 대종이 곁을 떠나 동경으로 간다 하니 다급하게 소리쳤다.

"동생, 제발 나 좀 살려주게!"

대종은 이규를 불러 송강 앞에서 분부했다.

"네 형님은 반시를 잘못 써서 여기에 갇혀 송사를 벌여야 하니 어떻게 될지 알지 못한다. 나는 지금 지부의 심부름으로 동경에 갔다가 조만간에 돌아올 것이다. 형님의 음식은 아침저녁 모두 네가 돌보아야 한다."

이규가 입에서 나오는 대로 지껄였다.

"반시를 읊은 게 뭐가 그리 대단해. 다른 사람들은 모반을 해도 큰 벼슬아치만 잘 되더라. 마음 놓고 동경에 가시오. 감옥 안에서 누가 감히 어떻게 하겠어! 잘해주면 그만인데 잘못 건드리면 내 이 커다란 도끼로 거시기 같은 대가리를 잘라버릴 테니."

대종이 떠나면서 다시 한번 당부했다.

"동생, 제발 조심하고 술 마시다가 형님 음식 챙기는 거 잊지 말고, 또 나가서 술 처먹다 형님 굶기지 말아라!"

"형, 마음 놓고 떠나시오. 만일 이렇게 못 믿겠다면 내가 오늘부터 술 끊고 형이 돌아오면 마실게. 아침저녁으로 감옥에만 있으면서 송강 형님을 시중든다면 안 될 것이 어디 있겠소?"

대종이 듣고 크게 기뻐하며 말했다.

"네가 이렇게 마음먹고 형님을 잘 돌본다면 최고지."

대종이 이별하고 떠난 그날부터 이규는 정말 술 한 방울 마시지 않고 감옥 안에서 송강을 시중하며 한 걸음도 떠나지 않았다.

이규에게 송강을 부탁하고 대종은 거처로 돌아와 행전, 무릎 보호대, 미투리를 바꾸고 살굿빛 적삼을 입었으며 주머니 끈을 바로 묶고 허리에 선패宣牌12를 꽂았으며 두건을 바꾸고 서신과 노자를 챙겨넣은 다음 상자 두 개를 짊어졌다. 성 밖으로 나와 몸에서 갑마 네 개를 꺼내 두 다리에 두 개씩 묶고 입으로 신행 주문을 외우자 몸이 달리기

12_ 선패宣牌: 송대에 문서를 신속하게 전달하기 위해 증거로 삼던 패.

시작하여 순식간에 강주를 떠났다. 늦은 저녁에 객점에 투숙하여 갑마를 풀고 수백 금의 지전을 불에 사르고 하룻밤을 쉬었다. 다음 날 일찍 일어나 아침을 먹고 객점을 떠나 갑마 네 개를 묶고 상자를 등에 진 다음 걸음을 재촉하여 달리기 시작했다. 귓가로는 바람 소리가 들리고 다리는 땅에 거의 닿지 않았으며 가는 내내 소박한 식사에 고기 안주 없이 야채만으로 술과 간식을 먹으며 달렸다. 날이 저물자 대종은 일찍 쉬고 객점에 투숙하여 하룻밤을 쉬었다. 다음 날 오경에 일어나 아침 일찍 서늘할 때 다리에 갑마를 묶고 상자를 지고 다시 달렸다. 200~300리쯤 가니 사시가 되었는데 깨끗한 주점이 보이지 않았다. 때는 마침 6월 초순 날씨라 땀이 비 오듯 흘러 온몸을 적셨고 또 더위를 먹을 것이 두려워졌다. 한참 배고프고 갈증이 나던 차에 앞쪽 나무 수풀 속 호숫가에 주점 하나가 보였다. 대종이 순식간에 달려가보니 깨끗하고 좌석이 20개 정도 있었는데, 탁자와 의자는 모두 붉은색이었고 호수에 접한 좌석은 모두 창문으로 되어 있었다. 대종은 상자를 지고 안에 들어가 자리를 골라 앉은 다음 상자를 내려놓고 주머니 끈을 푼 뒤 살구색 적삼을 벗어 입으로 물을 뿜고는 창문 난간에 마르도록 널었다. 대종이 자리에 앉자 주보가 와서 주문을 받았다.

"나리, 술은 얼마나 드시겠습니까? 안주는 돼지, 양, 소고기 중에 어떤 걸로 하시겠습니까?"

"술은 많이 필요 없고 밥이나 먹으려 한다."

"저희는 술과 밥을 파는데 만두도 있고 분탕粉湯13도 있습니다."

"나는 육식을 하지 않으니 반찬으로 무슨 야채 탕이 있느냐?"

"특별히 만든 매콤한 두부는 어떠십니까?"

"그거 좋다, 그것으로 다오."

주보가 들어가고 얼마 지나지 않아 두부와 반찬 두 접시가 나왔고 대접에 술 석 잔을 연속으로 따라주었다.

대종이 배가 고프고 갈증도 나서 술과 두부를 모두 먹고 밥을 더 시켜 먹으니 하늘과 땅이 빙빙 돌며 머리가 어지럽고 눈앞이 흐릿해져서 의자 옆에 쓰러졌다.

주보가 옆에 서서 지켜보다가 한마디 떠들었다.

"자빠졌다!"

안쪽에서 한 사람이 걸어 나오는데 바로 한지홀률 주귀였다.

"상자는 들여가고 먼저 그놈 몸 안에 무엇이 있는지 뒤져라."

일꾼 둘이 가서 몸을 뒤지더니 주머니에서 종이로 싼 것을 찾아냈는데, 곧 편지를 싼 것으로 주귀에게 건네주었다. 주 두령이 편지를 뜯어 보니 집안에 보내는 것으로 겉봉에 다음과 같이 쓰여 있었다.

'집안에 평안을 아뢰는 편지. 부친 슬하膝下에 엎드려 절하며 올립니다. 불초 채덕장蔡德章 올림.'

주귀가 뜯어 처음부터 읽는데 머리 부분에 다음과 같은 내용이 있었다.

"지금 도성에서 아이들이 부른다는 노래 가사에 들어맞는 반역 시와

13_ 분탕粉湯: 전분으로 묵을 만들어 자른 다음 양념을 넣고 국물을 부어 먹는 요리.

사를 지은 송강이란 자를 붙잡아 감옥에 가두었습니다. (…) 처분을 기다리고 있습니다."

주귀는 편지를 모두 읽고 한참을 멍하니 서서 할 말을 잃어버렸다. 일꾼이 대종을 방 안에 들어다가 죽여 껍질을 벗기려고 업다보니 의자 옆에 떨어진 주머니 끈에 주황과 녹색이 함께 섞인 선패가 걸려 있었다. 주귀가 들고 보니 글자가 은색으로 새겨져 있는데 바로 '강주 양원 감옥 관리 절급 대종'이라고 쓰여 있었다. 주귀가 선패에 쓰인 이름을 보고 다급하게 말했다

"멈추어라. 군사가 항상 '강주에 있는 신행태보 대종이란 사람과 매우 가까운 친구라고 했다. 혹시 바로 이 사람이 아닌가? 그런데 어째서 송강을 해치려는 편지를 전하러 가는 걸까? 이 편지가 내 손에 걸려들다니 정말 천운이구나!"

재빨리 일꾼을 불렀다.

"빨리 해독약을 가져와 깨워라. 내가 사실 여부와 이유를 물어보아야겠다."

일꾼은 즉시 대종을 부축하여 일으킨 후 해독약을 물에 타서 들이부었다. 잠시 뒤에 대종이 이맛살을 펴고 눈을 뜨며 일어났다. 주귀가 가서家書14를 뜯어 손에 들고 있는 것을 보고 고함을 질렀다.

"너는 누구냐? 대담하게 몽한약으로 나를 마취시켜 쓰러뜨리다니!

14_ 가서家書: 가족 사이에 왕래하는 편지.

그리고 지금 태사부로 가는 편지를 제멋대로 열고 봉함을 뜯다니, 네가 무슨 죄를 지었는지 아느냐?"

주귀가 웃으며 말했다.

"이런 빌어먹을 편지가 뭐 그리 대단하단 말이냐! 태사부로 가는 서찰을 뜯어보는 것은 말할 것도 없고, 나는 여기에서 대송 황제와 원수지간이다!"

대종이 듣고 대경실색하며 물었다.

"당신, 도대체 누구시오? 함자가 어떻게 되시오!"

"나는 양산박의 사내 한지홀률 주귀다."

"양산박 두령이라면 분명히 오용 선생을 아시겠군요."

"오용 선생은 우리 산채 군사로 병권을 장악하고 있습니다. 당신이 어떻게 그를 아시오?"

"그는 나와 지극히 친한 친구요."

"당신은 군사가 항상 말하던 강주 신행태보 대종 아니오?"

"소인이 바로 대종입니다."

주귀가 다시 물었다.

"전에 송 공명이 우리 산채를 거쳐 강주로 유배갈 때, 오용 선생이 그대에게 편지까지 보냈는데 지금 왜 송강의 목숨을 해치려고 하시오?"

주귀의 질문에 대종은 흠칫하고 손을 저으며 대답했다.

"송 공명과 나는 지극히 친한 형제로 그가 지금 반역 시사를 써서 구할 수가 없었소. 내가 동경에 가서 방법을 찾아 그를 구하려고 하는데,

어째서 내가 그의 생명을 해치려고 한단 말이오!"

"당신이 내 말을 믿지 못하겠다면 채구 지부의 편지를 읽어보시오."

대종이 편지를 읽어보고 아주 깜짝 놀랐다. 오용에게 편지를 받은 일, 송 공명과 서로 만나던 일 그리고 송강이 심양루에서 취하여 실수로 반역 시사를 지은 일들을 자세하게 설명했다. 주귀가 자초지종을 듣고 말했다.

"원장께서 친히 산채로 올라가셔서 두령들과 좋은 방책을 상의하신다면 송 공명의 생명을 구할 수 있을 것입니다."

주귀가 서둘러 정상적인 밥과 술을 준비시켜 대종을 대접했다. 그리고 바로 물가 정자에서 맞은편을 향하여 신호 화살을 날렸다. 화살이 날아간 곳에서 졸개가 배를 저어 건너오니 주귀가 대종과 함께 상자를 싣고 배에 올라 금사탄에 이르러 산채로 안내했다. 오용이 소식을 듣고 서둘러 관 아래로 내려와 맞이하여 대종을 보고 인사하며 말했다.

"정말 오랜만이네. 오늘 무슨 바람이 불어 여기까지 왔는가? 일단 산채로 올라가세."

산채에서 두령들과 상견했다. 주귀는 대종이 올라오게 된 연고를 설명하며 말했다.

"지금 송 공명이 감옥에 갇혀 있습니다."

조개가 듣고 서둘러 대 원장을 청하여 앉히고 어째서 송 공명이 송사를 받게 되었는지 자세하게 물었다. 대종이 송강이 반시를 쓴 일을 하나하나 자세하게 설명하자, 조개가 듣고 크게 놀라며 바로 두령들을 불러 군사를 모아 산채를 내려가 강주를 치고 송강을 구하여 산채로 데려오려고 했다. 오용이 간언하여 말리며 말했다.

"형님, 경솔하게 일을 벌여서는 안 됩니다. 여기에서 강주까지는 길이 멀어 군마를 동원한다면 일을 벌이기도 전에 먼저 소문만 커지고 경계심이 높아져 송 공명의 목숨이 위태롭게 될 것입니다. 이 일은 힘으로 할 수 있는 것이 아니고 계책을 쓸 수밖에 없습니다. 오용이 재주는 없지만 꾀를 한번 부려보겠습니다. 대 원장만 협조해준다면 송 공명의 목숨을 반드시 구할 것입니다."

조개가 말했다.

"군사의 묘책을 한번 들어봅시다."

"지금 채구 지부는 원장에게 동경으로 편지를 가지고 가 태사의 회신을 얻어오라는 것입니다. 우리가 이 편지를 거꾸로 이용하여 가짜 답장을 써서 대 원장으로 하여금 돌려보내는 겁니다. 편지에는 다음과 같이 씁니다. '범인 송강에게 형을 집행하지 말고 비밀리에 적당한 인원을 보내 동경으로 압송시켜라. 자세하게 심문하고 처결하여 백성들에게 보여 경계시킨다면 동요를 일으키지 않을 것이다.' 그리고 압송하여 여기를 지날 때 우리가 하산하여 빼앗으면 됩니다. 이 계책이 어떻습니까?"

조개가 고민스럽게 말했다.

"만일 여기로 지나지 않는다면 일을 그르치게 되지 않겠나?"

공손승이 나서서 말했다.

"이것은 어려울 것 없습니다! 사람을 풀어 원근 지역을 살핀다면 어디로 지나간다 해도 기다렸다가 갖은 수를 써서 빼앗을 수 있습니다. 아예 압송하지 않을 것이 걱정입니다."

조개가 다시 말했다.

"군사의 계책이 좋긴 하오만 채경의 필적을 쓸 수 있는 사람이 없습니다."

"오용이 속으로 생각해두었습니다. 지금 천하에는 4가의 서체가 광범위하게 유행하고 있는데 바로 소동파蘇東坡, 황정견黃庭堅, 미원장米元章(미불), 그리고 채경의 글씨체입니다. 소황미채蘇黃米蔡는 바로 우리 송조의 '사절四絶'입니다. 소생이 일찍이 제주성 안에서 수재를 한 사람 만났는데, 그의 이름은 소양蕭讓이라고 합니다. 그는 여러 사람의 서체를 다 잘 쓰므로 그를 '성수서생聖手書生'이라고 합니다. 또한 창봉과 도검을 잘 다루고 채경의 필체를 잘 씁니다. 대 원장이 빨리 소양의 집에 가서 '태안부 악묘 안에 신도비문을 써야 하는데, 선금으로 은자 50냥을 보냈으니 먼저 집안 비용으로 쓰십시오'라고 속여 불러옵니다. 나중에 집안 식구들을 산으로 데리고 오고 본인도 입산시킨다면 어떻겠습니까?"

조개가 다시 물었다.

"편지는 소양에게 쓰게 한다고 해도 도장은 어떻게 합니까?"

"제가 아는 또 다른 사람을 이미 생각해두었습니다. 이 사람은 중원 최고로 제주성 안에 살고 있습니다. 이름은 김대견金大堅으로 돌과 비석을 잘 쪼개고 도장도 잘 파며 창봉 또한 잘 다룹니다. 옥돌에 조각을 잘하므로 사람들은 그를 '옥비장玉臂匠'이라고 부릅니다. 역시 먼저 50냥을 주고 비문을 새긴다고 속여 불러온 뒤 나중에 소양에게 했던 것처럼 하면 될 것입니다. 이 두 사람은 산채에서 쓸 용도가 많습니다."

조개가 무릎을 치며 말했다.

"절묘하다!"

곧 연회를 준비하여 대종을 대접하고 밤에는 휴식했다.

다음 날 아침밥을 먹고 대 원장을 불러 태보太保15로 변장시키고 은자 100~200냥을 주어 갑마를 묶고 산을 내려가게 했다. 금사탄을 지나 배를 타고 건너와 발걸음을 길게 뻗으며 제주로 향했다. 두 시진이 지나지 않아 제주성 안에 도착하여 성수서생 소양의 거처를 물어 찾았다. 어떤 사람이 손으로 가리키며 말했다.

"제주 관아 동쪽 문묘 앞에 살고 있습니다."

대종은 문 앞에서 마른기침을 하고 물었다.

"소 선생 계십니까?"

밖에서 인기척이 나자 안에서 수재 한 사람이 나와 대종을 자세히 살펴보더니 모르는 사람인지라 물었다.

"태보께서는 어디에서 무슨 일로 오셨습니까?"

대종이 정중하게 인사를 하고 입을 열었다.

"소생은 태안주 악묘의 홍 태보洪太保입니다. 지금 본 사당의 오악루를 재건하고 본주 부호가 신도 비문을 새기려고 하는데, 일부러 소생을 선생에게 보내 은자 50냥을 드리고 모셔오라고 했습니다. 수재께서는 귀한 발걸음을 옮겨 저와 함께 가서서 글을 남겨주시기 바랍니다. 날짜를 정해놓아 늦출 수가 없습니다."

15_ 태보太保: 사당, 불당 등에서 향과 초를 관리하는 사람.

"소생은 단지 작문과 서단書丹16을 쓸 수 있을 뿐 다른 것은 할 줄 모릅니다. 만일 비를 세우려 한다면 글자를 새겨 파야 합니다."

"소생이 은자 50냥을 더 가지고 왔는데, 옥비장 김대견을 청하여 글을 새기려고 합니다. 좋은 날짜를 이미 선택했는데, 만일 그분을 아신다면 길을 안내하여 같이 가주셨으면 좋겠습니다."

소양이 은자 50냥을 받고 대종과 함께 김대견을 찾아 나섰다. 문묘를 막 지났는데 소양이 손가락으로 가리키며 말했다.

"저기 앞에 오는 사람이 바로 옥비장 김대견입니다."

소양은 즉시 김대견을 불러 대종과 인사를 시키며, 태안부 악묘 안에 오악루를 재건하고 여러 부호가 신도비와 비석을 세우는 일을 두루 설명했다.

"이 태보가 일부러 여기까지 찾아와 은자 50냥으로 자네와 나 두 사람을 초청했네."

김대견은 은자를 보고 속으로 기뻐했다. 두 사람은 대종을 청하여 주점에서 술과 안주를 사서 대접했다. 대종이 김대견에게 집안 살림에 보태라고 은자 50냥을 지불하고 말했다.

"음양가陰陽家17가 이미 날짜도 골랐으니 두 분은 번거롭겠지만 오늘 출발하셔야겠습니다."

16_ 서단書丹: 비석을 조각할 때 먼저 주묵朱墨(붉은색과 검은색)을 돌 위에 쓰고 새기는 문자.
17_ 음양가陰陽家: 천문, 역수, 풍수지리 따위를 연구하여 길흉화복을 예언하는 사람.

소양이 말했다.

"날씨가 몹시 더워 오늘 출발하면 길을 많이 가지 못하고 잘 곳에 도달하지도 못할 것입니다. 그러니 내일 오경에 일어나 문을 열고 가시지요."

김대견이 동의하며 말했다.

"그렇게 하시지요."

두 사람은 내일 출발하기로 약속하고 각자 집으로 돌아가 짐을 꾸렸다. 소양은 대종을 집으로 데리고 가서 하룻밤 재웠다.

다음 날 오경에 김대견은 짐을 들고 소양, 대종과 함께 길을 떠났다. 제주성을 떠나 10리를 못 가서 대종이 말했다.

"감히 걸음을 재촉할 수가 없으니 두 분 선생은 천천히 오시오. 제가 먼저 가서 부호들에게 두 분을 영접하도록 알리겠습니다."

발걸음을 재촉하여 먼저 달려갔다. 두 사람은 등에 짐을 지고 천천히 걸었다. 한참을 걸어 미시쯤 되었을 때 70~80리 길을 걸었는데 앞에서 휘파람 소리가 들리더니 산성 언덕에서 사람 40~50명이 튀어나왔다. 맨 앞에 선 사람은 바로 청풍산 왕왜호로 고함을 지르며 말했다.

"너희 두 사람은 누구냐? 어디를 가느냐? 애들아, 이놈들을 잡아라! 심장을 꺼내 술안주로 삼아야겠다."

소양이 말했다.

"소인들은 태안부에 비석을 새기러 가는 사람이라 세금을 낼 돈도 한 푼 없고 옷 몇 가지밖에 없습니다."

왕왜호가 말했다.

"옷을 세금으로 낼 필요는 없고 너희 총명한 두 사람의 심장과 간으로 안주를 삼아야겠다!"

소양과 김대견은 마음이 조급하여 각자 가지고 있던 실력을 드러내 창봉을 들고 왕왜호에게 달려들었다. 왕왜호가 박도를 들고 와서 같이 싸웠다. 세 사람이 무기를 휘두르며 5~7합을 싸웠을 때 왕왜호가 몸을 돌려 달아났다. 두 사람이 쫓아가니 산 위에서 꽹과리 소리가 들리며 왼쪽에서 운리금강 송만이 나타났고 오른쪽에서 모착천 두천이 나타나며 뒤에서 백면낭군 정천수가 나왔다. 각자 30여 명을 데리고 한꺼번에 공격하여 소양과 김대견을 강제로 질질 끌고 숲속으로 데리고 갔다.

네 사내가 말했다.

"두 분은 안심하시오. 우리는 조 천왕의 명을 받들고 일부러 두 분을 산으로 모시고 가 입산시키려고 합니다."

소양이 어이가 없어 말했다.

"우리가 산채에 무슨 소용이 있단 말이오? 우리 둘은 새 한 마리 잡을 힘도 없고 밥이나 축낼 것입니다."

두천이 말했다.

"오 군사가 원래 당신들을 알고 있습니다. 두 분이 무예에도 뛰어난 것을 알고 대종을 두 분 댁에 특사로 보내 청한 것입니다."

소양과 김대견이 서로 얼굴을 바라보더니 아무 말도 하지 못했다.

일행은 모두 한지홀률 주귀의 주점에 도착하여 정상적인 술과 음식을 대접받았다. 밤에 배부르게 먹은 뒤 산 위로 올라갔다. 대채에 도착하자 조개와 오용이 두령들과 함께 맞아 연회를 준비하여 대접하고 채경의 답장에 대한 이야기를 설명했다.

"두 분이 양산박에 가입해서 대의를 함께하시기 바랍니다."

두 사람은 그 말을 듣고는 오용을 붙들고 말했다.

"우리는 여기에 있어도 괜찮지만 가족이 저기에 있어 내일이라도 관가에서 알면 큰일날 것입니다!"

오용이 말했다.

"두 동생은 아무 걱정 마시게. 날이 밝으면 소식이 있을 것이네."

그날 밤은 먹고 마시기만 했다.

다음 날 아침에 졸개가 와서 보고했다.

"모두 도착했습니다."

오용이 말했다.

"두 동생은 몸소 나가서 가족을 맞이하게나."

소양과 김대견이 듣고 반신반의했다. 둘이 산허리쯤 내려가니 가마 여러 채를 타고 두 집 식구가 산을 올라오고 있었다. 둘은 놀라 일을 자세하게 물었다. 두 가족은 말했다.

"두 분이 집을 나서고 나서 이분들이 가마를 들고 찾아와 가장이 성 밖 객점에서 더위를 먹었으니 빨리 가족을 데리고 와서 구해야 한다고 했습니다. 성 밖을 나오더니 우리를 가마에서 내려주지 않고 바로 여기까지 데리고 왔습니다."

두 가족의 말이 똑같았다. 소양이 듣고 김대견과 함께 입을 닫고 아무 말도 하지 않았다. 결국 둘 다 체념하고 다시 산채로 올라가 양산박에 입산하고 가족을 정착시켰다.

오용이 두 사람을 청하여 채경의 글자체로 답장을 써서 송 공명을 구하는 문제를 상의했다. 김대견이 말했다.

"전에 채경의 이름을 도장으로 파본 적이 있습니다."

둘은 일을 시작하여 도장을 완성했고 서둘러 답장을 만들고 연회를 준비하여 대종과 송별연을 하고 편지의 내용을 자세하게 분부했다. 대종이 두령들과 작별하고 산에서 내려오자 졸개들이 서둘러 배를 띄워 금사탄을 지나 주귀의 주점에 내려주었다. 대종이 서둘러 갑마를 다리에 묶고 주귀와 작별한 다음 발걸음을 재촉하여 길을 떠났다.

오용은 대종을 보내고 두령들과 다시 돌아와 산채에서 연회를 베풀었다. 술이 한참 돌았을 때 오용이 갑자기 고함을 질러대는데, 그 소리가 얼마나 큰지 두령들이 듣고 모두 놀라 물었다.

"군사님, 대체 무슨 일입니까?"

"여러분은 모를 것이오. 이 편지로 인하여 대종과 송강은 목숨이 위험해질 거요!"

두령들은 경악하며 다급하게 물었다.

"군사님, 편지에 무슨 문제가 있기에 그러시오?"

"앞만 생각하고 뒤를 돌아보지 못해 편지에 커다란 실수를 했소이다!"

소양이 물었다.

"소생이 쓴 글자와 채 태사의 글은 같고 어구에도 문제가 없습니다. 죄송하지만 어디가 문제인지 모르겠습니다."

김대견도 거들었다.

"소생이 새긴 도장도 전혀 문제가 없을 텐데 어디에서 문제가 생겼다고 하십니까?"

오용은 손가락 두 개를 구부리며 문제가 생긴 부분을 이야기했다.

제 3 9 회

 급습¹

조개가 두령들과 함께 군사 오용에게 물었다.

"그 편지에 무슨 문제가 있단 말이오?"

"아침에 대 원장이 가지고 가려는 편지를 상세하게 신경쓰지 못해 유의하지 못한 곳이 있습니다! 사용한 도장을 옥 젓가락처럼 길게 전서로 '태사 채경'이라 새기지 않았습니까? 이 도장 때문에 대종이 들통나게 될 것이오!"

김대견이 말했다.

1_ 39장 양산박 호걸들이 사형장을 급습하다梁山泊好漢劫法場. 영웅들이 백룡묘로 모이다 白龍廟英雄小聚義.

"제가 채 태사의 서신과 문장을 볼 때마다 모두 이 도장을 사용했습니다. 이번에 미세한 착오도 없이 완전히 똑같이 만들었는데 어째서 허점이 있다고 하십니까?"

"여러분은 잘 모르실 겁니다. 지금 강주 채구 지부는 채 태사의 아들입니다. 아버지가 아들에게 편지를 쓰는데 피휘避諱2를 하지 않고 어째서 자기 이름이 있는 도장을 쓰겠습니까? 이것이 잘못된 것입니다. 내가 제대로 살피지 못했습니다. 강주에 도착하면 반드시 추궁을 받을 것이고 사실을 묻는다면 큰일이 날 것입니다!"

조개가 말했다.

"빨리 사람을 보내 쫓아가서 불러와 다시 쓰면 되지 않겠소?"

"어떻게 쫓아가겠습니까! 신행법을 써서 이미 500리는 갔을 것입니다. 이제 더 이상 망설여서는 안 되니 어떻게 해서라도 두 사람을 구해야 합니다."

조개가 답답한 심정으로 오용에게 계책을 물었다.

"어떻게 해야 구할 수 있겠소? 좋은 계책이라도 있습니까?"

오용이 앞으로 가서 조개의 귓가에 입을 대고 중얼거렸다.

"이렇게 해서 저렇게 해야 합니다. 두령은 몰래 명하여 사람들에게 알리고 이렇게 출발하되 절대 날짜를 어겨서는 안 됩니다."

2_ 피휘避諱: 고대 제왕이 등급제도의 존엄을 유지하기 위하여 직접 군주, 부모의 이름을 부르거나 쓰는 것을 피하는 것.

호걸들이 명령을 듣고 각자 행색을 갖추어 밤새 하산하여 강주로 달려갔다.

한편 대종은 기한에 맞춰 강주에 도착하여 즉시 답장을 꺼냈다. 채구 지부는 대종이 제 날짜에 돌아온 것을 보고 기뻐했다. 먼저 술 석 잔을 상으로 주고 친히 답장을 받으며 말했다.
"너는 우리 태사를 직접 뵈었느냐?"
"소인은 하룻밤만 묵었기 때문에 상공을 뵙지 못했습니다."
지부가 겉봉을 뜯어 앞면을 읽었다.
"상자 안의 물건은 모두 잘 받았다……"
중간은 다음과 같았다.
"……요망한 송강을 천자께서 직접 보고자 하시니, 단단한 죄인 압송 수레에 실어 엄격하게 감시하여 밤낮으로 도성에 압송하도록 하되 도중에 실수가 없도록 하여라."
마지막은 다음과 같았다.
"조만간에 천자에게 황문병을 천거하면 반드시 벼슬을 하사하게 될 것이다."
채구 지부가 모두 읽고 기쁨을 이기지 못하여 25냥짜리 은자를 대종에게 상으로 주었다. 다른 한편으로 압송 수레를 만들도록 분부하고 같이 보낼 수행원을 고르는 일을 상의했다. 대종이 감사 인사를 하고 거처로 돌아가 술과 고기를 사서 감옥에 가 송강을 만났다.
채구 지부는 빨리 호송 수레를 만들도록 재촉하여 이틀 만에 완성하고 출발하려 할 때 문지기가 들어와 보고했다.

"무위군 황 통판이 특별히 찾아오셨습니다."

채구 지부가 후당에 불러 만나니 황 통판이 선물과 술 및 절기에 맞는 과일을 보냈다. 지부가 감사하며 말했다.

"이거 번번이 받기만 해서 어찌 감당해야 할지 모르겠소."

"시골 바닥의 변변치 않은 물건이라 입에 담기도 송구스럽습니다!"

"조만간에 벼슬이 내려질 것이니 미리 축하드리네."

"상공께서 그것을 어찌 아십니까?"

"편지를 가지고 갔던 사람이 어제 돌아왔네. 요망한 송강을 도성으로 압송하라고 하셨네. 통판을 금상에게 아뢰어서 조만간에 벼슬을 내릴 것이니. 모두 답장에 쓰여 있었다네."

"그렇다면 은상의 추천에 감사드립니다. 편지를 가지고 갔던 자는 정말 귀신같이 빠른 사람이군요!"

"통판이 믿지 못하겠지만 편지를 읽어보면 내 말이 거짓말이 아니라는 것을 알 게야."

"소생이 어찌 감히 멋대로 편지를 볼 수 있겠습니까마는 괜찮으시다면 한번 보았으면 합니다."

"통판은 믿을 만한 사람인데 편지 한 장 보여주는 것이 무슨 문제가 되겠나!"

편지를 하인에게 건네 황문병에게 전했다.

황문병이 편지를 받아 들고 처음부터 끝까지 한 번 자세하게 읽었다. 편지를 둘둘 말아 겉장을 보니 도장이 새것이었다. 황문병은 고개를 좌우로 흔들며 채구 지부를 바라보고 심각한 표정으로 말했다.

"이 편지는 진짜가 아니군요."

"통판, 그럴 리가 없소. 이것은 분명히 부친의 필적이고 글씨체도 진짜인데 어째서 가짜란 말인가?"

"상공, 아뢰기 송구스럽지만 평소 온 편지 중에 이런 도장을 찍은 적이 있습니까?"

"평소의 편지에는 이런 도장이 없었고 손으로 직접 쓰셨네. 이번에는 도장이 마침 옆에 있어서 봉투에 찍었음이 분명하네."

"저더러 쓸데없이 말이 많다고 나무라지 마십시오. 이 편지는 가짜입니다. 상공, 소·황·미·채 4가의 서체는 지금 온 천하에 두루 유행하여 배우지 않는 사람이 없습니다. 이 도장은 태사께서 한림학사에 계실 때 사용하던 것으로 서법 교본에서 누구나 볼 수 있습니다. 지금 태사께서 승상으로 승진했는데 어째서 한림의 도장을 사용하시겠습니까? 게다가 아버지가 아들에게 편지를 쓰는데 이름이 들어 있는 도장을 쓰는 것은 절대 부당합니다. 부친이신 태사는 천하에 모르는 것이 없고 뛰어난 통찰력을 지닌 분인데 어찌 경솔하게 잘못 사용하시겠습니까? 상공께서 소인의 말을 믿지 않으신다면, 편지 심부름한 사람을 자세히 심문하셔서 집에 가서 누구를 만났는지 물어보십시오. 만일 그의 이야기가 사실과 다르다면 가짜 편지입니다. 상공께 과도한 사랑을 입어 무례하게 외람된 말씀을 올렸으니 용서하십시오."

채구 지부가 그 말을 듣고 대답했다.

"그거야 어려울 것 없소. 이 사람은 한 번도 도성에 다녀온 적이 없으니 한번 물어보면 사실 여부를 금세 알 수 있소."

지부가 황문병을 병풍 뒤에 앉히고 즉시 정당에 올라가 맡길 일이 있다고 대종을 불렀다. 공인들이 명을 받고 사방으로 흩어져 대종을 찾았다.

한편 대종은 강주로 돌아와 먼저 감옥에 가서 송강을 만나 귀에 대고 낮은 목소리로 전에 있었던 일들을 이야기했다. 송강이 속으로 기뻐했다. 다음 날 어떤 사람이 대종을 청하여 주점에서 술을 마시는데 공인들이 사방에서 찾아왔다.

대종이 관아 대청으로 불려가니 채구 지부가 물었다.

"그저께 네가 동경에 다녀오느라 고생을 했는데 상을 주지 못했구나."

"소인은 상공의 명을 받들어 일하는 사람인데 어찌 감히 소홀할 수 있겠습니까!"

"내가 연일 공사로 바쁘다보니 너에게 자세하게 물어보지 못했구나. 네가 도성에 들어갈 때 어느 문으로 들어갔느냐?"

"소인이 동경에 도착했을 때 이미 날이 저물어 무슨 문으로 들어갔는지 모르겠습니다."

"우리 집 문 앞에서 누가 너를 맞이하더냐? 그리고 너를 어디에서 쉬게 했더냐?"

"소인이 부 앞에 가서 문지기를 찾아 만나 편지를 전해주니 가지고 들어갔습니다. 얼마 후 문지기가 나와 상자를 받아갔고 소인은 객점에 가서 쉬었습니다. 다음 날 아침 일찍 가서 문 앞에서 기다리니, 그 문지기가 답장을 가지고 나왔습니다. 소인은 날짜를 어길까 두려워 아무것도 묻지 않고 서둘러 돌아왔습니다."

지부가 치밀어오르는 화를 참고 다시 물었다.

"네가 보았던 문지기의 나이는 얼마나 되더냐? 검고 말랐더냐 아니면 하얗고 뚱뚱하더냐? 키가 크더냐 아니면 작더냐? 수염이 있더냐 아니면 없더냐?"

"소인이 부에 도착했을 때는 날이 이미 저물었습니다. 다음 날 아침에 돌아올 때도 이른 시간인 데다 하늘이 아직 밝지 않아 자세히 보지는 못했지만, 키는 크지 않은 것 같고 보통이었으며 콧수염이 조금 있었습니다."

지부는 화가 머리끝까지 치밀어올라 더 이상 참지 못하고 고함을 질렀다.

"저놈을 잡아 묶어라!"

옆에 지나가던 옥졸들이 붙들어 바닥에 무릎 꿇렸다. 대종이 당황하여 아뢰었다.

"왜 이러십니까? 소인은 아무 죄도 없습니다!"

지부가 노발대발하며 말했다.

"너 이 죽일 놈! 우리 집의 오랜 문지기 왕공王公은 이미 죽은 지 수년이 지났고 아들이 문을 지키고 있는데, 어째서 나이도 많고 콧수염도 있다고 하느냐? 하물며 문지기 왕가는 집 안으로 들어갈 수도 없다. 각지에서 오는 서신은 반드시 부당府堂 안의 장 간판張幹辦3을 거쳐야 비로소 이 도관李都管4을 만날 수 있다. 그래야 안에 전하여 알리고 선물을 받는 것이다. 답장을 받으려면 3일은 기다려야 한다. 내 선물 상자 두 개를 어떻게 심복도 아닌 사람이 나와 너에게 자세히 묻지도 않고 함부로 받을 수 있단 말이냐? 내가 어제 몹시 바쁘다보니 네놈에게 속고 말았구나. 너 오늘 사실대로 자백하여라. 이 편지는 어디서 가져온 것이냐!"

"소인이 잠시 일정을 맞추려고 서두르느라 제대로 알아볼 겨를이 없었습니다."

채구 지부가 목청을 높여 말했다.

"시끄럽다. 이 천박한 놈이 맞지 않으면 자백을 하지 않을 모양이구나? 여봐라. 이놈을 있는 힘껏 두드려라!"

옥졸들은 상황이 심각하여 좋지 않음을 보고 체면을 봐줄 수가 없어서 대종을 꽁꽁 묶어 누이고 사정없이 두드려대니 피부가 찢기고 살이 터져 선혈이 낭자하게 흘렀다. 대종이 결국 고문을 참지 못하고 자백할 수밖에 없었다.

"이 편지는 확실히 가짜입니다."

"네놈이 어떻게 이 가짜 편지를 얻었느냐?"

"소인이 도중에 양산박을 지나는데 강도들이 튀어나와 소인을 강탈

3_ 간판幹辦: 관직. 송나라의 제도로 고위 관직에 딸린 부하다. 고위 관리들의 각종 사무를 대신 처리한다.

4_ 도관都管: 집사.

하고 묶어 산으로 끌고 올라가 배를 가르고 심장을 꺼내려 했습니다. 소인의 몸을 뒤져 서신을 찾아내 보고는 상자는 빼앗고 소인은 용서해 주었습니다. 저는 이렇게 돌아올 수 없어서 산중에서 죽기를 간청했습니다. 그곳에서 이 편지를 써주고 소인을 돌려보내 벗어날 수 있었습니다. 순간적으로 질책받는 것이 두려워 소인이 상공을 속였습니다."

"그러면 그렇지, 중간에 또 무슨 헛소리를 지껄였느냐! 보아하니 네 놈이 양산박 도적놈들과 내통하여 날조했으며, 내 상자 안의 물건을 가로채고 오히려 이 따위 소리를 했단 말이냐? 이놈을 매우 쳐라!"

대종이 고문을 당하면서도 양산박과 내통했다는 말은 인정하지 않았다. 채구 지부가 다시 한번 대종을 고문하고 물었으나 대답이 전과 다르지 않아 심문을 끝내며 말했다.

"더 이상 물을 것 없다. 큰 칼을 가져다가 채우고 감옥에 가두어라!"

퇴청하여 황문병에게 감사하며 말했다.

"통판의 예리한 통찰력이 아니었다면 내가 큰일을 그르칠 뻔했군!"

"이 사람은 틀림없이 양산박과 내통하여 함께 모반을 일으키기로 뜻을 함께했을 것입니다. 일찌감치 제거하지 않으면 나중에 커다란 화가 될 것입니다."

"이 두 놈을 문초하여 조서를 꾸미고 중심가에 끌어다가 참수한 뒤 상주문을 작성하여 조정에 아뢰어야겠네."

"상공의 말씀이 지극히 합당합니다. 이렇게 하신다면, 첫째로 조정에서 상공이 커다란 공을 세웠다는 것을 알고 기뻐할 것입니다. 둘째로 양산박 도적들한테 감옥을 습격당하는 일을 면할 것입니다."

"통판의 의견은 역시 주도면밀하군. 내가 문서를 작성하여 통판을 추천하겠네."

그날 잘 대접하고 문밖까지 배웅했으며 황문병은 무위군으로 돌아갔다. 다음 날 채구 지부가 대청 공당에 올라 문서를 책임지는 공목을 불러 분부했다.

"빨리 문서를 가져오라고 하여 송강과 대종의 진술서를 서로 연계시켜 작성토록 하거라. 곧 죄상을 적은 범유패犯由牌를 만들고 내일 중심가로 끌고 가 참수해야겠다. 예부터 역모를 꾸민 자는 즉각 처분하라고 했다. 송강과 대종을 빨리 참수하여 뒷날의 근심거리를 없애야겠다."

문서 담당자는 황 공목黃孔目인데 대종과 관계가 매우 좋았으므로 아이고 소리가 절로 나왔다. 황 공목이 즉시 아뢰었다.

"내일은 국가의 기일이고 모레는 7월 15일 백중이라 모두 형을 집행할 수 없습니다. 글피는 역시 황제의 등극을 기념하는 경명절景命節5입니다. 그러니 5일 뒤에나 형을 집행할 수 있습니다."

원래 황 공목도 달리 구해낼 방도가 전혀 없었으므로 평상시 관계도 있고 해서 얼마 남지 않은 목숨이라도 늦추어야겠다고 생각했던 것이다.

5_ 경명절景命節: 경명일은 황제에 즉위한 날로 황제 등극 기념일이다. '경명'은 상천上天이 황위를 수여하다라는 의미다.

채구 지부가 황 공목의 말을 듣고 그대로 따르기로 했다. 6일째가 되어 아침에 먼저 사람을 보내 형장이 있는 십자로를 깨끗하게 청소했고, 밥을 먹은 다음에 향병과 회자수刽子手(망나니) 등 500여 명을 점고하여 감옥 문 앞에 집합시켰다. 사시에 옥관이 아뢰니 지부가 친히 참형을 감시하는 감참관監斬官이 되었다. 황 공목은 죄상을 적은 범유패를 지부에게 바치며, 그 자리에서 둘에게 참형을 선고했고 '참斬'자를 새겨 돗자리에 붙였다. 강주부 절급과 옥리들이 비록 대종, 송강과 사이가 좋았으나 구할 방법이 없었으므로 모두 두 사람을 애석해했다. 준비를 마치고 옥 안에서 송강, 대종 두 사람을 묶어 일으키고 아교 물로 머리를 빗어 꼭지 달린 배 모양을 만들고 붉은 비단 종이꽃을 꽂았다. 청면성자靑面聖者6를 모신 탁자 앞에 데려가 각자에게 마지막 밥과 술을 주었다. 밥과 술을 모두 먹자 청면성자에게 절하고 몸을 돌려 목려木驢7에 태웠다. 옥졸 60~70명이 송강을 앞에 세우고 대종은 뒤를 따르게 하여 옥문 앞으로 나왔다. 송강과 대종은 서로 얼굴만 바라보고 아무 말도 하지 않았다. 송강은 비틀거렸고 대종은 고개를 숙인 채 한숨만 쉬었다.

　　강주부에서 구경 나온 사람이 정말로 형장에 가득 차서 어깨를 마

6_ 청면성자靑面聖者: 감옥의 신. 일반적으로 감옥 대문 안 영벽 뒤에 두며 죄수가 감옥을 드나들 때 옥신獄神에게 참배시킨다. 옥신은 한나라 소하라고도 하고 고요皐陶라고도 한다.

7_ 목려木驢: 형구. 죄인을 태우고 시중하거나 처형했다.

주 대고 겹겹으로 서니 어찌 1000~2000명에 그치겠는가? 죄인이 시 중심지 십자로에 끌려나오는데 창봉이 둥글게 에워싸고 있었다. 송강은 남쪽을 향하여 앉았고 대종은 북쪽을 향하여 앉아 오시삼각午時三刻8 감참관의 명령만 기다리고 있었다. 사람들은 고개를 들어 죄상을 적은 범유패를 바라보았는데 다음과 같이 쓰여 있었다.

강주부 죄인 송강은 반역 시를 지어 제멋대로 유언비어를 퍼뜨리고 양산박 강도들과 결탁하여 모반을 획책했다. 법률에 따라 참형에 처한다.
죄인 대종은 송강을 위하여 몰래 서신을 전달하고 양산박 강도와 결탁하여 모반을 획책했으므로 법률에 따라 참형에 처한다.

감참관 강주지부 채모

지부가 이미 도착하여 말고삐를 잡고 보고만 기다리고 있었다. 그때 형장 동쪽에 뱀을 다루는 거지들이 억지로 형장 안으로 들어와 구경하려고 하자 병사들이 때려서 쫓았으나 물러나지 않았다. 형장이 막 시끌벅적해지자 서쪽에서 창봉술을 보이며 약을 파는 무리가 무리하게 들어오려고 했다. 향병이 고함을 질렀다.

8_ 오시삼각午時三刻: 대략 11시 45분이다. 이때는 태양이 중천에 떠 있고 땅의 그림자가 가장 짧은 시기다. 양기가 가장 강한 때로 사형을 집행하는 시각이다.

"너 이놈들 세상 물정을 하나도 모르는구나! 여기가 어디라고 강제로 밀고 들어와 구경하려느냐!"

창봉을 든 약장수가 말했다.

"이런 재수 없는 촌구석 같으니! 우리가 주나 부 어디라도 가릴 것 없이 사람 죽는 구경이라면 안 가본 데가 있는 줄 아니? 도성 안에서 천자가 사람을 죽여도 구경은 맘 놓고 하는 법이다. 이런 쥐구멍만 한 곳에서 겨우 두 사람 죽인다고 세상이 뒤흔들리도록 알려놓고 들어가서 구경하겠다는데 뭐가 대단하다고 막고 지랄이야!"

향병과 옥신각신하는데 감참관이 고함을 질렀다.

"쫓아내고 들이지 말거라!"

소란이 가라앉기도 전에 남쪽에서 멜대를 맨 짐꾼들이 형장 안으로 들어오려고 했다. 향병들이 고함을 질렀다.

"여기는 죄인을 참수하는 형장인데 멜대를 짊어지고 어디를 가려는 것이냐?"

"우리는 물건을 지고 지부 상공에게 가는데 너희가 어찌 감히 우리를 막는 거냐?"

"상공 관아 사람이라면 다른 곳으로 돌아가거라!"

그들은 짐을 내려 멜대를 들고 사람들 안에 섞여 구경했다. 북쪽에서 상인들이 수레 두 대를 밀고 들어와 형장 안으로 들어가려고 했다. 향병들이 소리쳤다.

"너희는 어디를 가려고 하느냐?"

"우리는 갈 길이 급하니 지나가게 해주시오."

"여기는 사형을 집행하는 곳인데 어떻게 너희더러 지나가게 하겠느냐? 갈 길이 바쁘거든 다른 길로 돌아가거라."

상인들이 웃으며 말했다.

"말은 잘한다. 우리는 도성에서 온 사람이라 네가 말하는 그런 거지 같은 길은 모르니 여기 대로로 지나가야겠다."

향병이 어찌 지나가게 보낼 수 있겠는가? 상인들은 나란히 서서 가까이 다가오며 조금도 밀리지 않았다. 사방에서 소란이 끊이지 않아 채구 지부도 막을 수가 없었다. 상인들은 수레 위에 모여 자리를 잡고 구경했다.

시간이 얼마 지나지 않아 형장 안 공터에서 한 사람이 목청을 높여 외쳤다.

"오시삼각이오."

감참관이 외쳤다.

"참형을 집행하고 보고하라!"

두 옥졸이 칼을 벗겼고 형을 집행하는 회자수 둘은 칼을 들었다. 상인들은 수레 위에서 '참형'이란 말을 듣자마자 한 명이 품 안에서 꽹과리를 꺼내더니 서서 '뎅뎅' 하고 두드려 신호를 보냈고 곧 사방에서 일제히 함성을 지르며 몰려들었다. 그때 십자로 찻집 이층에서 호랑이 같은 시커먼 사내가 웃통을 벗은 채 두 손에 쌍도끼를 들고 고함을 지르며 마치 벼락이 치듯이 공중에서 뛰어내렸다. 도끼로 형을 집행하려던 회자수를 내려쳐 두 동강 내더니 감참관이 탄 말을 향해 달려갔다. 병사들이 급히 창을 들고 찔렀으나 어떻게 막을 수 있겠는가? 사람들이 떼 지어 몰려들어 채구 지부가 도망가도록 막아섰다.

동쪽의 뱀을 다루는 거지들은 또 몸 안에서 칼을 꺼내더니 향병들에게 덤벼들었고, 서쪽에서 창봉을 들고 있던 고약 파는 무리는 함성을 내지르며 무자비하게 창봉을 휘둘러 향병과 옥졸을 찌르고 때려눕혔다. 남쪽에 멜대를 지던 짐꾼들은 멜대를 여기저기로 닥치는 대로 휘두르며 향병과 구경꾼을 가리지 않고 때려눕혔다. 북쪽의 상인들은 수레에서 뛰어내려 수레를 밀어 사람들을 막았다. 상인 둘이 송강과 대종을 등에 업고 나머지 사람들은 활을 쏘아댔으며 돌을 던지기도 하고 표창을 날리기도 했다. 원래 상인으로 변장한 사람들은 조개, 화영, 황신, 여방, 곽성이었고 약장수로 변장한 사람은 연순, 유당, 두천, 송만이었다. 짐꾼은 주귀, 왕왜호, 정천수, 석용이었으며 거지로 분장한 사람은 완소이, 완소오, 완소칠, 백승이었다. 모두 17명의 양산박 두령이 졸개 100여 명을 이끌고 사방에서 형장을 공격했다.

사람들 무리 속에서 쌍도끼를 휘두르던 검은 사내는 여전히 사람들을 베고 있었다. 그가 제일 먼저 튀어나와 죽이기 시작해 가장 많이 죽였으나 조개 등은 모르는 사람이었다. 조개는 흑선풍 이규가 무지막지한 사람으로 송강과 가장 친하다고 했던 대종의 말을 갑자기 떠올렸다. 조개가 흑선풍을 부르며 말했다.

"앞에 호걸은 혹시 흑선풍이 아닙니까?"

그 사내는 아무에게도 신경 쓰지 않고 있는 힘껏 도끼만 휘둘러 베고 있었다. 조개가 송강과 대종을 업은 졸개에게 검은 사내의 뒤를 따르도록 명했다. 즉시 십자로를 떠나 군관 백성을 불문하고 되는 대로 도끼를 휘둘러대니 시체가 거리에 가득 차고 피가 흘러 도랑을 이루었으며 뒤집히고 엎어진 시체가 셀 수 없이 많았다. 두령들이 수레와 멜대를 내던지고 모두 검은 호걸의 뒤를 따라 성 밖으로 나왔다. 뒤따라오던 화영, 황신, 여방, 곽성의 활 네 대가 뒤를 향하여 화살을 날아가는 메뚜기처럼 무수히 발사했다. 그 바람에 강주 군민과 백성 그 어느 누가 감히 앞으로 나서겠는가? 검은 사내는 멈추지 않고 사람들을 죽여대며 강가까지 내달려서 온몸에 피 칠갑을 했다. 조개가 박도를 붙잡고 소리쳤다.

"백성들의 일을 방해하지 말고 무고한 사람을 상하게 하지 마시오!"

사내가 어찌 그 말을 듣겠는가? 맨 앞에 서서 도끼질 한 번에 목이 하나씩 떨어졌다.

성 밖으로 나와 강변을 따라 5~7리 길을 달려오니 눈앞에 커다란 강이 출렁출렁 흐르고 육지는 보이지 않았다. 조개가 이 광경을 보고 괴로운 신음을 내질렀다. 검은 사내가 그제야 입을 열어 말을 했다.

"당황하지 말고 형님을 사당 안으로 업고 들어가시오!"

사람들이 모두 도착하여 바라보니 강가에 커다란 사당이 있는데 문이 굳게 닫혀 있었다. 검은 사내는 쌍도끼로 문을 부수고 안으로 들어갔다. 조개와 일행이 바라보니 양쪽은 모두 전나무와 소나무로 가려져 있었다. 앞의 편액에는 '백룡신묘白龍神廟'라고 커다란 금색 글자가 쓰여 있었다. 졸개들이 송강과 대종을 묘 안에 업고 들어가 내려놓으니 그제야 송강이 눈을 떴다. 조개와 양산박 사내들을 보고 울면서 말했다.

"형님! 혹시 꿈은 아니겠지요?"

조개가 달래며 말했다.

"산채에 남으려 하지 않더니 결국 이런 고생을 하게 된 것 아닌가? 여기 혼신을 다해 사람을 죽이던 검은 사내는 누구신가?"

"이 사람은 바로 흑선풍 이규라고 부릅니다. 몇 번이나 감옥에서 나를 풀어주려고 했는데, 내가 벗어날 수 없을 것 같아서 따르지 않았습니다."

"정말 대단한 사람이네! 혼신의 힘을 다해 싸우면서 창칼이건 도끼건 화살이건 아무것도 두려워하지 않더군."

화영이 곧 소리를 질렀다.

"옷을 가져와 우리 두 형님에게 입혀라."

사람들이 모여 있을 때 이규가 쌍도끼를 들고 복도에서 걸어나가려 하자 송강이 불러 멈춰 세우고 물었다.

"동생, 어디 가나?"

"여기 관리하는 놈을 찾아 죽여버려야지! 이 자식이 귀신 돌본답시고 대낮에도 빌어먹게 사당 문을 잠가놓다니. 이놈을 잡아다가 사당 문에 제사지내려고 했더니 찾을 수가 없네."

"너 이리 오너라. 먼저 우리 형님 두령님과 인사하거라."

이규가 듣고 도끼를 놓은 다음 잠시 무릎만 꿇고 말했다.

"큰형님, 철우가 거칠다고 탓하지 마십시오!"

여러 두령과 인사를 했는데, 주귀가 같은 고향 사람인 것을 알고 둘이 반가워했다. 이어서 화영이 말했다.

"형님, 사람들에게 이형만 따라가라고 해서 지금 여기에 왔습니다.

그런데 앞은 커다란 강이 가로막아 길은 끊어지고 맞으러 오는 배 한 척 없습니다. 만일 성안에서 군사들이 쳐들어오면 어떻게 하겠습니까? 어디에서 도움을 받을까요?"

이규가 말했다.

"당황하지 말고 나와 성안으로 쳐들어가 개 같은 채구 지부를 신나게 죽여버리자!"

대종이 이때 겨우 깨어나 소리를 질렀다.

"동생, 무모하게 성질부리지 마. 성안에 군마가 5000~7000명인데 만일 쳐들어갔다가는 반드시 큰일난다!"

완소칠이 말했다.

"멀리 강 건너편을 바라보니 물가에 배가 몇 척 있습니다. 우리 형제가 헤엄쳐가서 배를 빼앗아와 타고 가면 어떻겠습니까?"

조개가 말했다.

"그 계책이 상책이다."

완가 삼형제는 옷을 벗으며 각자 예리한 칼을 차고 물속에 뛰어들었다. 대략 반 리를 헤엄쳤을 때 강 상류에서 노 젓는 배 세 척이 휘파람을 불고 저어 내려왔다. 사람들은 배 위에 각각 10여 명이 손에 무기를 들고 있는 것을 보고 당황했다. 송강이 소식을 듣고 탄식하며 말했다.

"내 운명이 왜 이렇게 고달프냐!"

사당 앞으로 달려가 바라보니 번쩍이는 오지창을 거꾸로 든 사내가 뱃머리에 앉아 있는데, 머리에 새빨간 구레나룻이 길게 늘어져 있고 아래에는 하얀 비단 바지를 입고 입으로 휘파람을 불고 있었다. 송강이 바라보니 다름 아닌 장순이었다. 송강이 연신 손을 흔들며 소리질렀다.
"동생, 나 좀 살려주게!"
장순이 송강과 무리를 보더니 크게 소리쳤다.
"됐다!"
재빠르게 강변으로 노를 저어왔고 삼완도 보고 헤엄쳐 돌아왔다. 일행이 모두 물가로 모여 사당 앞으로 왔다.

송강이 바라보니 장순이 배 안에 건장한 사내 10여 명을 태우고 있었고, 장횡이 배 한 척에 목홍, 목춘, 설영과 장객 10여 명을 데리고 왔다. 세 번째 배에는 이준이 이립, 동위, 동맹과 소금 밀매업자 10여 명을 이끌고 각자 창봉을 들고 물가로 다가왔다. 장순은 송강을 보자마자 뛸듯이 기뻐하여 눈물을 떨어뜨리며 절했다.

"형님이 관가에 끌려가고부터 저는 안절부절못했으나 도대체 구할 방법이 없었습니다. 근래에 대 원장 역시 잡혔다는 말을 들었고 이규 형님도 만날 수가 없었습니다. 제가 할 수 없이 겨우 우리 형님을 찾아 갔다가 목 태공 장원에서 아는 사람을 불러 모았습니다. 오늘 우리가 강주로 쳐들어가서 감옥을 습격하여 우리 형님을 구하려고 했는데, 뜻밖에 호걸들이 형님을 이미 구하여 여기로 오셨습니다. 여쭙기 송구하지만 여기 호걸들께서 혹시 양산박 의사 조 천왕의 무리 아니십니까?"

송강이 가장 위에 서 있는 사람을 가리키며 말했다.
"이분이 바로 조개 형님이다. 여러분은 사당 안에 들어가 인사부터 나눕시다."

장순 등 9명과 조개 등 17명, 그리고 송강, 대종, 이규 등 29명은 모두 백룡묘 안에 들어가 모였다. 이것을 '백룡묘白龍廟 소집회小聚會'라고 불렀다.

29명의 사내가 각각 예를 마치니 졸개가 황급하게 묘 안으로 들어와 보고했다.

"강주성 안에서 북 치고 징 두드리며 군마를 정돈하여 성을 나와 추격해오고 있습니다. 멀리서 바라보니 깃발이 하늘을 가리고 도검이 삼밭에 뻗은 삼 같으며 앞에는 모두 갑옷 입은 마군이고 뒤에는 병사들로 창과 대도와 도끼를 들고 백룡묘로 돌격해오고 있습니다!"

이규가 듣고 크게 소리쳤다.

"돌격이다!"

쌍도끼를 들고 사당 문을 나섰다. 조개가 소리쳤다.

"이렇게 되었으니 어쩔 수 없소. 여러분, 나 조개와 같이 강주 군마를 모두 죽이고 양산박으로 돌아갑시다!"

영웅들이 일제히 함성을 지르며 말했다.

"명대로 따르겠습니다!"

140~150명의 사내는 일제히 고함을 지르며 강주 물가로 돌격했다.

제 40 회

누가 두령인가?[1]

한편 강주성 밖 백룡묘 안의 양산박 호걸 조개, 화영, 황신, 여방, 곽성, 유당, 연순, 두천, 송만, 주귀, 왕왜호, 정천수, 석용, 완소이, 완소오, 완소칠, 백승 등 17명의 두령은 용감하고 건장한 졸개 80~90명을 거느리고 형장을 급습하여 송강과 대종을 구해냈다. 심양강에서 온 호걸 장순, 장횡, 이준, 이립, 목홍, 목춘, 동위, 동맹, 설영 9명은 40여 명을 데리고 왔는데 모두 강에서 노략질하는 무리로 큰 배 3척을 끌고 지원하러 왔다. 성안의 흑선풍 이규는 무리를 이끌어 심양 강변까지

1_ 40장 송강이 지혜로 무위군을 공격하다宋江智取無爲軍. 장순이 황문병을 산 채로 사로잡다張順活捉黃文炳.

돌진했다. 두 무리를 합치니 모두 140~150명이 백룡묘 안에서 회합했다. 이때 졸개가 들어와 보고했다.

"강주성 안의 군사들이 북치며 깃발을 흔들고, 징을 울리고 함성을 지르며 쫓아오고 있습니다."

흑선풍 이규가 듣고 크게 울부짖으며 쌍도끼를 들고 가장 먼저 사당 밖으로 달려나갔다. 호걸들도 고함을 지르며 손에 무기를 들고 사당 밖으로 나가 적을 맞이했다. 유당, 주귀는 먼저 송강과 대종을 호송하여 배에 태우고 이준은 장순, 삼완과 함께 배를 정돈했다.

강변을 바라보니 성안에서 쏟아져 나오는 관군이 5000~7000명이었는데, 선봉은 머리에 투구를 쓰고 갑옷을 입었으며 모두 활과 화살을 갖추었고 손에는 장창을 들고 있었다. 뒤에서는 보군이 빽빽이 둘러싼 채 깃발을 흔들고 함성을 지르며 앞으로 돌격해왔다. 이쪽에서는 이규가 선두에서 웃통을 벗어 맨살을 드러낸 채 도끼를 돌리며 날듯이 돌진했다. 그 뒤에 화영, 황신, 여방, 곽성 네 명의 장수가 뒤를 받쳤다. 화영이 맨 앞의 기병들이 모두 손에 창을 굳게 잡고 있는 것을 보고 이규가 상처를 입을까봐 걱정하여 슬그머니 활을 꺼내 화살을 먹인 후 줄을 당겨 맨 앞 두령이 탄 군마를 향해 화살을 발사하니 씽 날아가 순식간에 말 위에서 굴러떨어졌다. 그러자 기병들이 놀라 각자 말 머리를 돌려 달아나는 바람에 보군 절반이 밀려 쓰러졌다. 이쪽 호걸들은 일제히 돌격하면서 관군을 베니 들판에 시체가 가득 차고 피가 흘러 강을 붉게 물들이며 강주성 아래까지 돌진했다. 성을 지키던 관군은 이쪽 호걸들이 몰려오자 성 아래로 뇌목과 포석을 던졌다. 관군은 황망하게 성안으로 들어가 성문을 닫고 여러 날 동안 감히 나오지 못했다. 호걸들은 길길이 날뛰는 흑선풍을 억지로 끌고 백룡묘 앞으로 돌아와 배에 올라탔다. 조개가 인원 점검을 마치고는 사람을 나누어 태우고 닻을 올려 언덕을 떠났다.

때마침 순풍이라 배 세 척에 허다한 인원과 두령을 태우고 돛을 당겨 목 태공의 장원으로 향했다. 배가 건너편 부두에 도착하자 일행은 모두 육지로 올라갔다. 목홍이 호걸들을 장원 내당으로 안내하니 목 태공이 나와 송강 등 사람들을 맞이했다.

"두령들께서는 이번 일로 여러 날 동안 밤낮없이 지내서 고단하실 테니 방 안에 들어가셔서 쉬며 몸을 돌보도록 하시오."

사람들은 각기 방 안으로 들어가 잠시 쉬면서 옷과 무기를 정리했다. 목홍은 장객을 불러 황소 한 마리, 돼지와 양 10여 마리 및 닭, 거위, 물고기와 오리를 잡아 진수성찬을 마련하고 연회를 준비하여 두령들을 대접했다. 술을 마시면서 이런저런 이야기들이 오갔다. 조개가 말했다.

"만일 두 분 형제가 배를 끌고 와 구해주지 않았다면 우리는 모두 사로잡혔을 것입니다!"

목 태공이 두 아들 대신 물었다.

"여러분은 어째서 다른 길도 아니고 막다른 그 길로 가셨습니까?"

이규가 아무렇지도 않게 말했다.

"나는 단지 사람이 많은 곳으로 돌격한 것인데 저 사람들이 내 뒤를 따라온 거야. 나는 따라오라고 한 적 없어!"

사람들이 그 말을 듣고 모두 놀라 어이가 없어 웃고 말았다.

송강이 일어나 두령들에게 말했다.

"저 송강은 만일 두령들의 도움이 없었다면 대 원장과 함께 비명에 죽었을 것입니다. 오늘의 은혜는 푸른 바다보다 더 깊으니 어떻게 갚아야 할지 모르겠습니다. 다만 가증스런 황문병 이놈은 아무리 작은 꼬투리라도 악착같이 물고 늘어지고, 몇 번이고 꾀어 시빗거리를 만들어 우리를 해치려 했습니다. 이런 원한을 어떻게 갚지 않겠습니까? 무슨 수를 써서라도 두령들께서 한 번만 더 인정을 베푸셔서 무위군을 공격해주십시오. 황문병 이놈을 죽여 사무치는 원한을 깨끗이 풀고 돌아가는 것이 어떻겠습니까?"

조개가 난감한 얼굴로 말했다.

"불시에 적을 기습하는 것은 한 번만 써야지 어떻게 다시 쓰겠는가? 지금은 이 간교한 놈들이 이미 만반의 대책을 세우고 있을 테니 일단 산채로 돌아가서 대부대를 이끌고 오용, 공손승 두 선생 그리고 임충, 진명과 함께 복수를 하러 와도 늦지 않을 것이오."

송강이 다시 요청했다.

"만일 산채로 돌아간다면 다시는 돌아올 수 없습니다. 아주 멀거니와 강주는 반드시 각지에 알려 엄격하게 대비할 것이므로 그런 생각은 마십시오. 이번이 가장 좋은 기회입니다. 그들이 대비하기 전에 지금 해치워야 합니다."

화영이 나서서 말했다.

"형님 말이 옳습니다. 하지만 길을 아는 사람이 없고 지형도 모릅니다. 먼저 사람을 구하여 성안으로 들어가 허실을 염탐해서 무위군 군사들이 출몰하는 장소를 알아야 하며 황문병이란 놈의 거처도 알아본 뒤라야 손을 쓰기가 좋습니다."

그때 뒤에 서 있던 설영이 앞으로 나오며 말했다.

"제가 오랫동안 강호를 떠돌아다녀서 무위군은 아주 익숙합니다. 제가 가서 염탐해보겠습니다."

송강이 기쁜 얼굴로 말했다.

"만일 동생이 가주겠다면 최고지."

설영은 즉시 두령들과 이별하고 떠났다.

송강은 두령들과 목홍의 장원에서 무위군을 치는 일에 대해 상의했다. 무기를 점검하고 활과 화살을 다듬고 보충했으며 크고 작은 배를 준비했다. 준비가 착착 진행되고 있을 때 설영이 떠난 지 이틀이 지나 한 사람을 데리고 장원으로 돌아와 송강에게 절을 하게 했다. 송강이 물었다.

"동생, 이 장사는 누구인가?"

"이 사람은 후건侯建이라고 하고 홍도洪都[2] 사람입니다. 재봉사인데 바느질 속도가 빠르고 훌륭한 솜씨를 가지고 있습니다. 게다가 창봉에도 익숙하여 일찍이 제 제자가 되었습니다. 사람들은 그가 검고 야윈 데다 동작이 빨라 '통비원通臂猿'이라 부릅니다. 원래 무위군 성안 황문

2_ 홍도洪都: 장시성江西省 난창南昌의 다른 명칭.

병의 집에서 살았습니다. 그래서 소인이 만나서 데리고 왔습니다."

송강이 크게 기뻐하며 함께 앉혀 대책을 상의했다. 그 사람 또한 지살성의 운명을 가지고 있어 자연스레 의기투합했다. 송강이 강주의 소식과 무위군의 움직임이 어떤지를 묻자 설영이 대답했다.

"지금 채구 지부가 관군과 백성을 점검해보니 죽은 자가 500명이 넘고 상처를 입거나 화살에 맞은 자는 부지기수였습니다. 이미 조정에 보고하러 사람을 보내 밤낮으로 달려가고 있습니다. 성문은 해가 중천에 뜨면 닫아버리고 출입하는 사람들을 엄격하게 조사하고 있습니다. 원래 형님을 해코지한 것은 채구 지부랑 상관없는 일입니다. 모두 황문병이란 놈이 3~5차례에 걸쳐 지부를 충동질하여 두 분을 해치도록 한 것입니다. 지금 형장을 급습당하여 성안은 매우 혼란스럽고 밤낮으로 경계가 삼엄합니다. 제가 무위군에 가서 소식을 염탐하다가 이 형제와 마주쳐 같이 나와 밥을 먹으며 자세한 소식을 알게 되었습니다."

송강이 물었다.

"후형은 어떻게 자세한 소식을 알고 계십니까?"

"소인은 어려서 창봉을 배웠는데, 설 사부님의 가르침을 받아 은혜를 잊을 수가 없습니다. 근래에 황 통판이 특별히 소인을 찾아와 자기 집에 와서 옷을 만들어달라고 해서 거기에 있었는데, 밖에 나왔다가 사부님을 우연히 만나 송강 형님의 함자를 듣고는 이 일을 말씀드리게 된 것입니다. 소인이 형님을 만나보고 싶어서 일부러 여기까지 찾아와 자세히 알려드리고자 합니다."

후건은 잠시 호흡을 가다듬고 하던 말을 이었다.

"황문병에게는 친형이 하나 있는데 황문엽黃文燁이라 하며 같은 어머니에게서 나온 두 아들입니다. 황문엽은 평생 선한 일만 행하여 다리도 놓아주고 길도 고쳐주며 불상을 만들고 스님들을 받들었으며 곤경에 빠지고 가난한 사람들을 구제해주었습니다. 무위군 사람들은 그를 '황 부처'라고 부른답니다. 황문병은 비록 파직당한 통판이지만 남을 해치려는 마음이 강하고 악행을 습관적으로 저질러 무위군 사람들은 그를 '황 벌침'이라고 부릅니다. 그들 형제는 각기 다른 정원에서 살고 있는데 같은 골목으로 출입하며 북문 안쪽이 그의 집입니다. 황문병의 집은 성벽과 붙어 있고 황문엽의 집은 거리에 인접해 있습니다. 소인은 그곳에서 생활하면서 황문병이 집으로 돌아올 때마다 하는 말을 들었습니다. '이 일은 채 지부가 깜빡 속아 넘어갔는데 먼저 참형을 집행하고 나중에 조정에 알리라고 내가 바로잡아주었지'라고 하더군요. 황문엽이 뒤에서 듣고 욕을 하더군요. '또 이런 제 명을 재촉하는 교활한 짓을 저질렀느냐! 너랑 상관없는 일인데 어째서 남을 해치려드느냐? 만일 하늘의 도리가 있다면 당장에 대가를 치를 것이고, 스스로 화를 부른다는 말이 다른 것이 아니다'라고 말이죠. 이 이틀간에 형장이 습격을 당했다는 말을 듣고 대단히 놀랐습니다. 어젯밤에 강주에 가서 채구 지부를 만나 무슨 계책을 꾸미는지 아직도 돌아오지 않았습니다."

송강이 후건의 이야기를 듣고 뭔가 생각하면서 물었다.

"황문병은 자기 형의 집과 거리가 얼마나 떨어져 있소?"

"원래 한집이던 것을 둘로 나눈 것으로 지금은 중간에 채소밭 하나만 있습니다."

"황문병의 집에 식구는 몇 명이나 되오? 방은 몇 개요?"

"남녀 모두 합쳐서 40~50명은 됩니다."

"하늘이 나더러 복수하라고 특별히 이 사람을 보내주셨구나. 그래도 모든 형제의 도움이 필요하오."

모두 한목소리로 대답했다.

"그 더럽고 간악한 놈을 없애고 형님의 원수를 갚는 일이라면 목숨 걸고 있는 힘을 다하겠습니다!"

"내가 미워하는 것은 황문병 한 놈뿐이고 무위군 백성들과는 아무 상관없다. 그의 형은 어진 사람이니 해친다면 천하의 사람들이 나더러 어질지 못하다고 욕할 것이므로 절대 해치지 말아라. 형제들은 그곳에 가서도 백성을 조금이라도 건드려서는 안 된다. 이제 곧 그곳으로 갈 터인데 내게 계책이 있으니 모두 협조해주기 바란다."

두령들이 일제히 대답했다.

"모든 걸 형님의 말씀대로 따르겠습니다."

"목 태공께서는 번거롭겠지만 포대 80~90개, 갈대 줄기 100단을 준비해주시고 큰 배 5척, 작은 배 2척을 쓰고자 합니다. 장순과 이준이 작은 배 2척을 맡아주오. 큰 배 5척은 장횡, 삼완, 동위가 맡고 수영을 잘하는 사람이 배를 보호해준다면 이번 계책을 쓸 수 있소."

목홍이 대답했다.

"여기에 갈대, 장작 그리고 포대도 있고 우리 장원 사람들은 모두 배를 잘 저으니, 형님 말씀대로 따르겠습니다."

"후건 형제는 설영과 백승을 데리고 먼저 무위군 성안으로 들어가 숨어 있으시오. 내일 삼경 이점을 기점으로 성문 밖에서 방울을 단 비둘기를 날려보내면 백승은 황문병 집에서 가까운 성에 올라 하얀 비단 끈을 꽂아 표시해주시오."

다시 석용, 두천은 거지로 변장하도록 하여 성문 옆 좌측에 매복해 있다가 불이 나는 것을 신호로 문을 지키는 군사를 죽이기로 했다. 이준, 장순은 단지 강 위를 왕복하며 호응할 때를 기다리기로 했다.

송강이 배치를 마치자 설영, 백승, 후건이 먼저 출발했다. 이어서 석용, 두천도 거지로 변장하여 몸에 단도와 무기를 감추고 떠났다. 한편 흙과 모래를 채운 포대와 갈대, 땔감을 배에 실었다. 사람들은 때가 되자 모두 복장을 갖추고 몸에 무기를 준비했으며 배 안에 군사를 매복시켰다. 두령들은 각각 나뉘어 배에 올라 탔다. 조개, 송강, 화영은 동위의 배에 타고, 연순, 왕왜호, 정천수는 장횡의 배에 탔으며, 대종, 유당, 황신은 완소이의 배, 여방, 곽성, 이립은 완소오의 배, 목홍, 목춘, 이규는 완소칠의 배에 탔다. 주귀와 송만은 목 태공의 장원에 남아 강주성 안의 소식을 살폈다. 먼저 동맹은 빠른 고깃배를 앞에서 저으며 길을 탐지했다. 졸개와 군졸들은 모두 선창에 숨어 있고 일꾼과 장객, 사공은 밤늦게 몰래 배를 저어 무위군으로 향했다.

때는 바로 7월이 모두 지난 날씨라 밤은 시원하고 바람이 조용했으며 달은 하얗고 강물은 맑았다. 물그림자와 산의 빛이 모두 위아래 할 것 없이 푸르렀다. 초경 무렵 모든 배가 무위군의 강변에 도착하여 깊은 갈대숲을 찾아 배를 일자로 나란히 묶어 정박시켰다. 동맹이 배를 타고 돌아와서 보고했다.

"성안에서 아무런 움직임도 없습니다."

송강이 수하를 시켜 모래와 흙을 담은 포대와 갈대와 장작을 강 건너로 운반했다. 이경을 알리는 북소리가 울렸다. 송강이 졸개를 불러 흙 포대와 장작을 성 옆에 쌓도록 했다. 사람들은 각자 손에 무기를 들고 장횡, 삼완, 동맹 형제를 남겨 배를 지키며 호응하도록 했고, 나머지 두령들은 모두 성 옆으로 달려갔다. 성 위를 바라보니 성 북문에서 반 리 길 거리에서 송강이 방울 단 비둘기를 풀어놓게 했다. 그때 성 위에서 대나무 장대에 묶인 하얀 비단 띠가 바람에 휘날렸다.

송강이 장대를 보고 군사를 시켜 그 장대가 세워진 성벽 밑에 흙포대를 쌓은 다음 갈대와 장작을 짊어지고 흙포대를 밟으며 성 위로 올라가도록 분부했다. 그때 백승이 이미 그곳에서 호응하여 기다리고 있다가 군사들에게 손가락으로 방향을 가리키며 말했다.

"이 골목에 황문병의 집이 있소."

송강이 백승에게 말했다.

"설영과 후건은 어디에 있느냐?"

백승이 말했다.

"그 둘은 황문병 집 안에 잠입하여 형님이 오기만을 기다리고 있습니다."

"석용과 두천을 보았느냐?"

"그 둘은 성문 옆 좌측에서 기다리고 있습니다."

송강이 듣고 호걸들을 이끌고 성에서 내려와 황문병 집 앞으로 다가왔다. 후건이 처마 밑에 숨어 있는 것을 보고 송강이 불러 귀에 대고 낮은 소리로 말했다.

"너는 채마밭에 들어가 문을 열어 군사들이 갈대와 장작을 안에 쌓도록 하여라. 그리고 설영에게 횃불로 불을 붙이라고 하고, 너는 황문병의 방문을 두드리며 '옆집 대관인의 집에 불이 났습니다. 집기와 상자를 옮겨야 합니다!'라고 고함을 지르도록 하여라. 문이 열리면 나머지는 내가 알아서 할 것이다."

송강은 호걸들을 나누어 양쪽을 지키도록 했다. 후건이 먼저 들어가 채마밭 문을 열고 군졸들은 갈대와 장작을 안에 쌓았다. 후건이 불을 얻어 설영에게 주며 붙이라고 했다. 후건이 곧 튀어나와 문을 두드리며 소리쳤다.

"옆 대관인 집에 불이 나서 상자와 집기를 빨리 옮겨야 하니 빨리 문을 여십시오!"

안에서 듣고 일어나서 보니 옆집에 불이 번져 서둘러 문을 열고 뛰어나왔다. 조개와 송강이 함성을 지르며 안으로 뛰어들었다. 호걸들이 모두 각자 무기를 들고 보이는 대로 죽이니 황문병의 일가족 40~50명이 한 명도 남지 않고 모두 죽었으나 황문병 한 사람만 보이지 않았다. 호걸들은 황문병이 양민을 쥐어짜서 모은 금은보석 등 가산을 모두 수습했다. 커다란 휘파람 소리가 나자 호걸들은 모두 궤짝과 재산을 짊어지고 성 위로 달려갔다.

한편 석용과 두천은 불이 붙은 것을 보고 각자 칼을 끄집어내 성문을 지키는 군졸들을 죽여버렸다. 거리의 이웃 백성들이 물통과 사다리를 들고 불을 끄러 달려왔다. 석용과 두천이 큰 소리로 외쳤다.

"너희 백성들은 앞으로 나서지 말아라! 우리 양산박 호걸 수천 명은 여기에서 황문병 집 안의 양민과 천민을 모조리 죽여 송강과 대종의 원수를 갚겠다. 너희 백성과는 아무 상관이 없다. 모두 빨리 집으로 돌아가 피하고 쓸데없이 나오지 말아라!"

이웃 중에 믿지 않는 자가 멈추어 서서 구경을 했다. 그때 흑선풍 이규가 쌍도끼를 휘두르며 땅을 말듯이 달려나오니, 이웃들이 비로소 고함을 지르며 사다리와 물통을 들고 모두 도망갔다. 이쪽 뒷골목에 문을 지키던 군졸 몇 명이 사람들을 데리고 불 끄는 공구를 들고 달려왔다. 화영이 그들을 발견하고 화살을 쏘아 맨 앞에 나선 자를 쓰러뜨리고 고함을 질렀다.

"죽고 싶은 자는 나와서 불을 꺼봐라!"

군졸들이 모두 흩어져 달아났다. 설영은 횃불을 들고 황문병 집 안을 돌아다니며 불을 붙여 여기저기 걷잡을 수 없이 타올랐다.

이때 이규가 도끼로 성문의 자물쇠를 부수고 문을 활짝 열어 절반은 성문 위로 넘어서 나가고 나머지는 성문으로 나갔다. 삼완, 장, 동이 모두 배를 몰고 와 하나로 모여 재물을 들어 배로 옮겼다. 무위군은 강주가 양산박 호걸에게 형장을 기습당했고 무수한 사상자가 난 것을 이미 알고 있는데 어찌 감히 쫓아나와 추격하겠는가? 모두 피할 수밖에 없었다. 송강 일행은 황문병을 잡지 못한 것이 한스러웠지만 어쩔 수 없이 배에 올라 목홍의 장원을 향하여 노를 저었다.

한편 강주성 안에서는 무위군에 불길이 치솟고 하늘이 온통 붉게 물든 것을 보고 성안이 온통 시끌벅적했으나 본부에 알리는 것 외엔 다른 방법이 없었다. 황문병은 바로 부 안에서 일을 상의하다가 보고를 받고 서둘러 지부에게 아뢰었다.

"우리 마을에 불이 났다고 하니 빨리 돌아가 살펴봐야겠습니다."

채구 지부는 서둘러 성문을 열게 하고 관아의 배에 태워 보내라고 명했다. 황문병은 지부에게 감사 인사를 하며 하인을 데리고 즉시 성을 나와 서둘러 배에 탄 뒤 강으로 노를 저어 무위군으로 향했다. 불길은 갈수록 거세져 강물이 온통 붉은 불빛으로 환하게 물들었다. 사공이 말했다.

"불이 난 곳은 북문 근처입니다."

황문병이 그 말을 듣고 안타까움에 속이 타들어갔다. 강 가운데를 향하여 배를 저어가는데, 작은 배 한 척이 노를 저어 지나갔다. 잠시 후 또 작은 배 한 척이 저어오더니 그냥 지나가지 않고 관선을 받아버렸다. 하인이 큰 소리로 외쳤다.

"무슨 배이기에 감히 이렇게 직접 배를 받아버리느냐!"

그 배에서 큰 덩치가 벌떡 일어서더니 손에 갈고리를 들고 말했다.

"불 난 것을 알리러 강주로 가는 배입니다."

황문병이 튀어나와 물었다.

"불 난 곳이 어디냐?"

"북문 황 통판의 집입니다. 양산박 호걸들이 일가족을 몰살하고 재산을 강탈했으며 지금도 타고 있습니다!"

황문병은 자기도 모르게 '아이고' 하며 비명을 지르더니 어쩔 줄 몰라 했다. 사내는 갈고리로 배에 걸치더니 뛰어올라왔다. 황문병은 눈치가 빠른 사람이라 이미 감을 잡고 배 뒤쪽으로 달아나 강변 쪽을 향하여 물에 뛰어들었다. 그러나 다시 눈앞에 배가 한 척 나타났고, 이미 물속에서 한 사람이 나타나 황문병의 허리를 끌어안고 머리 끝을 잡더니 배 위로 끌어올렸다. 배 위에 있던 사내가 받아 밧줄로 묶었다. 물 밑에서 황문병을 붙잡은 사람은 낭리백조 장순이었고 배 위의 갈고리를 든 사람은 혼강룡 이준이었다.

두 사람이 배 위에 올라서자 관선을 젓던 사공이 무릎 꿇고 엎드려서 일어나지 않았다. 이준이 그 모습을 보고 말했다.

"우리는 너를 죽이려는 것이 아니라 황문병을 잡으러 왔다. 너희는 지금 돌아가서 멍청한 도적놈 채구 지부에게 알려라. 우리 양산박 호걸들이 이번에는 그 돌대가리를 맡겨두겠지만 조만간에 다시 자르러 오겠다고!"

뱃사공이 벌벌 떨며 말했다.

"예, 예, 반드시 말씀대로 전하겠습니다."

이준과 장순은 황문병을 자기들 배로 옮기고 관선은 풀어주었다.

두 사람은 배 두 척을 저어 목홍의 장원으로 갔다. 강기슭에 이르니 두령들이 물가에서 상자를 내리고 있었다. 황문병을 잡아온 것을 보고 송강이 몹시 기뻐했다. 다른 두령들도 모두 기뻐하며 말했다.

"어디 낯짝이나 한번 구경하자!"

이준과 장순이 이미 황문병을 강가에 끌어올렸다. 모두 구경하며 강기슭을 떠나 목 태공의 장원으로 갔다. 주귀와 송만이 사람들을 맞아 장원 대청에 앉았다. 송강은 황문병의 젖은 옷을 벗기고 버드나무에 묶은 뒤 두령을 둘러앉게 했다. 송강은 술 한 병을 가져와 따르고 잔을 들게 했다. 위로는 조개부터 아래로는 백승에 이르기까지 30명이 모두 잔을 들었다. 송강이 욕을 퍼부으며 말했다.

"황문병, 너 이놈! 내가 전에 너와 아무런 원한이 없었고 근래에도 없었는데, 네가 어째서 나를 해치려고 했느냐? 채구 지부를 교사하여 한두 번도 아니고 여러 차례 우리 둘을 죽이려고 했다. 네가 성현의 책을 읽은 사람으로서 어찌 이렇게 악독한 짓을 했느냐. 내가 너에게 아비를 죽이는 죄를 지은 것도 아닌데 내게 꾀를 부렸느냐? 네 형 황문엽은 같은 모친에게서 태어났는데도 저토록 착하지 않느냐? 네 형이 성안에서 '황 부처'로 불린다는 소문을 듣고 우리는 어젯밤에 조금도 건드리지 않았다. 네 이놈은 동네에서 사람을 해칠 줄만 알고 권력 있는 자에게 빌붙으며 상사에게 아부하고 선량한 사람을 괴롭혔다. 무위군 백성들이 너를 '황 벌침'이라고 부르는 것을 잘 알고 있다. 내가 오늘은 네 벌침을 뽑아야겠다!"

황문병은 살아날 길이 전혀 없음을 알고 억지로 당당한 척하며 말했다.

"소인은 이미 잘못을 알고 있으니 빨리 죽여주기만 바랄 뿐이오!"

조개가 분노에 가득 차서 욕을 퍼부었다.

"이 사악하고 어리석은 놈아. 죽이지 않을까 겁나냐! 너 이놈, 오늘 이렇게 될지 알면서 그런 일을 했단 말이냐."

송강이 주변을 둘러보며 말했다.

"어떤 형제가 나를 대신해 저놈을 손보겠소?"

흑선풍 이규가 벌떡 일어나며 말했다.

"내가 형님 대신 저놈을 요리하겠소! 살도 토실토실해서 구워먹기 좋겠소."

조개가 맞장구를 쳤다.

"자네 말대로군. 날카로운 칼과 따끈한 숯불을 가져다가 저놈을 한 점 한 점 잘라 구워 술안주로 먹으면서 우리 동생의 이 원한을 푸세!"

이규가 칼을 들고는 황문병을 보고 웃으며 말했다.

"너 이놈 채구 지부 후당에서 속살거리며 남을 해칠 때는 없는 일도 날조하고 선동하지 않았더냐. 오늘 네가 빨리 죽여주길 바란다니 어르신께서는 너를 되도록 천천히 죽여주마!"

칼로 허벅지부터 잘라 좋은 것을 골라 즉시 숯불에 구워 안주로 삼았다. 한 조각을 자르면 바로 구웠다. 황문병의 살점을 잘라냈고, 어느새 이규는 칼로 가슴을 찔러 심장과 간을 꺼내 두령들과 해장국을 끓였다.

두령들은 황문병이 죽자 모두 초당으로 몰려와 송강에게 축하했다. 이에 송강 먼저 땅에 무릎을 꿇자 두령들도 황급하게 무릎을 꿇고 일제히 물었다.

"형님, 도대체 무슨 일이십니까? 말씀만 하신다면 동생들이 어찌 듣지 않겠습니까?"

송강이 목소리를 가다듬고 말했다.

"소생은 재주가 없어서 어려서부터 서리의 일을 배웠습니다. 세상에 처음 발을 디디면서 호걸들과 사귀기를 좋아했습니다. 힘과 재주가 못 미쳐 어쩔 수 없었음에도 이제 평생의 소원을 이루었습니다. 강주로 유배된 후 조 두령과 여러 호걸이 간절히 남아주기 바랐던 것에 많은 것을 느꼈습니다. 하지만 부친의 엄격한 가르침을 지키느라 머물 수가 없었습니다. 하늘이 기회를 주어 심양강으로 가던 중에 또 많은 호걸을 만났습니다. 제가 재주가 없어서 뜻밖에 순간적으로 술에 취해 미친 짓을 하여 대 원장의 생명을 위험에 빠뜨렸습니다. 여러 호걸이 피하지 않고 위험한 곳까지 오셔서 남은 생명을 이어주고 협조하여 원수를 갚아주셨습니다. 이렇게 큰 죄를 짓고 두 주의 성을 어지럽혀놓았으니 반드시 조정에까지 알려질 것입니다. 오늘 송강이 양산박에 올라가 형님에게 의지하지 않으면 안 되게 되었습니다. 여러분의 의견은 어떤지 모르겠습니다. 만일 같이하고 싶으시면 지금 짐을 정리하여 함께 갑시다. 가지 않으시겠다면 명대로 따르겠습니다. 그러나 만일 일이 발각된다면 도리어……"

말이 다 끝나지 않았는데 이규가 꿇고 앉아 있다가 벌떡 일어서며 소리를 질렀다.

"모두 간다, 모두 가! 가지 않겠다는 사람이 있으면 내 도끼로 반쪽으로 쪼개버리겠다!"

송강이 이규를 꾸짖으며 말했다.

"너 어디서 그런 망발이냐! 형제 모두가 한마음으로 허락해야 비로소 같이 갈 수 있는 것이다."

사람들이 의논하며 말했다.

"이미 이렇게 많은 관군을 죽이고 강주부와 무위군에서 소란을 피웠는데, 그들이 어떻게 조정에 상주를 올리지 않겠습니까? 기필코 군마를 동원하여 사로잡으려 할 것입니다. 지금 형님을 따라 생사를 같이 하지 않고 어디로 가겠습니까?"

송강이 크게 기뻐하며 사람들에게 감사했다. 그날 먼저 주귀와 송만이 먼저 산채로 돌아가 알리고 나머지는 다섯으로 나누어 길을 떠났다.

첫 번째는 조개, 송강, 화영, 대종, 이규, 두 번째는 유당, 두천, 석용, 설영, 후건이었고, 세 번째는 이준, 이립, 여방, 곽성, 동위, 동맹, 네 번째는 황신, 장순, 장횡, 완가 삼형제였으며, 다섯 번째는 목홍, 목춘, 연순, 왕왜호, 정천수, 백승이었다. 다섯 무리의 28명 두령이 사람들을 거느리고 황문병에게서 빼앗은 재물을 수레에 나누어 실었다. 목홍은 목 태공과 가족을 데리고 모든 가산을 수레에 실었다. 장객 중 같이 가기를 원치 않는 자에게는 은자를 나누어주고 다른 곳으로 가도록 했다. 같이 가려는 자는 모두 데리고 갔다. 네 번째 무리가 떠나고 나서 움직이기 시작했다. 목홍은 장원 안을 모두 수습하고 횃불 수십 개로 불을 지른 뒤 전답은 버려두고 양산박으로 떠났다.

다섯 무리로 나누어 20여 리 간격을 두고 순서대로 출발했다. 맨 처음에 출발한 조개, 송강, 화영, 대종, 이규 다섯은 말을 타고 수레를 끄는 사람들을 거느린 채 3일을 갔다. 앞쪽에 가까워오는 곳은 황산문黃山門이라고 불렀다. 송강이 말 위에서 조개에게 말했다.

"이 산은 모양이 괴상하면서 험한데 혹시 큰 도적 떼가 안에 있지 않을까요? 사람을 시켜 뒤의 부대를 재촉하여 함께 지나가는 것이 좋겠습니다."

말이 미처 끝나기도 전에 앞산 입구에서 북소리, 징 소리가 울렸다.

송강이 다시 말했다.

"보십시오! 제 말이 맞는 듯합니다. 대응하지 말고 뒷부대가 도착하면 같이 싸웁시다."

화영이 활을 들어 화살을 먹였고 조개와 대종은 각기 박도를 잡고 이규는 쌍도끼를 든 채 송강을 호위하며 함께 말을 다그치면서 앞으로 나갔다.

산언덕에 300~500명 졸개에게 둘러싸인 네 사내가 각자 손에 무기를 들고 큰 소리로 말했다.

"너희는 강주를 어지럽히고 무위군을 약탈했으며 허다한 관군과 백성을 살해하고 양산박으로 돌아가느냐? 이미 오래전부터 너희를 기다리고 있었다. 내 말을 알아듣고 송강을 남겨둔다면 너희 목숨은 살려주겠다!"

송강이 듣고 말에서 내려 무릎을 꿇고 말했다.

"소생 송강은 모함을 받아 원통함을 하소연할 곳도 없었는데, 지금 사방의 호걸들이 목숨을 구해주었습니다. 소생이 네 호걸에게 어떤 잘못을 저질렀는지 모르겠지만 너그럽게 용서하시기를 간절하게 바랍니다!"

네 사내는 송강이 자기들 앞에 무릎 꿇은 것을 보고 당황하여 말안장에서 뛰어내려 무기를 버리고 번개같이 달려와 땅에 엎드려 절하며 말했다.

"저희 형제 넷은 산동 급시우 송 공명의 대명을 들었으나 설령 죽이고 싶어도 얼굴조차 뵐 수가 없었습니다. 우리는 형님이 강주에서 일이 생겨 감옥에 잡혀 들어갔다는 말을 듣고 형제들과 상의하여 감옥을 습격하려고 했으나 사실 여부를 알 수 없었습니다. 이에 졸개를 강주로 보내 소식을 알아보게 했습니다. 졸개가 돌아와 '이미 여러 호걸이 강주로 쳐들어가 형장을 습격하여 구해 게양진으로 갔다고 했습니다. 나중에 다시 무위군에 불을 지르고 황 통판 집을 노략질했다'고 보고했습니다. 그래서 형님이 돌아갈 때 반드시 이 길로 지나갈 것을 알고 순서를 정해 번갈아가며 지키다가 혹시 진짜가 아닐까 염려되어 일부러 따져 묻게 된 것입니다. 형님에게 함부로 대한 것을 용서해주시기 바랍니다. 오늘 다행히 형님을 뵈었으니 잠시 산채에 모셔 변변찮은 술과 음식이라도 대접하고 싶습니다. 두령들께서 함께 저희 산채로 가서서 잠시라도 쉬기 바랍니다."

송강이 그 말을 듣고 뛸듯이 기뻐하며 네 호걸을 부축하여 일으키고 하나씩 성명을 물었다. 두목은 이름이 구붕歐鵬인데 조상의 본적은 황주黃州3였으며 대강大江을 지키는 군인 집안이었다. 본관에게 잘못 보여 도망가 강호에서 도적이 되었고 고생 끝에 이름이 났으며 마운금시摩雲金翅라고 불렸다. 둘째는 장경蔣敬이라고 하는데 조상의 본적은 호남 담주潭州로 원래 과거에 낙방한 거자擧子4 출신이다. 낙방하고 나서 붓을 던지고 무술을 배워 모략이 있었으며, 주산珠算에 정통하여 아무리 많

3_ 황주黃州: 지금의 후베이성湖北省 황저우黃州.
4_ 거자擧子: 과거 응시생.

은 숫자라도 조금도 틀리지 않았고 창봉술에 또한 능했으며 군사의 포진과 배치에도 뛰어나서 사람들은 그를 '신산자神算子'라고 불렀다. 셋째는 마린馬麟인데 남경 건강建康5 사람으로 원래 관아 아전의 조수였는데 쌍철적雙鐵笛을 잘 불었으며 대곤도大滾刀를 잘 써 수십 명이라도 가까이 갈 수 없었으므로 사람들은 철적선鐵笛仙이라고 불렀다. 넷째는 도종왕陶宗旺인데 광주光州6에서 농사를 짓던 농부로 삽질을 잘했다. 힘이 매우 세고 창칼도 잘 놀렸으므로 '구미귀九尾龜'라고 불렀다. 네 두령이 송강을 맞이했고 졸개들은 과일 접시, 술 한 주전자, 고기 두 판, 술잔을 가져왔다. 먼저 조개, 송강에게 건네고 다음으로 화영, 대종, 이규에게 건네 상견했다. 술을 주고받으며 두 시진이 지나지 않아서 두 번째 무리의 두령이 도착하자 한 명씩 상견했다. 잔이 모두 돌자 두령을 청하여 산에 오르도록 했다. 두 무리 10명의 두령이 먼저 황문 산채 안으로 들어왔다. 네 두령은 소와 말을 잡아 접대를 준비했다. 졸개들은 산 아래로 내려가 뒤 세 무리의 두령 18명을 산으로 초청하여 연회에 참석했다. 한나절이 지나지 않아 나머지 두령들이 모두 도착하여 취의청 연회에 모였다.

송강이 술을 마시던 중 자리에서 일어나 입을 열었다.

"이번에 송강은 조 천왕 형님에게 의지하여 양산박에 올라가 뜻을

5_ 건강建康: 지금의 장쑤성江蘇省 난징南京.
6_ 광주光州: 지금의 허난성河南省 황촨潢川.

함께하기로 했습니다. 네 분 두령이 이곳을 버리고 함께 양산박에 가실지 모르겠습니다."

네 두령은 이구동성으로 대답했다.

"만일 두 분 의사께서 가난하다 버리지 않으신다면 성심을 다하여 따르겠습니다."

송강과 조개는 크게 기뻐하며 말했다.

"네 분이 대의를 따르시겠다니 빨리 수습하고 출발합시다."

두령들도 모두 기뻐했다. 산채에서 하루 낮과 밤을 지냈다. 다음 날 송강과 조개가 여전히 선두가 되어 하산하여 먼저 출발했고, 나머지는 이전 순서대로 따라와 20리 길 거리를 유지했다. 네 두령도 금은비단을 수습하여 졸개 300~500명을 데리고 산채에 불을 지른 뒤 여섯 번째로 출발했다. 송강은 또 네 호걸이 합류하자 속으로 신이 나 말 위에서 조개에게 말했다.

"제가 이번에 강호에서 비록 놀라긴 했지만 이렇게 많은 호걸과 인연을 맺었습니다. 오늘 형님과 함께 산에 오르게 되었으니 이제부터는 변함없이 형님과 생사고락을 같이하겠습니다."

돌아오는 내내 이런저런 말을 주고받으며 어느새 주귀의 주점에 이르렀다.

한편 남아서 산채를 지키던 네 두령 오용, 공손승, 임충, 진명은 새로 온 소양, 김대견과 함께 주귀, 송만의 보고를 받고 매일 소두목을 보내 배를 타고 나와 주점에서 영접하도록 명했다. 모두 금사탄 모래사장에 나와 북 치고 피리를 불었으며 두령들은 말과 가마를 타고 산채에 돌아온 것을 환영했다. 관 아래에서 군사 오용은 환영하는 술을 들고 취의청에 모여 향을 불살랐다. 이때 조개가 산채의 첫 번째 교의를 양보하며 송강에게 앉기를 청했다. 송강이 조개의 갑작스런 행동에 속으로 깜짝 놀라며 당황하여 앉으려 하지 않았다.

"형님, 이러시면 안 됩니다. 여러 두령이 도끼날과 칼끝을 피하지 않고 송강의 생명을 구해주었습니다. 형님이 원래 산채의 주인인데 어떻게 제게 양보할 수 있습니까? 만일 이렇게 억지로 양보하시려면 차라리 송강을 죽여주십시오!"

강주에서부터 묵묵히 송강의 지휘를 받던 조개가 담담하게 말했다.

"동생, 어째서 그렇게 말하는가! 당초 동생이 생명의 위험을 무릅쓰고 우리 7명의 생명을 구해주지 않았다면 어떻게 지금의 무리가 있겠는가? 동생이 산채의 주인이 되는 것이 당연하며 자네가 앉지 않으면 누가 앉는단 말인가?"

송강이 지금은 때가 아니라고 생각했다.

"형님, 나이로 말하면 저보다 10년 위입니다. 만일 송강이 두령이 된다면 어찌 부끄러운 일이 아니겠습니까?"

송강은 수차례에 걸쳐 첫 번째 두령의 교의를 양보했고 두 번째 자리에 앉았다. 그리고 더 이상 서열이 정해지는 것을 막기 위해 송강이 말했다.

"공로의 높고 낮음은 나누지 말고 양산박의 옛 두령들은 왼쪽 자리에 앉고 새로 온 두령들은 오른쪽에 앉아 나중에 일을 한 것을 평가하여 그때 따로 자리를 결정합시다."

두령들이 일제히 말했다.

"그 말이 매우 합당합니다."

왼쪽에는 전부터 조개를 따르던 임충, 유당, 완소이, 완소오, 완소칠, 두천, 송만, 주귀, 백승이 앉았고, 오른쪽에는 송강을 따라 새로 온 두령들이 나이 순서를 따지며 서로 양보했다. 화영, 진명, 황신, 대종, 이규, 이준, 목홍, 장횡, 장순, 연순, 여방, 곽성, 소양, 왕왜호, 설영, 김대견, 목춘, 이립, 구붕, 장경, 동위, 동맹, 마린, 석용, 후건, 정천수, 도종왕 모두 40명 두령이 앉았다. 피리 불고 징을 치며 축하 연회를 열었다.

송강이 강주 채구 지부가 유언비어를 날조한 일을 두령들에게 자세하게 설명했다.

"가증스런 황문병 이놈이 자기와 상관없는 일로 지부 앞에서 도성의 동요를 해석하여 말했소. '모국인가목耗國因家木'이라고 한 것은, 국가의 돈과 식량을 소모하는 사람은 분명히 가家의 머리 부분과 목木자가 결합하면 분명히 송宋자 아닌가? '도병점수공刀兵點水工'은, 전쟁을 일으키는 사람은 물수水 변에 공工자를 결합하면 분명히 강江자입니다.' 이것이 바로 나와 일치하는 것이었소. 그 뒤의 두 구인 '종횡삼십륙, 파란재산동縱橫三十六, 播亂在山東'은 송강이 산동에서 반란을 일으킨다는 것과 일치하오. 그래서 나를 잡은 것입니다. 뜻밖에 대 원장이 가짜 편지를 전하자 황문병 이놈이 지부를 선동하여 먼저 참수하고 나중에 조정에 알리려고 했어요. 만일 두령들이 구해주지 않았더라면 내가 지금 어떻게 여기에 있겠소!"

이규가 벌떡 일어서며 말했다.

"형님이 하늘의 말에 부합하는 사람이구나! 그놈 덕에 고생을 했지만 황문병 놈을 능지처참하느라 내가 좀 통쾌했어! 이렇게 많은 사람으로 반란을 일으키면 두려울 게 뭐가 있어? 조개 형님이 대송大宋의 황제가 되고 송강 형이 소송小宋 황제가 되며 오 선생이 승상이 되고 공손 도사가 국사가 되면 우리 모두가 장군이 되어 동경으로 쳐들어가 개 같은 황제 자리를 빼앗고 즐기면 좋겠다. 여기 거지 같은 호숫가에 머무는 것보다 훨씬 좋지 않겠어?"

대종이 당황해서 소리를 질렀다.

"철우야, 너 이놈 주둥이 닥쳐라! 너 오늘 여기까지 와서 강주에서처럼 성질을 부리지 말고 두 두령 형님들의 말을 잘 들어야 한다. 쓸데없는 헛소리도 하지 말아라. 다시 이렇게 끼어들었다간 먼저 네 대가리를 잘라 사람들의 경계로 삼을 것이다."

이규가 히죽거리며 말했다.

"아이고, 만일 내 대가리를 자른다 해도 금방 다시 자랄 거요. 나는 술만 먹을 수 있으면 그만이야!"

이규의 말을 듣고 모두 웃었다.

송강은 다시 조개가 양산박에서 관군을 막던 일을 꺼냈다.

"그때 소생이 소식을 처음 듣고 별로 놀라지는 않았지만 뜻밖에 오늘 정말로 내 일이 될 줄은 생각도 못했소!"

오용이 말했다.

"형님이 애초에 내 말을 듣고 산채에 남아 즐겁게 지내면서 강주로 가지 않았다면 얼마나 많은 것을 생략할 수 있었겠습니까? 이것은 모두 하늘의 운명이 그런 것이오."

송강이 말했다.

"황안黃安 이놈은 어떻게 되었소?"

조개가 대답했다.

"그놈은 2~3개월도 못 되어 병으로 죽었네."

송강은 한탄을 멈추지 않았다. 그날 술을 마시며 각자 흥을 다했다. 조개는 먼저 목 태공 가족을 자리 잡게 하고 황문병의 가산을 가져와 애를 쓴 졸개들에게 상으로 나누어주었다. 원래 채구 지부의 상자는 대종에게 돌려주고 쓰게 했으나 어떻게 감히 받겠는가? 창고에 넣고 공용으로 사용하도록 했다. 조개는 졸개들을 불러 이준 등 새 두령들에게 참배를 시켜 모두 인사를 했다. 산채에서는 연일 소와 말을 잡아 잔치를 벌였다.

조개는 양산박 앞뒤로 거주할 가옥을 정해주었으며 산채 안에 건물을 짓고 성벽을 수리했다. 3일째가 되어 연회에서 송강이 일어나 두령들에게 말했다.

"송강이 다른 큰일이 있어서 두령들께 아뢰고자 합니다. 소생이 오늘 산 아래로 내려가 며칠 동안 갈 곳이 있으니 여러분께서 허락해주시기 바랍니다."

조개가 물었다.

"동생, 지금 어디를 가려는 것이오? 도대체 무슨 큰일을 하겠다는 것이오?"

제 4 1 회

천서

송강이 연회에서 호걸들에게 말했다.

"소생 송강은 두령들이 구해주셔서 여기 산채에 올라와 연일 술 마시며 매우 즐겁게 지내고 있습니다. 그러나 지금 아버지는 어떻게 지내고 있는지 모르겠습니다. 가까운 시일 안에 강주에서 도성에 알린다면 반드시 제주에 공문을 보내 운성현에 제 가족을 붙잡으라고 명을 내릴 것입니다. 그리고 정해진 기한 안에 주범을 잡으라고 한다면 아버지의 생사를 보장하기 어렵습니다. 제 생각에 집에 가서 아버지를 모시고 산

1_ 41장 환도촌에서 천서 세 권을 받다還道村受三卷天書. 송 공명이 구천현녀를 만나다宋公明遇九天玄女.

에 올라와야 마음을 놓을 것 같습니다. 여러 형제가 그것을 허락해줄지 모르겠습니다."

조개가 차분하게 말했다.

"동생, 이 일은 사람이 반드시 지켜야 할 큰 도리라네. 나와 자네는 즐겁게 지내면서 도리어 집안의 어르신을 고생하게 해서는 안 되지 않겠는가? 어떻게 동생 말을 따르지 않겠는가! 다만 형제들이 연일 고생했고 산채의 인원이 아직 확정되지 않았으니 한 이틀 더 기다렸다가 산채의 인마를 선발하여 바로 달려가 모셔오세."

송강이 급한 마음에 조개에게 말했다.

"형님, 다시 며칠 지난다고 대단할 것은 없습니다. 다만 강주의 공문이 제주에 도착하여 가족을 잡아들일까 두려우므로 잠시라도 지체해서는 안 됩니다. 지금은 많은 사람이 갈 필요도 없이 송강 혼자 몰래 가서 동생 송청과 아버지를 모시고 밤에 산으로 돌아온다면 시골 마을이라 귀신도 모를 것입니다. 만일 사람을 많이 데리고 가 마을 사람들을 놀라게 한다면 일이 오히려 커질 것입니다."

조개가 조심스럽게 말했다.

"동생, 그랬다가 만일 도중에 일이 잘못된다면 아무도 구할 방법이 없다네."

"아버지를 위해서라면 행여 죽게 되더라도 여한이 없습니다."

그날 당장 가고자 하는 뜻이 몹시 완고하여 아무리 말려도 잡을 수 없었다. 송강은 삿갓을 쓰고 몽둥이를 들었으며 허리에 칼을 차고 산을 내려갔다. 두령들이 금사탄까지 배웅하고 돌아갔다.

송강이 배를 타고 나루를 건너 주귀의 주점에 도착하여 큰길을 골라 운성현으로 향했다. 도중에 배고프면 먹고 목마르면 마시며 밤에는 자고 새벽에 길을 재촉했다. 하루 만에 송가촌에 닿기에는 길이 몹시 멀어 도착하지 못하고 객점에 투숙했다. 다음 날 발길을 재촉하여 송가촌에 이르렀으나 시간이 일러 숲속에 숨어 밤이 되기를 기다렸다가 장원에 가서 뒷문을 두드렸다. 집 안에서 소리를 듣고 송청이 나와 문을 여니 형이라 놀라서 당황하며 말했다.

"형님, 어떻게 집으로 돌아오셨습니까?"

"일부러 아버지와 너를 데리러 왔다."

"형님, 강주에서 저질렀던 일들은 이미 여기에서도 모두 알고 있습니다. 본현에서 두 조 도두에게 명을 내려 매일 찾아와 심문하고 우리를 감시하면서 꼼짝 못하게 하고 있습니다. 강주에서 공문만 도착하면 우리 부자 둘을 형님을 잡을 때까지 감옥에 가두어둘 것입니다. 향병 100~200명이 매일 밤낮으로 순찰을 돌고 있으니 더 늦기 전에 빨리 양산박으로 돌아가 두령들을 데려와 아버지와 저를 구해주세요!"

송강이 듣고 놀라 식은땀을 흘리며 감히 집 안으로 들어가지도 못하고 몸을 돌려 양산박으로 달려갔다.

이날 밤 달빛이 몽롱하고 길이 흐릿하여 송강은 외지고 좁은 길만 골라 걸었다. 대략 밤길을 한 시진 걸었을 때 뒤에서 누군가가 고함을 질렀다. 송강이 고개를 돌려 들어보니 1~2리 길 거리에서 한 무리의 횃불이 보였고 고함치는 소리도 들렸다.

"송강은 멈추어라!"

송강이 정신없이 달리면서 속으로 생각했다.

'조개의 말을 듣지 않았다가 오늘 이런 화를 당하는구나. 하늘이시여, 송강을 불쌍하게 여기시어 제발 살려주십시오!'

멀리 앞에 보이는 곳을 향하여 무턱대고 달렸다. 잠시 후 바람이 불어 옅은 구름을 몰아버리고 밝은 달이 환하게 비추자 사방이 환해졌다. 송강은 그제야 주변을 자세히 살펴보고 날카로운 목소리로 비명을 질렀다.

"아이고!"

그곳은 다름 아닌 유명한 '환도촌還道村'이었다. 원래 사방은 모두 고산준령으로 둘러싸였고 산 아래에 한 줄기 시냇물이 흘러내렸으며 중간에 외길이 나 있었다. 이 마을에 들어오면 왼쪽으로 가든 오른쪽으로 가든 유일한 길로 다른 길은 없었다. 송강은 이 마을을 알고 있었으므로 몸을 돌리려 했으나 뒤에서 쫓아오던 사람들이 입구를 막고 있었고 횃불이 사방을 비추어 대낮같이 밝았다.

마을 안으로 달려가 몸을 숨길 곳을 찾았다. 숲을 빙 돌아가니 낡은 사당이 보였다. 두 손으로 문을 밀고 들어가 사당 안을 비추는 달빛에 의지해 숨을 곳을 찾았다. 앞뒤 건물을 한 바퀴 돌아보았으나 몸을 숨길 곳을 찾지 못해 마음은 더욱 조급해졌다. 바로 이때 바깥에서 사람들의 말소리가 들려왔다.

"도두님, 그놈이 도망갈 데는 여기 사당밖에 없습니다!"

조능의 목소리가 들리자 송강은 무척 다급했으나 숨을 곳이 없었다. 그때 신전 위 신상神像 밑의 감실이 눈에 들어왔다. 송강은 장막을 열고 안을 바라보더니 몸을 구부려 감실 안으로 들어가 곤봉을 놓고 몸을 웅크리고 안에 엎드렸는데 자기도 모르게 몸이 부들부들 떨렸다. 밖에서 사람들이 횃불을 들고 안으로 들어왔다. 감실 안에서 부들부들 떨며 고개를 돌려 몰래 살펴보니 조능과 조득이 40~50명을 이끌고 횃불을 들어 사방을 비추었다. 횃불이 신전 위를 비추자 송강은 자기도 모르게 덜덜 떨면서 속으로 말했다.

'제가 이번엔 정말 죽을 길로 들어섰으니, 바라오건대 천지신명께서는 굽어 살펴주시옵소서. 신명이여 굽어 살피소서. 제발 굽어 살펴주십시오!'

사당 안에 들어온 사람 그 누구도 감실 안을 유심히 보는 이는 없었다. 송강이 떨던 것을 멈추고 말했다.

'아이고 다행이다.'

마지막으로 지나가던 조득이 갑자기 횃불로 감실 안을 비추는데, 송강이 몹시 놀라 정신이 아득해지고 사시나무 떨듯이 떨었다. 조득은 손에 잡은 박도 손잡이로 장막을 걷으며 횃불로 위아래를 비추다가 불꽃이 터지면서 튀어나온 검은 재가 마침 조능의 눈에 떨어졌다. 실눈을 뜨고 바닥에 떨어진 불꽃을 발로 비벼 끈 조능은 사당 밖으로 나가 사병들에게 말했다.

"이놈이 사당 안에 없네. 다른 길도 없는데 도대체 어디로 사라진 거야?"

사병들이 대답했다.

"아무래도 마을 숲속으로 도망갔나봅니다. 그놈이 여기서는 달아날 수 없습니다. 이 마을은 환도촌이라고 하는데 드나들 수 있는 길은 이 길 하나뿐입니다. 안에 높은 산과 울창한 숲이 있어도 올라갈 수 있는 길은 없습니다. 도두가 마을 입구만 지키고 있으면 날개가 생겨 날아가지 않는 한 달아날 수가 없습니다! 날이 밝으면 마을 안을 샅샅이 뒤져 보죠!"

조능과 조득이 사병들을 이끌고 사당을 떠나며 말했다.

"그렇게 하자."

송강이 떨던 것을 멈추고 정신을 가다듬으며 말했다.

'천지신명이 도와준 것이 아닌가! 만일 살아난다면 내가 꼭 사당을 다시 수리하고 신상을 다시……'

이때 향병 몇 명이 사당 문 앞에서 소리쳤다.

"도두님, 이 안에 숨어 있습니다!"

조능과 조득이 다시 몰려들었고 송강은 다시 오들오들 떨기 시작했다. 조능이 사당 앞에 다가와서 말했다.

"어디냐?"

"도두님, 여기 사당 문 앞에 손자국이 둘 나 있는 것을 보니 문을 밀고 들어가 안에 숨은 것이 틀림없습니다."

조능이 말했다.

"네 말이 맞다. 다시 샅샅이 뒤져라!"

다시 사당 안으로 들어와 뒤지는데 송강이 이를 악물고 떨던 것조차 멈추었다. 그들은 사당 안으로 들어와 벽돌만 들어내지 않았을 뿐 여기저기 남김없이 뒤졌다. 조능이 다시 뒤지면서 횃불로 불상 위를 비추며 말했다.

"이제 감실만 남았군. 금방 동생이 자세히 살피지 않았으니 내가 자세히 비춰봐야겠네!"

향병이 횃불을 들고 조능이 장막을 제치며 5~7명이 머리를 빼들고 바라보았다.

살펴보지 않았으면 모든 것이 끝났을 텐데 살펴보려 하자 감실 안에서 이상한 바람이 불더니 횃불이 모두 꺼지고 사당 안은 어둠에 휩싸여 아무것도 보이지 않았다. 조능이 당황하며 말했다.

"거참, 희한하게 평지에서 이런 괴상한 바람이 불다니. 아마 이 안에 신명이 계신데 우리가 함부로 불을 비춘 것을 질책하여 괴상한 바람으로 나타나셨나보네. 우리는 그만 나가서 마을 입구나 지키다가 날이 밝으면 다시 와서 찾아보자."

조득이 옆에서 말했다.

"감실 안만 자세하게 살펴보지 못했으니 창으로 한번 쑤셔보자고."

조능이 동의하며 말했다.

"그러자고."

두 사람이 창을 들고 한 걸음 앞으로 나가려는데 신전 뒤에서 괴상한 바람이 일어나 모래가 날리고 돌이 굴러떨어지며 땅이 진동하고 신전이 끼익 소리를 내더니 전체가 흔들렸다. 순식간에 검은 구름이 위아래를 가득 덮고 음산한 냉기가 스며들자 모두 머리카락이 곤두섰다.

조능이 사정이 좋지 않음을 알고 조득을 불러서 말했다.

"동생, 빨리 나가자! 신명이 노했다."

향병들은 서둘러 신전 아래로 내려오더니 사당 밖으로 달려나갔다. 몇 명은 넘어지고 발목을 삔 사람도 있었으며 서로 살고자 앞 다퉈 밖으로 기어나왔다. 사당 밖으로 나왔는데 안에서 누군가가 고함을 질렀다.

"제발 살려주세요!"

조능이 다시 들어가 살펴보니 향병 2~3명이 사당의 붉은 계단에 엎어졌는데 옷이 나무뿌리에 걸려 아무리 몸부림쳐도 빠지지 않자 박도도 내던지며 옷을 붙들고 용서를 빌고 있었다. 송강은 감실 안에서 듣고 벌벌 떨면서도 웃음을 참았다. 조능이 향병의 옷을 풀어주고 함께 밖으로 데리고 나갔다. 먼저 튀어나왔던 향병들이 말했다.

"내가 여기 신령이 영험하다고 그랬잖아. 너희가 안에 감겨 있는 장막을 헤쳐놔 귀신들을 끌어들여 발작하게 한 거야. 우리가 나가서 마을 입구만 지키고 있으면 날아가지 않는 한 도망가지는 못해!"

조능과 조득이 이를 듣고 말했다.

"맞는 말이다. 마을 입구 사방에서 빠져나가지 못하도록 지켜야겠다."

향병들이 마을 입구로 몰려갔다.

송강이 감실 안에서 입으로 '천만다행'을 외치며 말했다.

'저놈들에게 잡히는 것은 면했지만 이제 어떻게 마을을 빠져나가지?'

감실 안에서 아무리 생각해봐도 뾰족한 수가 나오지 않는데 뒤쪽 계단 아래에서 사람이 나오는 소리가 들렸다. 송강이 다시 떨면서 말했다.

'아이고 죽겠네. 아직 다 나간 것이 아니었구나.'

송강이 바라보니 푸른 옷을 입은 동자 둘이 감실 옆으로 다가오더니 한목소리로 말했다.

"저희는 신녀님의 말씀을 받들어 성주星主²님을 청하고자 합니다."

송강이 어떻게 감히 소리를 내어 대답하겠는가? 밖의 동자가 다시 말했다.

"신녀께서 청하시니 성주께서는 나오시지요."

송강은 여전히 감히 대답도 못했다. 밖의 동자가 다시 말했다.

"송 성주님, 망설이지 마십시오. 신녀께서 기다리고 계신 지 이미 오랩니다."

송강은 신의神椅 밑에서 남자의 목소리가 아닌 여자의 부드럽고 아름다운 목소리가 나는 것을 들었다. 바라보니 푸른 옷을 입은 두 여자 아이가 신상神床 옆에 지키고 서 있었다. 송강이 흠칫 놀라서 다시 보니 진흙으로 만든 신상 두 개였다. 다시 밖에서 말소리가 났다.

"송 성주님, 신녀님께서 청하십니다."

장막을 열고 나와 보니 머리를 소라처럼 쪽지고 푸른 옷을 입은 두 소녀가 나란히 몸을 굽혀 무릎을 꿇고 머리를 조아렸다. 송강이 물었다.

"두 선동仙童께서는 어디에서 오셨습니까?"

"신녀님의 명을 받들어 성주님을 궁으로 모셔가려고 합니다."

2_ 성주星主: 덕행이나 행위가 남다른 사람으로 상계의 별자리가 인간 세상에 태어난 것을 성주라고 한다.

"선동께서는 잘못 아셨습니다. 저는 송강이라 하며 무슨 성주는 아닙니다."

"그럴 리가 없습니다! 성주님 빨리 가시지요. 신녀님이 기다리고 계십니다."

"무슨 신녀이십니까? 알지도 못하는데 어떻게 감히 가겠습니까?"

"성주께서 가보시면 알게 되니 물어보실 필요는 없습니다."

"신녀님은 어디에 계십니까?"

"바로 뒤쪽 궁 안에 있습니다."

푸른 옷을 입은 동녀가 앞에서 인도했고 송강은 뒤따라 신단 아래로 내려갔다. 뒤쪽 건물을 지나 담 모퉁이 문 옆에서 푸른 옷을 입은 동녀가 말했다.

"송 성주님, 이곳으로 들어가십시오."

송강이 구석문으로 들어가서 보니 달과 별이 하늘에 가득하고 향기로운 바람이 불어왔으며 사방으로 나무가 무성하고 대나무가 높게 뻗어 있었다. 송강이 생각했다.

'원래 사당 뒤에 또 이런 곳이 있었구나. 이런 줄 알았으면 이 안으로 피해 그리 놀라진 않았을 텐데!'

송강이 걸어갈 때 길 양쪽으로 향기가 가득하고 한 아름이 넘는 큰 소나무가 있었으며 중간에는 거북등처럼 돌이 깔린 대로가 평평하게 뻗어 있었다. 송강이 바라보고 몰래 속으로 생각했다.

'오래된 사당 뒤에 이렇게 좋은 길이 있으리라고는 전혀 생각하지 못했네!'

2리쯤 따라 갔을 때 졸졸 계곡물이 흐르는 소리가 들렸다. 앞을 바라보니 청석교가 보이는데 양쪽은 모두 붉은 난간이었다. 물가 양쪽으로는 기이한 화초, 푸른 소나무와 무성한 대나무, 푸른 버들과 요염한 복숭아나무가 심겨져 있었다. 다리 밑에서 눈같이 흰 물이 돌 틈에서 흘러내려왔다. 다리목을 지나서 바라보니 기괴한 나무가 두 줄로 서 있고 중간에는 커다란 주홍 영성문欞星門3이 있었다. 송강이 영성문을 지나 머리를 들고 궁전을 바라보았다. 속으로 생각했다.

　'내가 운성현에서 태어나 이때까지 살았어도 이런 곳이 있다는 말을 들어본 적이 없는데.'

　속으로 두려워져 감히 다리를 움직일 수 없었다. 동녀가 재촉하며 말했다.

　"성주님, 가시지요."

　문 안으로 들어가니 궁전에 붉은 계단이 있고 양쪽 주랑이 다하는 곳에 붉은 기둥이 서 있는데 모두 오색찬란한 주렴이 걸려 있었다. 정중앙 대전에서 등촉이 밝게 빛났다. 동자는 계단 위에서 한 걸음씩 월대月臺4 위로 이끌었고 대전 위 계단 앞에 다른 동녀가 말했다.

　"신녀님께서 성주님께 들어오라 하십니다."

3_ 영성문欞星門: 산동 곡부 공묘의 첫 번째 대문이다. 영성은 고대 천문학에서 '문성文星'에 해당된다. 영성문은 천문天門을 가리키므로 궁실, 제사건축물(예를 들어 중국 베이징의 천단), 제사단 등 하늘에 제사를 지내는 건축물에는 모두 영성문을 세웠다고 한다.

4_ 월대月臺: 정전正殿 또는 정방正房의 앞쪽에 불룩 솟아 있는 대.

송강은 대전 위에 올라서면서 자기도 모르게 온몸이 떨리고 머리카락이 거꾸로 서는 듯했다. 바닥에는 용봉 무늬 벽돌이 깔려 있었는데 푸른 옷을 입은 동녀들이 주렴 안으로 아뢰었다.

"송 성주께서는 계단 앞까지 오십시오."

송강이 주렴 앞 계단 아래에서 몸을 구부려 절을 두 번 하고 땅에 엎드려 말했다.

"소신은 인간 세상의 일반 백성으로 신녀님을 알아보지 못했으니 엎드려 바라오건대 불쌍히 여겨주시기 바랍니다!"

주렴 안에서 분부가 내려졌다.

"성주께서는 앉으십시오."

송강이 어찌 감히 고개를 들겠는가? 네 명의 동녀가 송강을 부축하여 비단 의자에 앉히니 송강은 마지못해 앉을 수밖에 없었다. 대전 위에서 고함 소리가 들렸다.

"주렴을 걷어라!"

동녀들이 구슬주렴을 걷어 금으로 된 고리에 걸었다. 신녀가 말했다.

"성주님은 그동안 별고 없으셨습니까?"

송강이 몸을 일으켜 다시 절하며 말했다.

"소신은 일반 백성인데 어떻게 감히 거룩한 모습을 바라볼 수 있겠습니까?"

"성주님은 이미 여기까지 오셨으니 굳이 예를 차리실 필요 없습니다."

그제야 송강이 감히 머리를 들고 눈을 제대로 뜨며 바라보니 대전 위에 금빛과 푸른빛이 눈부시게 비추고 각종 호화로운 등불과 촛불이 켜져 있었다. 양쪽에 푸른 옷을 입은 동녀들이 홀笏[5]과 규圭[6]를 들고 서 있었으며 깃발과 부채를 들고 시종하고 있었다. 정중앙 칠보 구룡상 위에 신녀가 앉아 있었다. 금실과 붉은 생사로 짠 옷을 입고 손에 백옥으로 만든 규와 장璋[7]을 들고 있었으며 세상을 벗어난 듯 한 오묘한 얼굴 모습과 공명정대한 신선의 모습이었다.

"성주께서는 여기로 가까이 오시지요."

동자에게 술을 따르라 명했다. 푸른 옷을 입은 동녀 하나는 연화무늬병을 들고 술을 따르고, 다른 하나는 술잔을 받들어 송강에게 건네 마시기를 권했다. 송강은 감히 사양하지 못하고 잔을 받아 신녀를 향하여 무릎을 꿇고 마셨다. 이 술은 향기가 은은하여 정신이 맑아지는 듯했으며 감로를 마셔 마음의 잡념이 모두 사라지는 듯했다. 또 다른 동녀가 천상의 대추를 접시에 담아 가져와 송강에게 권했다. 송강은 체통을 잃지 않기 위하여 온 신경을 집중하여 손가락을 뻗어 하나를 집어 먹고 씨는 손바닥 안에 감추었다. 다시 한 잔을 따라서 송강에게 권하니 단숨에 모두 마셔버렸다. 신녀가 다시 한 잔을 따라주게 했다. 또다시 권하자 받아 마셨고 대추 접시를 가져오니 또 두 개를 먹었다.

신선주 세 잔과 대추 세 개를 마시고 먹자 약간 술이 올라오는 느낌

---

[5] 홀笏: 옛날 관원이 임금을 알현할 때 조복에 갖추어 손에 들던 패.
[6] 규圭: 옥으로 만든 홀. 위 끝은 뾰족하고 아래는 네모남. 옛날 중국에서 천자가 제후를 봉하거나 신을 모실 때 쓰임.
[7] 장璋: 고대 규의 반쪽처럼 생긴 옥기.

이 들어 혹시나 취해 실수할까 두려워 다시 절하며 말했다.

"신이 주량을 견디지 못하니 신녀님께서 술을 그만 권하시기를 간절하게 바랍니다."

"성주께서 술을 더 이상 마실 수 없다면 그만 마셔도 좋소."

신녀가 동녀를 바라보고 분부했다.

"그 천서天書8 세 권을 가져와 성주님에게 주거라."

동녀가 병풍 뒤로 가서 황금색 보자기로 싼 천서 세 권을 푸른 쟁반으로 받치고 나와 송강에게 건네주었다. 송강이 보니 길이는 5촌이고 넓이는 3촌이었는데 감히 열어보지 못하고 재배하며 공경스럽게 받아 소매 안에 넣었다. 신녀가 명을 내리며 말했다.

"송 성주, 당신에게 천서 세 권을 전해줄 터이니 천자를 대신해 도를 행하라. 우두머리가 되거든 충의를 다하고 신하가 되거든 나라와 백성을 위하여 사악한 무리를 제거하여 바로잡도록 해야 할 것이니, 절대 잊지 말고 함부로 발설하지 마라."

송강이 재배하고 조심하여 받아들였다. 신녀가 다시 말했다.

"옥황상제께서는 성주의 사악한 마음이 모두 사라지지 않아 벌을 내려 잠시 인간 세상에 내려보낸 것이다. 오래지 않아 다시 선계로 돌아오게 될 것이니 절대 조금이라도 게을리 해서는 안 될 것이다. 만일 다

8_ 천서天書: 천서는 고대 병서로 통상적으로 강태공이 지었다는 『태공병법』을 이른다. 천지인天地人 3권이다.

음에 죄를 지어 지옥에 떨어진다면 나도 그대를 구할 수 없을 것이다. 이 책 세 권을 잘 익히도록 하라. 다만 천기성天機星9과 함께 볼 수는 있으나 나머지에게 보여서는 안 된다. 공을 이루거든 불태워버리고 세상에 남기지 말도록 하라. 내가 한 말을 잊지 마라. 이제 하늘과 인간세가 서로 달라 오래 머무를 수 없으니 빨리 돌아가도록 하라."

동자를 돌아보며 말했다.

"급히 성주를 돌려보내라. 다음에 월궁 선계에서 다시 만나게 될 것이다."

송강은 신녀에게 감사하고 푸른 옷을 입은 동녀를 따라 궁전에서 내려왔다. 영성문을 나와 석교 옆에 이르자 동녀가 송강에게 말했다.

"방금 성주께서 매우 놀라셨을 텐데 선녀님께서 보호해주시지 않았다면 이미 사로잡혔을 것입니다. 날이 밝으면 이 어려움에서 저절로 벗어나게 될 것입니다. 성주님, 석교 밑 물속에서 용 두 마리가 노는 것을 보십시오."

송강이 난간을 잡고 바라보니 과연 물속에 용 두 마리가 놀고 있었다. 두 동녀가 송강을 물 아래로 밀어버렸다. 송강은 비명을 지르며 감실 위에 머리를 부딪히고 잠에서 깨어났다.

송강이 감실에서 기어나와 일어서서 바라보니 달그림자가 높이 올라 대략 삼경 자정 무렵이었다. 송강이 소매 안을 더듬어보려는데 손 안에

9_ 천기성天機星: 지다성智多星 오용吳用에 해당되는 별자리.

대추씨 세 개가 들어 있고 소매 안에는 보자기로 싼 천서가 들어 있었다. 꺼내보니 과연 천서 세 권이 있었으며 입 안에는 아직 술 향기가 남아 있었다. 송강이 곰곰이 생각했다.

'꿈인 것 같기도 하고 아닌 것 같기도 하고, 정말 괴상한 꿈일세. 만일 꿈이라면 어째서 소매 안에 천서가 있고 입 안에 술 향기가 나며 손 안에 대추씨가 있고 천녀가 내게 말했던 말들이 한마디도 잊히지 않고 다 기억난단 말이냐? 만일 꿈이 아니라면 분명히 내가 감실 안에 숨어 있었는데 어떻게 저들이 한꺼번에 우르르 자빠졌을까? 찾는 데 아무런 어려움도 없었잖아. 암만 생각해도 여기 신명이 이렇게 현신한 것을 보면 정말 영험이 있으신 것 같군. 그런데 무슨 신명일까?'

장막을 열고 바라보니 방금 보았던 신녀와 똑같이 생긴 아리따운 신녀가 아홉 마리 용을 조각한 의자에 앉아 있었다. 송강이 다시 곰곰이 생각했다.

'신녀가 나더러 성주라고 부르던 것을 보니 내가 전생에 보통 인물이 아니었나보군. 천서도 꼭 쓸 데가 있을 터이고 나에게 하신 말씀도 잊지 말아야겠네. 푸른 옷을 입은 동녀들 말이 날이 밝으면 저절로 마을에서 벗어날 것이라고 했는데 날이 차츰 밝아오니 나가봐야겠다.'

감실 안을 손으로 더듬어 짧은 곤봉을 찾아 들고 옷에 묻은 먼지를 털며 한 걸음씩 신전에서 내려갔다. 왼쪽 복도에서 돌아 사당을 나와 고개를 들고 바라보니 오래된 편액에 '현녀지묘玄女之廟'라고 금으로 쓴 네 글자가 있었다. 송강이 합장한 손을 이마에 대고 감사하며 중얼거렸다.

'부끄럽습니다. 원래 구천현녀九天玄女10님께서 내게 천서 세 권을 전수해주시고 생명까지 구해주셨군요. 만일 광명을 보게 된다면 꼭 다시 찾아와 사당을 수리하고 신전과 마당을 재건해드리겠습니다. 자비를 베풀어 보호해주시길 간절히 바라옵니다!'

절을 마치고 마을 입구를 향해 몰래 나왔다.

사당을 나온 지 얼마 되지 않아 멀리 앞쪽에서 고함치는 소리가 들려와 발길을 멈추고 다시 생각했다.

'좋지 않군! 아직도 나가기엔 이르구나. 나갔다가 마주치기라도 하면 붙잡힐 것이다. 여기 길옆 나무 뒤에 숨어야겠다.'

나무 뒤로 몸을 숨기자마자 향병 몇 명이 달려와 숨을 헐떡거리며 창칼을 지팡이 삼아 짚고 걸어들어와 쓰러지며 입으로 중얼거렸다.

"신령이시여 제발 살려주십시오!"

나무 뒤에 숨어 바라보며 생각했다.

'이건 또 무슨 일이냐! 마을 입구를 지키고 있다가 내가 나가면 붙잡겠다고 하더니 어째서 다시 뛰어들어오는 것이냐?'

다시 보니 조능도 뛰어들어와 중얼거렸다.

"영험하신 신령이시여, 제발 살려주십시오!"

송강이 놀라서 바라보며 생각했다.

10_ 구천현녀九天玄女: 도가 전설 속의 여신으로 황제의 군사이며 성모원군聖母元君의 제자라고 하는데 황제를 도와 치우천왕을 멸망시켰다.

'저놈이 어째서 저렇게 당황했냐?'

바로 뒤를 이어 웃통에 실오라기 하나 걸치지 않은 거구의 사내가 쫓아 들어왔다. 사내는 시커먼 살가죽을 드러낸 채 두 손에 쌍도끼를 들고 크게 소리를 질렀다.

"이 조무래기들아, 멈추어라!"

멀리서 바라볼 때에는 희미하더니 가까이에서 보니 흑선풍 이규였다.

'이거 꿈이 아니겠지?'

감히 나서지 못하고 계속 나무 뒤에 숨어 있었다.

조능이 사당 앞으로 달려가다 소나무 뿌리에 발이 걸려 땅바닥에 자빠졌다. 이규가 달리던 기세로 발로 등을 밟더니 도끼를 들어올려 내려쳤다. 뒤에 두 사내가 더 쫓아오는데 등 뒤로 삿갓을 걸치고 손에는 박도를 하나씩 들고 있었다. 앞선 것은 구붕이었고 뒤에는 도종왕이었다. 이규는 둘이 쫓아오는 것을 보고 공을 다투다 의를 상할까 두려워 바로 조능의 몸통을 두 동강 내버렸다. 향병들에게 달려드니 사방으로 흩어져 도망갔다. 송강은 아직도 감히 나서지를 못하고 있었다. 뒤에서 또 세 사람이 달려왔다. 첫째는 적발귀 유당이고 둘째는 석장군 석용이었으며 셋째는 최명판관 이립이었다. 여섯 명의 사내가 말했다.

"이놈들은 모두 죽고 흩어졌는데 형님만 찾을 수 없으니 어떻게 해야 좋단 말이냐?"

석용이 손으로 가리키며 말했다.

"저기 소나무 뒤에 사람이 서 있는데!"

송강이 그제야 나무 뒤에서 몸을 드러내며 말했다.

"형제 여러분, 또 내 목숨을 구해주셔서 정말 고맙습니다. 이 은혜를 장차 어떻게 보답해야 좋겠습니까!"

여섯 사내가 송강을 보더니 기뻐 어쩔 줄 몰라 했다.

"형님을 찾았다. 빨리 조 두령께 가서 알려라!"

석용과 이립이 조개가 있는 곳으로 달려갔다.

송강이 유당에게 가서 물었다.

"여러분이 여기를 어떻게 알고 나를 구하러 오셨소?"

"형님이 산을 내려가시자마자 조 두령과 오 군사가 마음을 놓지 못하고 대종에게 뒤따라가서 형님의 소식을 알아보게 했습니다. 조 두령은 또 마음을 놓지 못하고 혹시라도 형님에게 문제가 생기면 뒤에서 도우라고 우리를 보냈습니다. 도중에 대종을 만나 두 사악한 멍청이가 형님을 잡으려고 쫓아간 것을 알았습니다. 조 두령이 몹시 화를 내며 대종을 산채로 보내 오 군사, 공손승, 완가 삼형제, 여방, 곽성, 주귀, 백승은 산채를 지키도록 남겨두고 나머지 형제들은 모두 여기로 보내 형님을 찾았습니다. 사람들에게 '환도촌 입구로 송강을 쫓아갔나!'는 말을 듣고 쫓아와 마을 입구를 지키던 이놈들을 한 놈도 남기지 않고 모두 죽여버렸습니다. 여기 이 몇 놈만 마을로 도망갔습니다. 이규 형님이 쫓아가기에 우리도 따라왔더니 형님이 여기 있을 줄은 몰랐습니다."

말하던 중에 석용이 조개, 화영, 진명, 황신, 설영, 장경, 마린 등을 데리고 도착했고, 이립이 이준, 목홍, 장횡, 장순, 목춘, 후건, 소양, 김대견 등 일행을 이끌고 그곳에 모였다. 송강이 두령들에게 감사 인사를 하자 조개가 말했다.

"내가 동생더러 몸소 갈 필요 없다고 했는데, 내 말을 듣지 않아 큰 일이 날 뻔했네."

"부친이 무척 걱정되어 가만있을 수가 없어서 제가 직접 모시러 가야만 했습니다."

"동생을 기쁘게 하려고 내가 먼저 대종에게 두천, 송만, 왕왜호, 정천수, 동위, 동맹을 데리고 가서 부친과 동생 등 가족을 모시게 했네. 이미 산채에 도착하셨을 것이네."

송강이 그 말을 듣고 몹시 기뻐서 조개에게 엎드려 절하며 말했다.

"형님께서 이렇게 은혜를 베푸시니 저는 이제 죽어도 원망이 없습니다!"

잠시 후 두령들은 각기 말에 올라 환도촌을 떠났다. 송강은 말에 올라 손을 이마에 올리고 허공을 향해 절을 올리며 자신을 구해준 천지신명께 감사 인사를 올렸고 나중에 따로 찾아오려고 마음먹었다. 일행이 양산박으로 돌아오니 오용이 산채를 지키던 두령들을 데리고 금사탄까지 마중 나왔다. 두령들이 모두 산채 취의청에 도착했다. 송강이 다급하게 물었다.

"부친께서는 어디에 계십니까?"

조개가 송 태공을 모셔오게 했다. 잠시 후 철선자 송청이 송 태공이 탄 가마 한 채를 모시고 도착했다. 두령들이 가마를 부축하여 취의청 대청에 올라가자 송강이 기뻐 어쩔 줄 모르며 얼굴에 웃음을 가득 띠고 재배를 올리며 말했다.

"아버지, 많이 놀라셨습니다. 제가 불효자식이라 부친을 놀라게 해드렸습니다!"

송 태공이 말했다.

"저 나쁜 조능 형제가 매일 사람을 보내 우리 집을 감시하며 강주에서 공문만 도착하면 우리 부자 둘을 잡아다가 관가에 보내려고 했다. 네가 장원 뒷문을 두드릴 때 이미 향병 8~9명이 집 앞에 모여 있었다. 나중에 모두 사라지고 어디로 갔는지 알 수 없었다. 삼경쯤에 또 200여 명이 장원 문을 열고 나를 부축하여 가마에 태웠고, 네 동생에게 짐을 정리하도록 하더니 장원에 불을 질러버렸다. 당시 나는 영문도 모른 채 아무것도 묻지 못하고 바로 여기까지 왔단다."

"오늘 우리 부자가 이렇게 다시 만나게 된 것은 모두 여기 이 형제들의 힘입니다!"

송강이 동생 송청을 불러 두령들에게 감사의 절을 하도록 했다. 조개 등 두령들이 모두 와서 송 태공에게 절을 올렸다. 인사가 끝나자 소와 말을 잡아 환영 잔치를 준비했고, 송 공명 부자가 다시 모여 살게 된 것을 축하했으며 그날 밤새 취하도록 마시고 연회를 끝냈다. 다음 날 또다시 연회를 열어 축하하자 크고 작은 두령들이 모두 좋아했다.

셋째 날에 조개가 연회를 준비하여 송강 부자가 다시 만난 것을 경축했다. 이때 갑자기 공손승이 송강 부자로 인해 감정이 북받쳐오르더니 떠난 지 오래된 고향 계주에 혼자 계신 어머니가 어떻게 지내는지 궁금해졌다. 사람들이 흥에 겨워 술을 마시고 있는데 공손승이 자리에서 일어나 두령들에게 말했다.

"여러 두령께서 오랫동안 빈도를 잘 보살펴주신 은혜가 가족이나 다를 것이 없었습니다. 제가 조 두령을 따라 산채로 들어온 뒤 날마다 연회를 열면서, 그동안 고향에 돌아가 노모를 뵙지도 못했고 스승님 또한 걱정됩니다. 3~5개월 고향으로 돌아가 모두 돌아보고 다시 돌아오겠습니다. 제 소원을 들어주시어 노모의 걱정 근심을 덜게 해주시기 바랍니다."

조개가 공손승의 말에 대답했다.

"옛날에 선생의 자당慈堂[11]께서 북방에서 시중하는 사람도 없이 혼자 지내신다는 말을 들었습니다. 오늘 이렇게 말씀하시니 막기 어렵지만 이렇게 이별하는 것도 참기 어렵습니다. 정녕 가시겠다면 내일 가시지요."

공손승이 감사 인사를 했다. 그날은 모두 취하여 흩어지고 각자 돌아가서 쉬었다. 다음 날 아침에 관 아래에서 연회를 준비하여 각기 잔을 들고 송별연을 했다.

공손승이 그전처럼 떠도는 도사의 복장을 하고는 허리에 전대를 차고 등 뒤에 자웅 보검 두 자루를 지고 어깨에 종려나무 잎으로 만든 삿갓을 걸친 다음 자라 등껍질 모양의 부채를 들고 산을 내려가려 했다. 두령들이 나와 관 아래에서 연회를 열어 각기 잔을 들고 송별연을 했다. 조개가 공손승에게 당부하며 말했다.

11_ 자당慈堂: 다른 이의 어머니를 이름.

"일청 선생, 이번에 떠나는 것은 막을 수 없으나 약속을 어기지는 마시오. 본래 선생을 보내고 싶지 않지만 자당께서 홀로 계시니 감히 말릴 수가 없소이다. 백 일을 넘기면 학을 타고라도 오셔서 절대로 약속을 어겨서는 안 됩니다!"

공손승이 조개에게 다짐하며 말했다.

"여기 계신 두령들이 이렇게 오랜 시간 보살펴주셨는데 제가 어떻게 감히 약속을 어기겠습니까? 집에 돌아가 스승 진인을 뵙고 노모를 잘 보살펴드린 다음 산채로 돌아오겠습니다."

송강이 말했다.

"선생께서는 어찌 사람을 데려가지 않으십니까? 노모를 산채에 모셔다놓고 아침저녁으로 공양할 수 있지 않소."

"노모께서 평생 조용한 것을 좋아하셔서 놀라지 않게 하려고 감히 모셔오지 못하고 있습니다. 집안에 논밭과 산장이 있어 노모께서 혼자 생활하실 수 있습니다. 저는 다만 한번 찾아가 살펴보고 바로 돌아오겠습니다."

송강이 다시 말했다.

"그렇다면 명대로 따를 테니 빨리 돌아오길 바라겠소!"

조개가 금은이 담긴 쟁반을 가져오니 공손승이 말했다.

"이렇게 많이 필요 없습니다. 여비면 충분합니다."

조개가 할 수 없이 반은 도로 거두고 나머지는 억지로라도 포대기에 싸서 꾸려주자, 공손승이 인사를 하고 사람들과 작별하며 금사탄을 건너 계주로 향했다.

두령들이 자리를 파하고 모두 산 위로 올라가는데, 흑선풍 이규가 관 아래에서 대성통곡하기 시작했다. 송강이 놀라 급히 물었다.

"동생, 자네 무슨 걱정스런 일이 있는가?"

이규가 소매로 눈물을 훔치며 말했다.

"괜히 지랄맞게 성질이 나잖아! 이건 이렇게 아빠 데리고 오고, 저건 저렇게 엄마 보러 가고, 그래 나 철우는 흙 속에서 튀어나왔다!"

조개는 이규가 우는 소리를 듣고 물었다.

"그래서 자네는 어떻게 하겠다는 건가?"

"엄마는 혼자 집에 있고 우리 형은 남의 집에서 소작을 하고 있는데 어떻게 우리 엄마를 잘 공양하겠어? 내가 가서 여기로 모시고 와 잠시라도 즐겁게 해주고 싶어요."

조개가 말했다.

"동생 말이 맞네. 내가 몇 사람을 같이 보내줄 테니 모시고 오는 게 좋겠네."

옆에 있던 송강이 나섰다.

"안 됩니다. 이규는 성질이 사나워 고향으로 돌아가면 반드시 실수를 할 것입니다. 다른 사람을 딸려보낸다 하더라도 역시 좋지 않습니다. 게다가 그는 성질이 불같아 도중에 반드시 충돌이 일어날 것입니다. 그가 강주에서 이미 많은 사람을 죽였는데 누가 그를 보고 흑선풍임을 모르겠습니까? 이런 때에 관가에서 어찌 원적지에 문서를 보내 추적하여 체포하려고 하지 않겠습니까? 너는 생긴 것도 흉악하니, 만일 실수가 있으면 길은 먼데 어떻게 소식을 알 수 있겠느냐? 그러니 너는 시간이 조금 지나 세상이 조용해지거든 모시러 가도 늦지 않다."

이규가 송강의 말을 듣고 다급하게 말했다.

"형님, 당신은 정말 불공평한 사람이야! 형님 부친은 산 위에 모셔 놓고 즐겁게 지내는데 우리 엄마는 시골에서 고생이나 하라고? 이건 나더러 속 터져 죽으란 소리 아니야!"

송강이 당황하며 말했다.

"동생, 조급해하지 말고 내 말 좀 들어봐라. 이미 엄마를 모시러 가겠다고 했으니, 내 말 세 가지만 따른다면 보내주겠다."

이규가 입을 삐죽하며 물었다.

"그 세 가지가 뭔지 말해보쇼!"

제 4 2 회
호랑이 네 마리를 잡다[1]

이규가 말했다.

"형님, 그 세 가지가 뭐야?"

"네가 기주 기수현에 가서 모친을 모시고 오려거든 첫째로 오고 가면서 술을 마시지 말 것. 둘째, 네가 성미가 급해서 누가 너와 같이 가려고 하겠니? 너는 혼자 몰래 가서 엄마를 모시고 바로 돌아오거라. 셋째, 네가 쓰는 그 쌍도끼는 가지고 가지 말아라. 도중에 항상 조심하고 빨리 갔다가 얼른 돌아올 것. 이렇게 세 가지다."

1_ 42장 가짜 이규가 혼자 지나가는 행인을 막고 강도질을 하다假李逵剪徑劫單人. 흑선풍이 기령에서 호랑이 네 마리를 죽이다黑旋風沂嶺殺四虎.

"이까짓 세 가지 일을 지키지 못할 것이 뭐야. 형님은 아무 걱정 마소. 나는 송별식을 할 것도 없이 오늘 바로 떠날 테야."

이규가 즉시 복장을 깔끔하게 준비한 다음 허리에 요도만 차고 박도를 들며 큰 은덩어리 한 개에 작은 것 3~5개를 싸서 넣었다. 술을 몇 잔 마신 다음 정중하게 인사를 하고 사람들과 이별하며 산을 내려와 금사탄을 건넜다.

조개, 송강과 여러 두령은 이규를 보내고 산채 취의청에 돌아와 자리에 앉았다. 송강이 걱정을 참지 못하고 두령들에게 말했다.

"이규 저놈은 이번에 반드시 사고를 칠 것이오. 형제들 중에 누가 이규와 고향이 같은 사람이 있으면 따라가서 소식을 살펴보는 것이 좋지 않겠소?"

두천이 일어나서 말했다.

"주귀가 원래 기주沂州 기수현沂水縣 사람으로 그와 고향이 같습니다."

송강이 문득 생각난 듯이 말했다.

"아 그래, 내가 깜빡했군. 전에 백룡묘에서 모였을 때 이규가 주귀와 고향 사람인 것을 알아봤지."

송강이 사람을 시켜 주귀를 불러왔다. 졸개 하나가 서둘러 산을 내려가 주막으로 건너가서 주귀를 청했다. 송강은 주귀가 들어와 앉자마자 입을 열었다.

"지금 이규란 놈이 모친을 모셔온다고 고향으로 돌아갔소. 그놈이 술버릇이 나빠서 아무도 함께 가려고 하지 않아 혼자 갔는데, 도중에 무슨 일이라도 일어날까 정말로 걱정이오. 지금 동생은 같은 고향 사람이니 그의 뒤를 쫓아가서 소식을 염탐해주시오."

주귀가 대답했다.

"저는 기주 기수현 사람입니다. 동생 주부朱富가 현 서문 밖에서 주점을 열고 있습니다. 현의 백장촌百丈村 동점董店 동쪽에 남의 집에서 머슴 일을 하는 이규의 형 이달이 살고 있습니다. 이규는 어려서부터 성질이 포악하여 사람을 죽이고 강호로 도망나와 아직 한 번도 돌아가지 않았습니다. 제가 따라가서 알아보는 것은 어렵지 않지만 주점을 돌볼 사람이 없을까 걱정입니다. 그리고 저 또한 오랫동안 집에 가본 적이 없어서 돌아가면 동생을 한번 만나보고 싶습니다."

"주점 일이라면 아무 걱정 마시오. 한동안 후건과 석용에게 맡기겠소."

주귀가 안심하며 두령들에게 인사하고 산에서 내려온 뒤 주점으로 돌아와 짐을 꾸렸다. 주점 일을 석용과 후건에게 맡기고 기주로 떠났다. 송강은 조개와 산채에서 매일 연회를 열어 즐겁게 술을 마셨으며 또 오용과 함께 천서를 익혔다.

한편 혼자 양산박을 떠난 이규는 한참 뒤에 기수현 근처에 이르렀다. 도중에 이규는 정말 술을 마시지 않아서 사고도 일어나지 않았다. 기수현 서문 밖에 도착해 사람들이 방문을 둘러싸고 읽는 것을 보았다. 이규도 사람들 틈에 끼어 방을 읽는 것을 들었다.

"첫 번째 주범 송강은 운성현 사람이고, 두 번째 종범 대종은 강주 양원 절급. 세 번째 종범 이규는 기주 기수현 사람으로……"

이규가 뒤에서 듣고 뛰쳐나가 한마디 하고 싶었으나 아무 할 말이 없어서 망설이는데 어떤 사람이 끼어들어와 허리를 꼭 끌어안으며 말했다.

"장형! 여기서 뭐하시오?"

이규가 고개를 돌려 한지홀률 주귀임을 알아보고 물었다.

"여기엔 무슨 일로 온 거야?"

"나 좀 따라와서 이야기 좀 합시다."

둘은 함께 서문 밖 마을 가까이에 있는 주점 안에 들어가 바로 뒤쪽 조용한 방 안으로 들어갔다. 주귀가 손을 뻗어 이규를 가리키며 말했다.

"넌 정말 간도 크구나! 방에 송강을 사로잡는 자에게는 현상금 1만 관을 주고 대종을 사로잡으면 5000관, 이규를 잡으면 3000관을 준다고 분명히 쓰여 있었잖아. 아니 어떻게 거기 서서 방을 구경하고 있단 말이야? 만일 눈치 빠른 사람에게 걸려 관가로 보내지면 어쩔 뻔했어! 송 공명 형님은 자네가 사고를 칠까 두려워 다른 사람과 같이 보내길 꺼렸지만 또 자네가 여기에서 변고를 일으킬까 두려워 나중에 일부러 나를 쫓아 보내 소식을 알아보라고 하셨네. 내가 하루 늦게 하산했는데도 자네보다 하루 먼저 도착했다네. 어째서 이제야 도착한 것인가?"

"형님이 술을 마시지 말라고 해서 그 말을 따르다보니 길을 걷는 게 쉽지 않더라고. 이 주점은 어떻게 알았어? 주 두령은 여기 사람인데 집은 어디야?"

"이 주점이 내 동생 주부의 집이야. 내가 원래 여기서 살다가 강호에 나가 장사를 하다 본전을 다 까먹고 양산박에 입산한 뒤 이번에 처음으로 돌아왔지."

동생 주부를 불러 이규를 소개했다.

주부가 술을 가져와 대접하자 이규가 흥에 겨워 말했다.

"송강 형님이 술을 한 잔도 마시지 말라고 그랬는데. 어차피 오늘 이미 고향에 도착했으니 술 한잔 먹는다고 젠장맞을 뭐가 있겠나!"

주귀도 감히 막지 못하고 마시게 내버려두었다.

그날 밤 사경까지 마시다가 밥을 준비했다. 이규는 밥을 먹고 오경에 아직 별이 반짝이지만 동이 터올 때 집을 향하여 출발했다. 주귀가 떠나는 이규에게 당부하며 말했다.

"샛길로 가지 말고 커다란 팽나무에서 돌아 동쪽 큰길로 계속 가서 백장촌을 지나면 동점동이네. 빨리 어머니를 모시고 와서 서둘러 산채로 돌아가자고."

"나는 큰길 말고 샛길로 갈 거야. 누가 짜증나게 그리 가!"

"샛길로 가다가 호랑이를 만날 수도 있고 보따리를 노리는 강도를 만날 수도 있잖아."

"나는 어떤 놈도 무섭지 않아!"

삿갓을 쓰며 박도를 들고 요도를 찼으며 주귀, 주부와 이별하고 문을 나서 백장촌으로 향했다. 10리쯤 갔을 때 하늘이 점점 밝아지더니 이슬 맺힌 풀밭에서 흰 토끼 한 마리가 튀어나와 앞쪽으로 달려갔다. 이규가 토끼를 계속 쫓아가며 웃었다.

"저 조그만 짐승이 길 안내를 해주네!"

막 길을 가려는데 때가 초가을이라 앞에 커다란 나무와 잡다한 관목 50여 그루가 섞인 숲에 잎사귀가 붉게 물들고 있었다. 숲 근처에 이르자 한 사내가 튀어나와 고함을 질렀다.

"보따리를 몽땅 털리고 싶지 않거든 통행료를 내놓거라!"

사내를 보니 머리에 붉은 비단 두건을 쓰고 몸에는 거친 베로 만든 저고리를 입었으며 손에 도끼 두 개를 들었고 얼굴을 먹으로 검게 물들였다. 이규가 소리를 버럭 질렀다.

"이런 개 같은 놈이, 감히 여기서 강도질을 하다니!"

"만일 내 이름을 듣는다면 너는 놀라 간이 오그라들 것이다. 어르신은 흑선풍이다! 통행료와 보따리를 내놓는다면 목숨은 살려보내주겠다!"

이규가 호탕하게 한바탕 웃더니 멈추고 말했다.

"네놈에게 한 푼어치도 관심 없다. 어디서 온 놈이 어르신 이름을 팔아 여기에서 허튼수작을 하고 있느냐!"

이규가 박도를 잡고 사내에게 달려들었다. 그가 어떻게 이규의 상대가 되겠는가. 달아나려다가 엉덩이에 박도를 한 방 맞고 땅에 엎어지자 이규가 한 발로 가슴을 밟고 말했다.

"어르신이 누군지 알아보겠느냐?"

그 사내는 땅에 엎드려서 말했다.

"할아버지, 제발 손자 좀 살려주세요!"

"내가 바로 강호에서 흑선풍이라고 부르는 이규다. 네놈이 감히 어르신 이름을 더럽히다니!"

겁먹은 사내가 벌벌 떨며 말했다.

"여기 손자 성은 이가李家지만 진짜 흑선풍은 아닙니다. 할아버지 이름이 강호에서 유명하기에 이름만 대면 귀신도 두려워합니다. 그래서 손자가 할아버지 이름을 도용하여 함부로 여기에서 강도질을 했습니다. 혼자 지나가는 과객이 흑선풍이라는 세 글자만 들어도 짐을 버리고 도망가버립니다. 이렇게 돈은 벌었지만 정말 감히 사람은 해치지 않았습니다. 소인의 천한 이름은 이귀李鬼로 앞마을에 살고 있습니다."

이규가 말했다.

"네놈이 무례하게 여기에서 남의 재물을 빼앗는 것도 모자라 내 명성을 해치고 도끼까지 배워 흉내냈으니 이젠 도끼 맛 좀 봐라."

도끼를 빼앗아 내려치려고 하자 이귀가 다급하게 말했다.

"할아버지께서 저 하나를 죽이시면 두 사람이 죽습니다."

이규가 듣고 손을 멈추며 물었다.

"어째서 너 하나를 죽이면 둘이 죽는단 말이냐?"

"저는 본래 감히 도적질을 하고 싶지 않았지만, 집안의 90세 노모를 부양할 사람이 없어서 할아버지 이름을 팔아 사람들을 위협해 보따리를 빼앗아 노모를 부양했지만 사실 한 사람도 해친 적은 없습니다. 만일 할아버지께서 저를 죽이시면 집안의 노모도 반드시 굶어 죽을 겁니다!"

이규가 비록 사람을 죽이고도 눈 하나 깜빡하지 않는 마왕이었지만 이 말을 듣고 속으로 생각했다.

'내가 일부러 어머니를 모시러 집에 돌아가는데, 어머니를 공양하는

사람을 해친다면 천지가 나를 용납하지 않을 것이다. 때려치우고 그만하자. 저놈을 살려줘야겠다.'

이규가 풀어주자 이귀는 손으로 도끼를 잡고 고개를 조아려 절을 했다. 이규가 말했다.

"세상에 진짜 흑선풍은 나밖에 없다. 다음부터 내 명성을 더럽히지 말아라!"

"제가 이번에 생명을 얻었으니, 집으로 돌아가 직업을 바꾸고 다시는 할아버지의 명성을 이용하여 여기에서 강도질을 하지 않겠습니다."

"네가 효성이 지극하여 은자 10냥을 줄 테니 이 돈을 본전으로 삼아 반드시 직업을 바꾸거라."

이규가 은자를 꺼내주니 이귀는 절을 하고 돌아갔다. 이규가 웃으며 말했다.

'이놈이 공교롭게도 내 손에 걸렸군. 효성이 있는 놈이니 반드시 직업을 바꾸겠지. 만약 죽여버렸다면 천지신명도 나를 용서하지 않았을 거야. 이제 떠나야겠다.'

박도를 들고 한 걸음씩 산속 외지고 먼 샛길로 걸었다. 사시 무렵까지 걸으니 점차 배가 고프고 목도 말랐으나 사방이 모두 샛길이라 주점이나 반점은 보이지 않았다.

한참 길을 걷는데 멀리 산간 평지에 초가집 두 칸이 보였다. 이규가 보고 그 집으로 달려갔다. 뒤쪽에서 한 부인이 걸어 나오는데 쪽진 머리에 한 떨기 들꽃을 꽂고 얼굴에는 연지와 분을 발랐다. 이규가 박도를 내려놓고 말했다.

"아주머니, 지나가는 길손인데 배가 고파도 주점이나 술집을 찾을 수 없습니다. 은자를 드릴 테니 술과 음식을 주셨으면 좋겠습니다."

부인이 이규의 험악한 외모를 보고 감히 없다고 말도 못하고 대답했다.

"술 살 곳은 없고 진지는 해서 드리겠습니다."

"할 수 없지요. 밥은 좀 많이 해주세요. 겁나게 배고파요."

"한 되면 되나요?"

"세 되는 해야지요."

부인은 부엌에서 불을 지피고 시냇가에 가서 쌀을 씻어 밥을 안쳤다. 이규가 집 뒤쪽 산에 가서 소변을 보고 있는데, 한 사내가 제대로 걷지 못하고 어기적거리며 산 뒤로 돌아오는 것이 보였다.

이규가 집 뒤로 돌아오다가 부인이 산에 올라가 나물을 캐러 가려고 뒷문을 여는데, 걸어오는 사내를 보고 그에게 말하는 것을 우연히 들었다.

"여보! 어디서 다리라도 접질렸어요?"

사내가 대답했다.

"부인, 내가 하마터면 당신을 영영 못 볼 뻔했소! 어찌 이리 재수가 옴 붙었는지. 나가서 혼자 지나가는 나그네를 반달이나 기다렸어도 마수걸이를 못했잖소. 오늘 겨우 하나 지나갔는데, 누군지 알아? 글쎄 바로 진짜 흑선풍 아니겠어! 그 당나귀 거시기 같은 놈을 만난 것이 한스러웠지만 내가 어떻게 당해내겠어? 박도로 한 대 맞고 바닥에 쓰러졌는데 죽이려고 하더라고. 그때 내가 거짓말을 했어. '나 하나를 죽이면 두 사람을 해치는 것입니다!'라고 말했어. 까닭을 묻기에, 집에 아흔 살 먹은 노모가 공양할 사람이 없어서 굶어 죽을 것이라고 거짓말로 둘러댔어. 그 당나귀 같은 놈이 내 말을 정말로 믿고 목숨을 살려주고 또 은자까지 주며 장사 밑천으로 삼아 직업을 바꿔 어머니를 부양하라고 하더라고. 그놈이 눈치채고 쫓아올까 두려워 숲을 떠나 조용한 곳에서 한숨 자고 산 뒤로 돌아왔어."

부인이 그 남자의 말을 듣고 손가락을 입에 대면서 말했다.

"목소리 낮춰요. 방금 시키먼 남자 한 사람이 집 안에 들어와서 밥을 해달라고 했는데 그 사람이 아닌지 모르겠어요. 지금 문 앞에 앉아 있는데 당신이 가서 살펴보구려. 만일 맞으면 당신이 가서 마취약을 가져다가 음식 안에 섞으세요. 그놈이 처먹고 땅에 쓰러지면 당신과 내가 상대할 수 있잖아요. 그놈 은자를 털어 현으로 이사 가 장사라도 하면 여기에서 이렇게 강도질하는 것보다 좋지 않겠어요?"

이규가 두 사람 얘기를 모두 엿듣고 말했다.

'이런 더러운 놈. 내가 은자도 주고 목숨도 살려줬더니 너는 도리어 나를 해치려고 한단 말이지. 이런 놈은 천지신명도 용서하지 않을 것이다!'

이규는 뒷문 쪽으로 한 바퀴 빙 돌아갔다. 이귀가 때마침 문을 나오다가 뒷문으로 돌아오던 이규에게 상투를 잡혔고, 부인은 서둘러 앞문으로 도망가버렸다. 이규는 이귀를 잡아 땅바닥에 누르고 몸에서 요도를 꺼내 목을 잘랐다. 다시 칼을 들고 앞문으로 부인을 쫓아나갔으나 어디로 달아났는지 찾을 수가 없었다. 집으로 되돌아와 방 안을 뒤지니 대나무 광주리 두 개 안에 낡은 옷이 들어 있었다. 바닥에서 은 부스러기와 비녀를 몇 개 찾아내 챙기고, 다시 이귀의 몸에서 은자를 꺼내 보따리에 넣고 묶었다. 그리고 솥을 찾아보니 쌀밥 세 되가 이미 익었지만 먹을 반찬이 없었다. 밥을 퍼서 먹다가 보고 혼자 웃으며 말했다.

"이런 멍청이, 눈앞에 좋은 고기를 두고 맨밥을 먹다니!"

요도를 뽑아 이귀의 허벅지에서 살을 두 덩이 잘라내어 물에 씻은 다음 부뚜막 안에 숯불로 구웠다. 구워서 배부르게 먹고, 이귀의 시체를 집 안에 끌어넣은 다음 불을 질러 태워버리고 박도를 들고 산길로 접어들었다.

동점동에 이르렀을 때는 해가 이미 서쪽으로 지고 있었다. 집 안으로 달려가 문을 밀어 열고 안으로 들어가니 어머니가 침상에서 물었다.

"누가 들어왔나?"

이규가 바라보니 어머니는 두 눈이 모두 먼 채 침상에서 염불을 하고 있었다.

"엄마, 철우鐵牛가 돌아왔어요!"

"얘야, 네가 집을 떠난 지 이미 여러 해인데 그동안 어디에서 지냈니? 네 형은 남의 집에서 일하면서 겨우 밥이나 얻어먹고 사는데 나 하나 먹여 살리기도 벅차더라. 내가 항상 네 생각 하며 우느라 눈물이 마르고 두 눈도 멀어버렸다. 너 그동안 어떻게 지냈니?"

이규가 어머니 말을 듣고 생각했다.

'내가 양산박에서 도적이 되었다고 말하면 엄마가 분명히 같이 가지

않을 거야. 거짓말이라도 해야겠네.'

이규가 어머니에게 말했다.

"철우가 지금 관리가 되어 부임하러 가는 길에 특별히 엄마를 데리러 왔어."

"이렇게 좋을 수가! 하지만 네가 어떻게 나를 데리고 가겠느냐?"

"내가 엄마를 업고 가다가 수레를 구해 태우고 갈게."

"네 형이 돌아오거든 상의해보자."

"기다리긴 뭘 기다려? 나랑 같이 가면 되지."

때마침 떠나려 하는데, 이달이 밥이 담긴 그릇을 들고 문 안으로 들어오니 이규가 보고 절하며 말했다.

"형, 오랜만이야."

이달이 욕을 하며 말했다.

"너 이놈 왜 돌아왔느냐? 또 사람을 연루시키려고 왔느냐!"

어머니가 말했다.

"철우가 지금 관리가 되어 특별히 집에 나를 데리러 왔단다."

"엄마, 저놈 헛소리 믿지 마세요. 당초에 저놈이 사람을 죽여 내가 칼 차고 족쇄에 묶여 얼마나 고통을 당했는데. 지금 또 양산박 도적들과 내통하여 사형장을 급습하고 강주에서 소란을 일으켜 양산박에서 도적이 되었대요. 전에 강주에서 공문이 왔는데, 원적지에 책임지고 범인을 잡으라고 해서 나를 잡아갔다가 갑부가 도와주고 송사에서 변론도 해주며 '이달의 동생은 이미 10여 년간 어디로 갔는지도 모르고 집에 돌아온 적도 없으니, 혹시 이름이 같은 사람이 거짓으로 고향을 댄 것 아닙니까?'라고 변론해주었어요. 또 나 대신 여기저기 돈을 써서 관아에서 곤장 맞는 것을 면하게 해주었어요. 지금 저놈에게 걸린 현상금이 3000관이에요. 너 이놈 뒈지지도 않고 집에 돌아와 무슨 헛소리를 지껄이느냐!"

이규가 이달에게 말했다.

"형, 초조해하지 말고 나와 같이 산에 올라가면 즐겁고 좋잖아!"

이달이 성을 버럭 내며 이규를 때리려고 했으나 당해낼 수가 없으므로 애꿎은 밥사발만 땅에 내동댕이치고 바로 나가버렸다.

'형이 가서 분명히 사람들에게 알려 잡으러 오면 도망가지 못할 테니 그전에 잽싸게 도망가야겠다. 우리 형이 50냥짜리 은자는 어디서도 본 적이 없을 거야. 침상에 올려놓아야겠다. 형이 돌아와 보고 절대 쫓아오지 않을 거야.'

이규가 허리에 찬 전대를 풀어 은자를 꺼내 침상에 올려놓고 말했다.

"엄마, 내가 업고 가야겠다."

"나를 업고 어디로 가려고?"

"묻지 말아. 가서 즐거우면 그만이지. 내가 업고 가면 괜찮아."

이규가 어머니를 업은 채 박도를 들고 문을 나와 외딴길로 걸었다.

한편 이달은 자기가 일하는 갑부에게 달려가 알리고 장객 10여 명을 데리고 번개같이 집으로 돌아와 찾았으나, 어머니는 보이지 않고 침상에 커다란 은자만 남아 있었다. 이달이 은자를 보고 속으로 생각했다.

'철우가 은자를 남겨두고 엄마를 업고 어디로 갔을까? 분명히 양산박에서 다른 사람과 같이 왔을 것이니 내가 쫓아갔다가 잘못하면 목숨

을 잃을지도 몰라. 엄마도 철우에게 업혀 산채로 갔다면 즐겁게 잘 지내겠지.'

　장객들은 이규가 보이지 않자 모두 어떻게 해야 할지 몰라 우왕좌왕했다. 이달이 장객들을 바라보며 말했다.

　"철우가 엄마를 업고 어느 길로 갔는지 알 수가 없습니다. 여기는 샛길이 복잡한데 어떻게 함부로 쫓아가겠습니까?"

　장객들은 이달이 아무런 방법도 찾지 못하는 것을 보고 한참을 어물거리다가 각자 흩어져 돌아갔다.

　여기서는 이규가 형 이달이 사람들을 데리고 쫓아올까 두려워 달아난다고 했지만, 어머니를 등에 업고 깊은 산 후미진 샛길로만 갔다. 날은 점차 저물었고 어머니를 등에 업은 이규는 고개를 넘어가고 있었다. 어머니는 두 눈이 멀어 밤낮을 구분하지 못했다. 지금 넘고 있는 이 고개는 이규에게 익숙한 기령沂嶺이었다. 인가가 있는 곳을 지난 지 얼마 되지 않았다. 모자가 한 덩이가 되어 별과 달이 밝게 비치는 고갯길을 한 걸음씩 걸어 올라가고 있는데 등에 업힌 어머니가 말했다.

　"얘야, 어디에서 물 한 모금 얻어 마셨으면 좋겠다."

　"엄마, 고개를 넘어가면 인가가 있을 테니 쉬며 밥도 해먹자."

　"내가 낮에 마른 음식을 먹었더니 갈증이 나 참을 수가 없구나."

　"나도 목구멍에서 불이 나올 것 같아. 고개 꼭대기에 오르면 물을 찾아줄게."

　"얘야, 정말 목이 말라 죽을 지경이다. 나 좀 살려다오!"

"나도 힘들어 참을 수가 없네!"

이규가 고개 꼭대기 가까이 올라와 소나무 곁 커다란 청석 위에 어머니를 내려 앉히고 옆에 박도를 꽂아 표시해놓고 어머니에게 당부했다.

"참고 기다리고 있으면 마실 수 있게 물을 가지고 올게."

이규가 계곡에서 물 흐르는 소리를 듣고 찾아갔다. 산허리를 두 군데 돌아 계곡에 도달하여 두 손으로 물을 퍼서 마시고 생각했다.

'어떻게 해야 물을 가지고 가 엄마에게 줄 수 있을까?'

몸을 일으켜 세우고 사방을 둘러보니 멀리 산꼭대기에 사당이 보였다.

"잘됐다!"

칡넝쿨을 붙들고 기어올라가 암자 앞에 이르러 문을 밀어 열고 바라보니 사주대성泗州大聖2 사당이었으며 앞에 돌향로 하나밖에 없었다. 이규가 손으로 들어올리려 했으나 원래 돌기둥을 쪼아 파낸 것이라 아무리 뽑으려 해도 뽑힐 리가 없었다. 순간적으로 성질이 나 받침대까지 옮겨 돌계단 아래로 던지니 부딪혀서 향로가 떨어져 나왔다. 돌 향로를 들고 물에 넣어 적시고 어지럽게 자란 풀을 뽑아 깨끗하게 씻어 물을 향로에 반쯤 길어 두 손으로 떠받혔다. 왔던 길을 되돌아가는데, 헷갈려서 여기저기 왔다 갔다 하며 고개로 돌아왔다. 소나무 옆 돌이 있던 곳으로 돌아왔는데 어머니는 보이지 않고 박도만 그곳에 꽂혀 있었다.

2_ 사주대성泗州大聖: 사주대성은 전설에 따르면 서역에서 온 스님으로 세칭 승가대사僧伽大師라고 하는데 관음보살의 화신이다.

이규가 어머니 물 마시라고 소리를 질렀으나 행방을 알 길이 없었다.

몇 번을 불러도 대답이 없자 이규가 당황하여 향로를 던지고 눈을 부릅뜨고 사방을 둘러봤지만 어머니는 보이지 않았다. 30여 걸음도 걷지 않은 풀밭에 둥근 핏자국이 보였다. 이규가 보고 온몸을 부르르 떨더니 핏자국을 따라 걸었고, 얼마 뒤에 커다란 동굴 입구에 도착하니 새끼 호랑이 두 마리가 사람의 다리 한쪽을 핥고 있었다. 이규가 떨던 것을 멈추고 말했다.

"내가 양산박에서 일부러 어머니를 데리러 돌아왔다. 천신만고 끝에 여기까지 업어왔는데 도리어 네놈들 먹이가 되었단 말이냐! 이런 가증스런 호랑이 새끼들이 사람 다리를 끌고 있는데, 우리 엄마 것이 아니면 누구 것이냐!"

속에서 열불이 일어 떨림이 멈추고 적황색 수염이 이미 발딱 섰으며 손에 든 박도를 잡고 새끼 호랑이 두 마리를 찔렀다. 새끼 호랑이가 박도에 찔리자 당황하여 이빨과 발톱을 드러내고 덤벼들었다. 이규가 한 마리는 찔러 죽였지만 다른 한 마리는 굴속으로 달아났다. 이규가 허리를 구부리고 굴속까지 쫓아 들어가 마저 찔러 죽였다. 굴속에 들어가 안에 엎드려 있다가 바깥을 바라보니, 어미 호랑이가 이와 발톱을 드러내고 굴 안으로 가까이 다가왔다.

"바로 너 빌어먹을 짐승 놈이 우리 엄마를 잡아먹었구나!"

박도를 내려놓고 허리춤에서 요도를 뽑아들었다. 어미 호랑이가 동굴 입구에 몸통 엉덩이 부분을 집어넣고 꼬리를 휘둘렀다. 동굴 안에서 이규가 조심스럽게 살펴보고, 칼로 호랑이 꼬리 아래를 겨냥하고 평생의 기력을 다해 찌르니 바로 항문에 명중했다. 이규의 힘이 과했던지 칼끝이 바로 뱃속까지 들어갔다. 어미 호랑이가 크게 울부짖으며 동굴에서 칼에 박힌 채 계곡 옆으로 뛰어 달아났다. 이규가 박도를 들고 동굴 안에서 달려나왔다. 호랑이가 통증을 참으며 바로 산 암석 아래로 달려 내려갔다. 이규가 막 쫓아가려고 하는데 나무 옆에서 광풍이 불더니 마른 나무의 잎이 비 내리듯 우수수 떨어졌다. 자고로 '용이 나타나면 구름이 몰려오고, 호랑이가 출몰하면 바람이 일어난다'고 했다. 휘황찬란한 달빛 아래 바람이 불어온 곳에서 포효하는 소리가 나더니, 하얀 이마에 눈이 튀어나온 호랑이 한 마리가 갑자기 뛰쳐나와 맹렬하게 이규를 덮쳤다. 이규가 전혀 당황하지 않고 호랑이의 힘을 이용해 칼을 뻗으니 바로 턱 아래에 명중했다. 호랑이는 뒷발질은커녕 꼬리 휘두르기도 해보지 못했다. 찔린 곳이 아프기도 했고, 특히 기관지에 상처를 입었기 때문이었다. 호랑이는 5~7보도 못 물러나고 쿵 소리를 내며 산이 절반쯤 무너지는 것처럼 쓰러져 바위 아래에서 즉사했다.

이규가 짧은 시간 동안 호랑이 가족 네 마리를 죽이고, 다시 굴 옆에서 한번 둘러보고 더 있을까 두려워했으나 이미 아무 흔적이 없었다. 이규도 지칠 대로 지치고 피곤하여 사주대성 사당으로 가서 날이 밝을 때까지 잠을 잤다.

다음 날 새벽에 일어나 모친의 두 다리와 남은 유골을 찾아 베적삼에 싸고 사주대성 사당 뒤에 땅을 파서 묻으며 대성통곡을 했다. 배가 고프고 갈증도 나서 허겁지겁 보따리를 수습하며 박도를 들고 길을 찾아 천천히 고개를 내려왔다. 도중에 사냥꾼 5~7명이 와궁窩弓, 쇠뇌,

화살을 거두어들이고 있었다. 이규가 몸에 피범벅이 된 채 고개를 내려오는 것을 보고 사냥꾼들은 놀라 물었다.

"산신이나 토지신도 아닌 길손이 어째서 감히 혼자 고개를 넘어가시오?"

이규가 질문을 받고 혼자 속으로 생각했다.

'지금 기수현에서 상금 3000관을 걸고 나를 잡으려 하는데 내가 어떻게 감히 사실대로 말하랴? 거짓말로 둘러댈 수밖에.'

이규가 대답했다.

"나는 지나가는 길손인데 어젯밤에 엄마와 고개를 넘었지. 엄마가 물이 마시고 싶다고 하셔서, 내가 고개 아래에 물을 뜨러 간 사이에 호랑이가 우리 엄마를 끌고 가 잡아먹었지 뭐야. 내가 직접 호랑이 굴을 찾아가서 먼저 새끼 두 마리를 죽이고 나중에 큰 호랑이 두 마리를 죽여버렸어. 그리고 사주대성 묘에 가서 날이 밝을 때까지 자다가 지금 내려오는 길이야."

사냥꾼들이 이구동성으로 대답했다.

"당신 혼자 호랑이 네 마리를 죽였다니 어떻게 믿을 수가 있소! 이존효李存孝3와 자로子路4도 한 마리밖에 못 잡았다는데 말입니다. 새끼 호

3_ 이존효李存孝: 당말 오대의 유명한 맹장이다. 무예가 천하무쌍이었고 힘도 매우 셌다. 중국 옛말에 왕 중에 서초패왕을 당할 자가 없고 장수 가운데 이존효를 당할 장사는 없다는 말이 있다.

4_ 자로子路: 공자의 제자.

랑이 두 마리는 별것 아니라고 해도 큰 호랑이 두 마리는 보통 일이 아니지요! 우리가 이 두 마리 짐승 때문에 곤장을 몇 번이나 맞았는지 모르겠소. 이 기령 위에 호랑이 굴이 생긴 이후 3~5개월 내내 감히 지나가는 사람이 없었소. 믿을 수가 없어요. 우리를 놀리는 거요?"

"내가 여기 사는 사람도 아닌데 무슨 까닭에 당신들에게 장난을 치겠어? 못 믿겠다면 나와 같이 고개에 올라가 함께 찾아 사람들을 데리고 가서 짊어지고 내려오면 되잖아."

사냥꾼들이 흥분해서 말했다.

"정말 죽은 호랑이가 있다면 우리가 당신에게 거듭 거듭 감사하겠소. 그러면 얼마나 좋겠소."

휘파람을 불자 순식간에 사냥꾼 30~50명이 모였고, 모두 갈고리와 창봉을 들고 이규를 따라 다시 고개 위로 올라갔다. 이때 하늘은 구름한 점 없이 맑았으며 모두 정상에 도착하여 멀리에서 굴 옆을 보니 과연 새끼 호랑이 두 마리가 죽어 있었다. 한 마리는 굴 안에 쓰러져 있었으며, 다른 한 마리는 바깥에 있었다. 암컷 호랑이는 산 바위 옆에 쓰러져 있었고, 수컷은 사주대성 사당 앞에 있었다. 사냥꾼들은 이규가 호랑이 네 마리를 잡아 죽인 것을 알고 모두 기뻐하며 밧줄로 묶었다. 호랑이를 짊어지고 고개를 내려와 이규를 데리고 함께 상을 받으러 갔다. 먼저 한 사람을 보내 이정과 동네 갑부에게 알려 맞이하러 나오게 한 뒤 조 태공曹太公이란 갑부의 집으로 짊어지고 갔다. 조 태공이란 자는 원래 현 아전을 맡고 나서 포악을 떨며 남을 괴롭혀 벌어들인 재물이 집 안에 넘쳐났다. 처음 사회에 나올 때부터 불량한 놈들과 결탁하여 이웃들을 협박했다. 입으로는 충효를 지극히 중요하게 여기는 것처럼 말했으나 겉으로만 그럴 뿐이었다. 당시 조 태공이 직접 맞이하여 보고 이규를 청하여 초당에 앉히고 호랑이를 잡게 된 이유를 물었다. 이규가 밤에 어머니에게 고개 위에서 물을 떠드리려 하다가 호랑이를 잡게 되었다고 이야기했다. 사람들은 듣고 모두 놀라 아무 말도 하지 못했다. 조 태공이 이규에게 이름을 물으니 대답했다.

"내 이름은 장대담張大膽이오."

조 태공이 이름을 듣고 말했다.

"장사께서는 정말 이름대로 대담하기 그지없으십니다. 장사께서 이렇게 대담하지 않으셨다면 어떻게 호랑이를 네 마리나 잡았겠습니까!"

한쪽에 술과 음식을 준비시켜 대접했다.

호랑이 네 마리를 잡아 조 태공의 집에 가져온다는 소식이 마을에 알려지자 마을과 거리가 온통 뒤집혔다. 앞마을, 뒷마을, 심지어 산골 구석구석 남녀노소 구분할 것 없이 무리를 지어 모두 호랑이를 구경하러 몰려들었다. 사람들은 조 태공의 집에 들어가 대청에서 호랑이를 잡은 장사에게 술대접하는 것을 구경했다. 이런 구경꾼들 중에 이귀의 마누라가 끼어 있었는데, 앞마을 친정으로 도망갔다가 사람들을 따라 호랑이를 구경하러 왔다. 이규의 모습을 알아보고는 황급하게 집으로 돌아가 부모에게 말했다.

"이 호랑이를 죽인 시꺼먼 사람이 내 남편을 죽이고 우리 집에 불을 지른 양산박 흑선풍이란 자예요!"

부모가 듣고 서둘러 이정에게 알렸다. 이정이 보고를 듣고 말했다.

"그가 흑선풍이라면 바로 고개 너머 백장촌百丈村에서 사람을 때려죽인 이규였다. 강주로 도망가 또 사고를 일으켜 원적지인 본현에 장한 공문이 내려왔었다. 지금 관아에서 상금 3000관을 걸었는데 여기로 왔단 말이지!"

몰래 사람을 보내 조 태공을 불러 상의하고자 했다. 조 태공이 측간에 간다는 핑계를 대고 다급하게 이정의 집으로 달려갔다. 이정이 말했다.

"호랑이를 죽인 이 장사는 고개 너머 백장촌의 흑선풍 이규로 지금 관아에서 책임지고 붙잡으라고 명령이 내려져 있습니다."

조 태공이 말했다.

"여러분은 좀더 자세히 알아보시오. 만일 아니라면 도리어 일이 잘못될 것이고 사실이라면 문제가 될 것이 없겠지요. 붙잡는 것이야 간단하지만 아니라면 일이 곤란해지지 않겠소."

"이귀의 부인이란 여자가 이미 확인했습니다. 이귀의 집에 와서 밥을 먹은 적이 있는데 그자가 이귀를 죽였답니다."

"그렇다면 우리는 술을 준비하여 대접하며 이번에 호랑이를 잡았는데, 현에 가서 공을 청할 건지 아니면 마을에서 상금을 받을 것인지 물어보는 것이 어떻겠소? 만일 현 관아에 직접 가서 공을 청하려 하지 않는다면 분명히 흑선풍이오. 번갈아가며 술을 권하여 취하게 만들어 여기에서 잡아버립시다. 그러고 나서 현에 사람을 보내 알리면 도두가 와서 잡아갈 것이니, 절대 실패할 리가 없을 것입니다."

자리에 참석한 사람들이 한목소리로 대답했다.

"태공의 말이 옳습니다."

이정이 사람들과 의논하여 계책을 정했다. 조 태공은 집으로 돌아가 이규를 환대하는 한편 술을 내와 대접하며 말했다.

"방금 자리를 오래도록 비워 송구합니다. 뭐라 나무라지 마십시오. 장사께서는 허리에 찬 요도를 풀고 박도도 치워놓으시고 편하게 앉으십시오."

"좋아요, 그럽시다. 내 요도는 이미 호랑이 암컷 뱃속에 박혀 있고 여기에는 칼집만 남아 있어요. 만일 껍질을 벗기고 살을 잘라낸다면 찾아서 돌려주시오."

"장사께서는 마음 놓으십시오. 여기에 좋은 칼이 널려 있으니, 장사가 차고 다닐 만한 것을 하나 드리겠습니다."

허리에서 칼집을 풀고 요대와 보따리를 보관하도록 장객에게 건네주고 박도는 한쪽에 기대어 세워놓았다. 조 태공이 고기를 담은 커다란 쟁반과 큰 술주전자를 내오게 하고 갑부들과 이정, 사냥꾼들과 함께 번갈아가며 커다란 잔으로 이규에게만 술을 권했다. 조 태공이 또 이규에게 물었다.

"장사께서 이 호랑이를 관아로 보내 공을 청하실지, 여기에서 받으실 건지 모르겠습니다."

"내가 지나가는 길손이라 조금 바쁩니다. 우연히 이 맹호들을 잡은 것이니 현까지 가서 상을 청할 것은 없고, 여기에서 받으면 그만이고 없다면 그냥 떠나렵니다."

조 태공이 속으로 쾌재를 부르고 실실 웃으며 말했다.

"어떻게 장사의 뜻을 소홀하게 대하겠습니까! 잠시 후 마을에서 돈을 거둬서 드릴 것이고, 호랑이는 우리가 현으로 운반하겠습니다."

"윗도리를 갈아입어야 하니 저고리 한 벌만 빌려주시오."

"있습니다. 그렇게 하세요."

즉시 고운 푸른색 저고리를 가져오게 하여 이규의 피 묻은 옷을 갈아입혔다. 문 앞에서 북소리, 피리 소리가 울리고 술을 내와 이규에게 권하여 축하의 말을 건넸다. 한 잔은 뜨거운 술을 주고 다시 찬 술을 먹이는데, 이규는 계략인지 전혀 알아차리지 못하고 기분 좋게 주는 대로 받아 마시며 송강이 분부했던 말을 까맣게 잊고 말았다. 두 시진이 채 못 되어 이규가 곤드레만드레 취하여 똑바로 서지도 못했다. 사람들이 부축하여 후당 빈방으로 데려가 판등板凳5에 뒤집어 눕히고 밧줄 두 가닥을 가져다가 판등째 묶어버렸다. 이정이 사람을 데리고 날듯이 현 관아로 달려가 보고하고, 이귀의 부인을 데려와 원고로 삼고 고소장을 꾸몄다.

이 소식은 기수현을 뒤흔들었다. 지현이 듣고 크게 놀라 서둘러 정당에 올라가 물었다.

"흑선풍을 어디에 잡아두었느냐? 그는 모반을 일으킨 사람이라 놓쳐서는 안 된다!"

원고와 사냥꾼들이 대답했다.

5_ 판등板凳: 등받이가 없는 긴 나무 의자.

"본향 조 갑부 집에 묶여 있습니다. 그를 감당할 만한 적당한 사람도 없을 뿐만 아니라, 함부로 밖으로 데리고 나왔다가 놓칠까 두려워 감히 압송하지 못하고 있습니다."

지현이 즉시 본현 도두 이운李雲을 정당으로 불러 분부했다.

"기령 아래 조 갑부의 장원에 흑선풍 이규를 잡아놓았다. 네가 빨리 사람들을 많이 데리고 가 은밀하게 압송해오너라. 마을 사람들 아무도 모르게 데려와야 한다."

이 도두가 지현의 명령을 받고 노련한 향병 30명을 선발하여 각자 무기를 들고 기령촌으로 달려갔다.

이 기수현은 시골 작은 동네라 어떻게 비밀스레 일을 진행하겠는가? 이때 온 거리에 소란이 일어나 사람들이 말했다.

"강주에서 소란을 피운 흑선풍이 붙잡혀서 지금 이 도두가 압송하러 오고 있다더군."

주귀가 동장문 밖 주부의 집에서 이 소식을 듣고 황급하게 집 뒤로 돌아와 동생 주부에게 말했다.

"이 검둥이 자식이 또 사고를 쳤군. 어떻게 구해낸단 말이냐? 송 공명이 일이 잘못될까 두려워 소식을 탐문하라고 나를 특별히 여기에 보냈다. 지금 그가 붙잡혔는데 내가 구해내지 못하고 어떻게 산채로 돌아가 형님을 볼 수 있단 말이냐? 이 일을 어쩌면 좋단 말이냐!"

동생 주부가 말했다.

"형, 당황할 것 없어요. 이 도두는 본래 능력이 있는 사람이라 30~50명쯤은 가까이 갈 수도 없어요. 내가 형이랑 힘을 합친다 한들 어떻게 감히 가까이 접근할 수 있겠어요? 다만 머리를 써야지 힘으로 대적해서는 안 돼요. 이운이 평소 나를 끔찍하게 좋아해 항상 무기 사용법을 가르쳐주었어요. 그를 대적할 방법이 있지만, 그렇게 한다면 여기서 살 수 없게 되겠지요. 오늘 밤 술 10여 병과 고기 20~30근을 삶아 큼직하게 잘라 안에 몽한약을 섞어 넣읍시다. 우리 둘이 오경에 일꾼 몇 명을 시켜 짊어지고 돌아가는 길 중간 으슥한 곳에서 압송해오는 것을 기다렸다가 축하주라고 먹여 쓰러뜨린 다음에 이규를 풀어주는 것이 어떻겠습니까?"

주귀가 얼굴 표정을 바꾸더니 좋아했다.

"정말 좋은 계책이다. 더 이상 늦어서는 안 되니 빨리 준비해서 일찌감치 가자."

"그런데 이운이 술을 못 마시므로 마취시켜 쓰러뜨리더라도 금방 깨어날 거예요. 또 한 가지, 만일 나중에 내가 한 일이 알려지면 더 이상 여기서 살 수 없게 될 거예요."

"주부야, 네가 여기에서 술을 파는 것도 이제는 쓸데없는 일이다. 차라리 가족을 데리고 나랑 같이 산에 올라가 함께 도적이 되자. 금은보화를 저울에 달아 함께 나누고 새 옷으로 바꿔 입는다면 이 또한 즐거운 일이 아니겠니? 오늘 밤 일꾼 두 명을 불러 수레 한 대를 찾아 처자식과 귀중품을 먼저 보내 10리 바깥쯤에 이정표에서 기다리게 하고 모두 산으로 가자. 지금 내 보따리 안에 몽한약이 있다. 이운이 술을 못 마신다면 고기 안에 더 많이 섞고 고기를 많이 먹인다면 마비되어 쓰러질 것이다. 이규를 구하여 함께 산에 오른다면 안 될 것이 어디 있겠니?"

주부가 고개를 끄덕이며 말했다.

"형 말이 맞아요."

바로 사람을 시켜 수레를 준비하고 상자 3~5개를 싸서 실었다. 집 안에 커다란 집기나 물건들은 모두 버리고 부인과 자녀를 수레에 오르게 하고 일꾼 둘에게 분부하여 수레를 따라 먼저 가도록 했다.

주귀와 주부 형제가 그날 밤 고기를 익히고 큼지막하게 썰어 약을 섞었으며, 술도 두 짐에 담고 빈 그릇 20~30개를 챙겼다. 또 야채를 약간 준비하여 역시 약을 섞었다. 고기를 먹지 않는 사람을 위하여 준비한 것이다. 술과 고기 두 짐을 두 일꾼에게 지웠다. 형제 둘은 과일류를 들고 사경 전후에 직접 은밀한 산길에 앉아 기다렸다. 날이 밝자 멀리서 징 두드리는 소리가 들렸고 주귀가 입구에서 맞이했다.

30여 향병이 마을에서 야밤에 술을 마시고 사경 전후하여 이규의 두 팔을 등 뒤로 묶고 압송해오고 있었다. 뒤에서 이 도두가 말을 타고 따라왔다. 앞쪽에 행렬이 오는 것을 보고 주부가 나가 길을 막고 소리를 질렀다.

"사부님, 축하합니다. 제자가 일부러 마중 나왔습니다."

통 안에서 술 한 주전자를 퍼서 큰 종지기에 따라 이운에게 권했다. 주귀는 고기를 들었고 일꾼은 과일상자를 들었다. 이운이 보고 서둘러 말에서 내려 앞으로 뛰어와 말했다.

"동생, 어쩌자고 이렇게 멀리까지 나와 맞이하는가!"

"제자가 스승에게 조금이라도 효심을 표하고자 합니다."

이운이 술을 받아 입에만 대고 마시지 않았다. 주부가 무릎을 꿇고 말했다.

"사부님이 술을 드시지 않는 것을 제가 알고 있지만, 오늘 이것은 축하주이니 반잔이라도 드십시오."

이운이 사양할 수 없어서 찔끔찔끔 두 모금을 마셨다. 주부가 말했다.

"사부님은 술을 드시지 않으니 고기라도 조금 드십시오."

"밤새 배부르게 먹어 더 이상 먹을 수가 없네."

"사부님이 이미 먼 길을 오셨으니 이미 소화가 되었을 것입니다. 비록 먹고 싶지 않더라도 조금이라도 드셔서 제자 손이 부끄럽지 않게 해주시기 바랍니다."

좋은 것을 두 점 골라 건네주었다. 이운이 지극한 정성을 보고 억지로 두 조각을 먹지 않을 수 없었다. 주부가 갑부들과 이정 그리고 사냥꾼 등에게 모두 세 잔씩 권했다. 주귀는 향병과 장객들에게 모두 술을 먹였다. 이들은 차가운 것, 뜨거운 것, 맛있는 것, 맛없는 것 가릴 것 없이 술과 고기를 주둥이로 가져가 처먹기에 바빴다. 마치 바람에 구름이 쓸려가듯이, 떨어진 꽃잎이 시냇물에 휩쓸려가듯이 한꺼번에 달려들어 서로 빼앗듯이 집어 먹었다.

이규가 두 눈을 반짝이며 주귀 형제를 바라보더니 계책임을 알고 일부러 말했다.

"너희 나도 좀 주라!"

주귀가 고함을 버럭 질렀다.

"너 같은 도적놈한테 줄 술과 고기가 있겠느냐! 이런 죽일 놈, 주둥이 닥쳐라!"

이운이 향병들을 돌아보며 빨리 가자고 소리를 질렀는데, 서로 얼굴들을 마주보며 움직이지 못했고 말을 더듬으며 발을 움직이지 못하다가 하나둘씩 쓰러졌다. 이운이 얼굴이 흙빛이 되어 소리를 질렀다.

"함정이다!"

앞으로 달려나가려 했으나 자기도 모르게 머리는 무겁고 다리는 가벼워져 쓰러졌고, 온몸에 힘이 빠지더니 땅바닥에서 잠이 들었다. 바로 이때 주귀와 주부가 각기 박도를 빼앗아 고함을 질렀다.

"너 이놈들 멈추어라!"

둘이 박도를 잡고 고기를 먹지 않은 장객과 바라보던 사람들을 쫓아갔다. 발걸음이 빠른 자는 달아나고 늦은 자는 그 자리에서 찔려 죽음을 면치 못했다. 이규가 커다란 소리를 내더니 자기를 묶었던 밧줄을 발버둥쳐 모두 끊어버리고 박도를 빼앗아 이운을 죽이러 달려갔다. 주부가 서둘러 막아서며 말했다.

"무례한 짓 하지 마시오! 그 사람은 내 스승이고 매우 좋은 사람이오. 당신은 먼저 가시오."

이규가 대답하며 말했다.

"늙은 당나귀 조 태공을 죽이지 않고, 어떻게 내 분을 삭이겠느냐!"

이규가 달려가 박도를 들어올려 먼저 조 태공과 이귀의 계집을 찔러 죽이고 이정도 죽여버렸다. 한번 살기가 일어나자 맨 앞 사냥꾼부터 찌르더니 향병 30명을 모두 찔러 죽였다. 구경하던 사람들과 장객들은 부모가 다리 두 개만 낳아준 것을 원망하며 뿔뿔이 흩어져 촌구석 으슥

한 산길로 죽을힘을 다하여 달아났다.

이규가 사람만 보면 죽이려고 하자 주귀가 고함을 질렀다.

"구경하던 사람들과는 상관없는 일이니 사람 상하게 하는 짓은 그만두어라!"

황급하게 붙잡자 이규가 그제야 손을 멈추고 향병의 몸에서 옷 두 가지를 벗겨 입었다. 세 사람이 박도를 들고 외딴길로 떠나려고 했다. 주부가 가려던 길을 멈추고 돌아보며 말했다.

"안 되겠다. 내가 사부의 목숨을 잃게 할 수는 없어요! 깨어나면 어떻게 지현을 볼 수 있단 말입니까? 분명히 따라올 것입니다. 두 분이 먼저 가시면 내가 잠시 그를 기다리겠소. 그가 내게 은혜와 도의를 가르쳤고 사람됨도 충직합니다. 쫓아오기를 기다렸다가 함께 산에 올라 도적이 되기를 권하는 것이 나의 도리요. 혼자 현으로 돌아가 고난에 빠지게 할 수는 없소."

"주부야, 네 말이 맞다. 내가 먼저 수레로 갈 테니 이규와 함께 길옆에서 그를 기다리거라. 그가 따라오지 않거든 너희 둘은 고집부리며 기다리지 말거라."

주부가 대답했다.

"당연한 말씀입니다."

곧 주귀가 먼저 돌아갔다.

주부와 이규가 길옆에 앉아 기다리는데, 과연 한 시진이 못 되어 이운이 박도를 잡고 나는 듯이 쫓아오며 소리쳤다.

"강도들아, 멈춰라!"

이운이 달려오는 기세가 심상치 않자 이규가 몸을 일으켜 주부가 다치는 것을 막기 위해 박도를 잡고 이운과 싸웠다.

八 양웅·석수전

제 4 3 회

양웅과 석수가 만나다[1]

그때 이규가 박도를 잡고 달려오는 이운과 대로변에서 맞붙어 5~7합을 주고받았으나 승부가 나지 않았다. 주부가 싸움을 말리려고 박도로 둘 사이를 갈라놓으며 말했다.

"두 분은 그만 싸우고 내 말 좀 들어보시오!"

두 사람이 그제야 싸움을 멈추니 주부가 나서서 말했다.

"사부님, 제 말씀 좀 들어보십시오. 제가 주제넘게도 스승님으로부터 너무 많은 보살핌을 받았고 창봉술까지 가르쳐주셨는데 결코 그 은혜

---

[1]_ 43장 금표자 오솔길에서 대종을 만나다錦豹子小徑逢戴宗. 병관삭이 거리에서 석수를 만나다病關索長街遇石秀.

를 잊으려는 것이 아닙니다. 다만 제 형인 주귀가 양산박에서 두령 노릇을 하고 있는 데다 지금 급시우 송 공명의 군령을 받고 이규 형님을 보살피러 왔습니다. 싸워보지도 못하고 사부님께 잡혀 관아로 끌려가게 내버려둔다면 우리 형님이 어떻게 돌아가 송 공명을 보겠습니까? 그래서 할 수 없이 여기서 이런 방법으로 손을 쓰게 된 것입니다. 조금 전 이규 형님이 기세를 몰아 사부님을 해치려 하는 것을 제가 겨우 말려 향병들만 죽였습니다. 저희가 달아났으면 아마 지금쯤 멀리 도망가 있었을 텐데 사부님이 관아로 돌아가지 못하고 반드시 우리를 쫓아올 것이라 짐작하고 있었습니다. 또한 제가 사부님의 은혜를 항상 생각하고 있었기에 일부러 여기에서 사부님을 기다리고 있었습니다. 사부님은 세심한 분이라 아마 잘 아실 겁니다. 지금 이렇게 많은 부하를 잃고 게다가 흑선풍까지 놓쳤는데 무슨 낯으로 돌아가 지부를 만나겠습니까? 혹시라도 지부에게 돌아가면 당연히 처벌을 받을 것이고 또 아무도 구해주려 하지 않을 것입니다. 차라리 저희와 함께 양산박으로 가서 송 공명에게 의지하여 한패가 되는 것은 어떻습니까?"

이운이 한참을 생각하더니 입을 열었다.

"동생, 그렇지만 양산박에서 나를 받아주지 않을까 걱정일세."

주부가 밝게 웃으며 말했다.

"사부님, 어찌하여 아직도 산동 급시우의 큰 이름을 모르십니까? 그는 지금 온 힘을 다하여 어진 사람과 천하의 호걸들을 불러 모아 친분을 맺고 있습니다."

이운이 듣고 한숨을 쉬며 말했다.

"이제 내가 몸을 숨기면 집이 있어도 갈 수 없고 나라가 있어도 의지할 수가 없게 되었구나! 다행히도 관아에 잡혀갈 처자식이 없으니 자네들을 따라만 가면 그만이네."

이규가 이운의 말을 듣고 반색하며 말했다.

"아이고 형님! 어째서 진작 그렇게 말씀하시지 않았소?"

그 자리에서 무릎을 꿇고 절했다.

이운에게는 부양할 가족도 없고 또한 가진 재산도 없어 바로 두 사람과 함께 수레를 쫓아갔다. 도중에 주귀가 만나보고 크게 기뻐했다. 네 사내는 함께 수레를 따라가면서 별 탈 없이 양산박 가까이 도달했고 마중 나온 마린과 정천수를 만나 서로 인사를 나누었다. 두 사람이 말했다.

"조, 송 두 두령께서 우리 둘에게 산을 내려가 여러분에 대한 소식을 알아보라고 하셨네. 지금 이렇게 만났으니 우리 둘이 먼저 올라가 보고 해야겠네."

두 사람은 즉각 산으로 보고하러 갔다.

다음 날 네 사내가 주부의 가족을 데리고 양산박 산채 취의청에 모였다. 주귀가 앞으로 나가 먼저 이운을 불러 두 두령에게 인사시키고 다른 두령들에게 소개하며 말했다.

"이 사람은 기수현의 도두 이운이라 하고 별명은 '청안호靑眼虎'입니다."

다음으로 동생 주부를 불러 두령들에게 인사시키고 말했다.

"이 사람은 제 동생 주부이고 별명은 '소면호笑面虎'입니다."

모두 인사를 마치자 이규가 송강에게 절을 하고 도끼를 돌려받으며 가짜 이규가 길을 막고 강도질하던 것을 이야기하자 모두 웃으며 즐거워했다. 다시 호랑이를 죽인 일을 이야기하며 모친을 데리고 기령을 넘다가 호랑이에게 잡혀 먹힌 일을 말했다. 이야기를 모두 끝내고 이규가 눈물을 흘리자 송강이 혼자 크게 웃으며 말했다.

"네가 호랑이 네 마리를 죽였으나, 오늘 우리 산채에는 살아 있는 호랑이 두 마리가 늘어났으니 축하해야겠다."[2]

호걸들이 크게 기뻐하며 양과 말을 잡아 연회를 열어 축하했다. 조개가 새로 온 두 두령을 왼쪽 백승의 윗자리에 앉게 했다.

오용이 말했다.

"근래에 산채가 크게 번창하여 사방에서 호걸들이 몰려오는 것은 모두 조, 송 두 두령의 덕이며 우리 형제들의 복입니다. 그렇다 하더라도 주귀는 예전처럼 다시 양산 동쪽 주점을 맡고 석용과 후건은 그전에 하던 일로 복직해야 합니다. 또한 주부의 가족에게도 별도로 집을 주어 그곳에 살도록 해야 합니다. 지금 산채의 사업이 커져 옛날과 다르니 다시 주점을 세 군데 더 늘려 전문적으로 좋고 나쁜 일이든 주변 상황을 탐문하고 오가는 의사義士들을 산에 불러들여야 합니다. 만일 조

---

[2]_ 김성탄 왈: 남이 어머니를 잃었는데 슬퍼하지 않고 자기에게 호랑이가 더해진 것만 자랑하고 있다. 효자를 위로하지 않고 강도를 얻은 것만 축하하고 있으니 작자가 송강을 심히 미워하는 것이다.

정에서 관군을 파견하여 도적을 토벌하려 한다면 어떻게 진격하는지를 탐지해서 보고하고 준비할 수 있게 해야 합니다. 서산 방면은 지역이 넓으니 동위 동맹 형제에게 명하여 졸개 10여 명을 거느리고 주점을 열게 하고 이립에게도 부하 10여 명을 데리고 양산 남쪽에 주점을 열게 하며, 석용 또한 수하 10여 명을 데리고 북쪽에 가게를 열게 하십시오. 그곳에 모두 물가 정자를 세워 화살로 신호를 보내 배를 부르게 하고 급한 군사 정보가 있으면 재빠르게 보고하도록 해야 합니다."

오용은 잠시 멈추고 물을 마셨다.

"양산 앞에는 관문 세 개를 설치하여 두천이 책임지고 지키게 하되 부득이하여 파견해야 할 일이 있더라도 다른 곳에 보내서는 안 되며 아침저녁으로 자리를 비우게 해서도 안 됩니다. 또 도종왕을 총 감독관으로 삼아 작은 수로를 파고 막힌 수로를 정비하며 강 물길을 개척하고 구불구불한 성벽을 정리해 양산 앞의 큰길을 부설하도록 해야 합니다. 그는 원래 농부 출신이라 수리하는 일에 일가견이 있습니다. 장경蔣敬은 산수와 계산에 정통하니 창고를 맡겨 수천수만으로 가득 쌓인 재물이 들고 나는 것을 살피고 장부에 적어 관리하게 해야 합니다. 소양에게는 산채 안팎, 산 위아래, 세 개 관문 등 이동이 많은 중요한 길목에 요새를 설치하여 드나드는 문서 계약과 크고 작은 두령에게 번호를 매겨 관리하도록 해야 합니다. 번거롭더라도 김대견에게는 병부兵符와 인신印信, 패면牌面3을 새기게 해야 하고, 후건에게는 의복과 갑옷 그리고 오방五方4 깃발 등을 만들게 해야 합니다. 이운에게는 양산박에 가옥과 정방正房 축조를 감독하게 하고, 마린에게는 크고 작은 전선戰船을 수리하고 건조하게 해야 합니다. 그리고 송만, 백승은 금사탄에 방책을 만들게 하고, 왕왜호, 정천수에게는 압취탄鴨嘴灘에 방책을 세우게 해야 합니다. 목춘과 주부는 산채의 돈과 식량을 관리하게 하고, 여방과 곽성은 취의청 양쪽 곁방에서 호위를 서게 하며, 마지막으로 송청은 연회와 잔치를 전문적으로 관리하게 해야 합니다."

오용의 계획대로 해야 할 일들을 나누어 결정하고 3일 동안 연회를 열었다. 양산박은 이날부터 별다른 일 없이 매일 병사를 조련하며 무예를 연마했다. 수채의 두령들도 모두 배를 몰거나 물속과 배 위에서 싸우는 훈련을 했다.

어느 날 송강이 조개와 오용 그리고 여러 두령과 한담을 나누다가 말했다.

"오늘 우리 형제들이 이렇게 대의를 위해 모두 모였는데 공손승 두령만 빠졌습니다. 계주로 돌아가 모친을 뵙고 스승을 찾아보는 데 100일이면 충분하리라고 생각했습니다. 지금 이미 100일하고도 여러 날이 지났는데 소식도 없으니 혹시 돌아오겠다는 약속을 저버린 것은 아닐까요? 번거롭지만 대종 형제가 한번 가서 왜 돌아오지 않는지 소식을 알아봤으면 좋겠습니다."

3_ 패면牌面: 고대 관리나 사절使節의 신분증으로 모양이 얇은 패와 같이 생겼다. 즉 양산박의 직책을 나타내는 신분증을 말한다.
4_ 오방五方: 동, 서, 남, 북과 그 가운데.

대종이 기꺼이 가겠다고 말하자 송강이 기뻐하며 말했다.

"동생은 걸음이 빠르니 10일이면 소식을 알 수 있겠네."

그날 대종은 미리 두령들과 작별 인사를 하고 다음 날 아침에 승국으로 변장하여 양산박을 나와 계주로 향했다. 갑마 네 개를 다리에 묶고 신행법을 사용했으므로 도중에 술 대신 차만 마시고 음식도 채식을 했다. 길 떠난 지 3일 만에 기수현 근처에 도착했고 거리에서 사람들이 하는 말을 엿들었다.

"얼마 전에 흑선풍이 달아나면서 많은 사람을 상하게 한 데다 도두 이운까지 연루되어 어디로 갔는지 모르고 아직도 행방이 오리무중이랍니다."

대종이 그 말을 듣고 속으로 웃었다.

그날 한참 달리고 있는데 멀리 손에 순철로 만든 필관창^{筆管槍}5을 들고 다가오는 사람이 보였다. 그 사람이 번개같이 빨리 달리는 대종을 보고 발길을 멈추고 고함을 질렀다.

"신행태보!"

대종이 부르는 소리를 듣고 고개를 돌려 자세하게 살펴보니 산언덕 아래 샛길 옆에 한 사내가 서 있었다. 이 사내의 생김새는 얼굴은 둥근 데다 귀는 큼지막했고 코는 길고 입은 사각형이었으며 눈은 큼직하고 눈썹은 짙었으며 허리는 날렵하고 어깨는 널찍했다. 대종이 재빠르게

5_ 필관창^{筆管槍}: 고대의 무기다. 손잡이가 붓통같이 생겼고 끝에 날이 달린 창이다.

몸을 돌려 물었다.

"여보시오, 장사. 처음 보는 사람인데 어째서 내 이름을 부르시는 게요?"

사내가 황급하게 대답했다.

"정말로 신행태보님이셨군요!"

창을 놓고 땅바닥에 넙죽 엎드려 절을 했다. 대종이 서둘러 부축하고 답례를 하며 물었다.

"그대는 도대체 누구십니까?"

"저는 양림楊林이라고 합니다. 창덕부彰德府 사람으로 산적질이나 하며 살고 있는데 강호에서는 저를 금표자錦豹子 양림이라고 부릅니다. 수개월 전에 거리 주점에서 우연히 공손승 선생을 만나 같이 술을 마시다가 선생으로부터 양산박의 조개, 송강 두 두령은 의로운 사람으로 천하의 인재를 모으고 있다는 소리를 들었습니다. 제게 편지를 한 통 써 주시며 양산박에 입산하라고 했습니다만 감히 제멋대로 들어가기가 쉽지 않았습니다. 공손 선생께서 또 말씀하시기를 '이가도구에 가면 이전부터 주귀가 그곳에 주점을 열고 있는데 한패가 되려는 사람을 산채까지 안내한다고 하더군요. 또 신행태보 대 원장은 하루에 800리 길을 걷는데 어진 사람을 안내하고 번개같이 소식을 알린다'고 들었습니다. 지금 형장께서 걷는 것이 보통 사람과는 달라서 그냥 불러본 것입니다. 뜻밖에 신행태보님이 맞으시니 정말 행운입니다. 이렇게 만날 줄은 생각도 못했습니다!"

"공손승 선생께서 계주로 돌아가시고 나서 지금까지 아무런 소식이 없었습니다. 그래서 지금 조개, 송강 두 두령의 명을 받들고 계주로 가 선생의 소식을 알아보고 산채로 돌아오라는 말을 전하러 가는 중이었는데 정말 우연찮게 그대를 만났군요."

"저는 비록 창덕부 사람이지만 계주 관할의 주군州郡은 모두 가보았습니다. 만일 괜찮으시다면 제가 형장을 모시고 다니고 싶습니다."

"만일 그대가 길동무가 되어준다면 정말 행운이오. 공손승 선생을 찾아 함께 양산박으로 돌아가도 늦지 않을 것입니다."

양림이 크게 기뻐하며 대종을 형님으로 삼고 결의형제를 맺었다.

대종이 갑마를 집어넣고 양림과 걸어서 저녁 무렵에 시골 객점에 투숙했다. 양림이 술을 준비하여 청하니 대종이 말했다.

"내가 신행법을 쓰려면 육식을 해서는 안 된다네."

이에 둘은 채식을 했다. 날이 새고 다음 날 아침에 일어나 불을 피워 아침밥을 지어 먹고 짐을 챙겨 길을 나섰다. 양림이 대종에게 물었다.

"형님이 신행법을 써서 가시면 제가 어떻게 쫓아가겠습니까? 아무래도 우리 둘이 동행하기는 어려울 듯합니다."

대종이 웃으며 말했다.

"내 신행법은 다른 사람도 데리고 다닐 수 있네. 내가 갑마 두 개를 자네 다리에 묶고 신행법을 일으키면 나처럼 빨리 달릴 수 있고, 달리려면 달릴 수 있고 멈추려면 멈출 수도 있다네. 그렇지 않다면 자네가 어떻게 나를 따라오겠는가?"

"하지만 저는 보통 사람이라 형님의 정신이나 육체와는 다릅니다."

"상관없네. 내 도술은 누구라도 데리고 다닐 수 있고 법술을 일으키면 나와 똑같이 달릴 수 있다네. 자네가 고기만 먹지 않는다면 아무런 지장이 없다네."

갑마 두 개를 꺼내 양림의 다리에 묶어주었고 대종도 두 개를 묶은 뒤 신행법 주문을 외우며 위를 향하여 입으로 기를 뿜으니 두 사람은 서서히 달리기 시작했다. 때론 빨리 달렸고 때론 천천히 걸으며 대종의 뒤를 따라갔다. 두 사람이 도중에 강호의 일을 이야기하며 천천히 갔지만 얼마나 걸었는지 알 수 없었다.

두 사람이 사시 무렵까지 걸었을 때 앞에 사방이 높은 산으로 둘러싸여 있고 중간에 큰길 하나가 있는 곳에 이르렀다.

양림이 어딘지 알아보고 대종에게 말했다.

"형님, 여기는 음마천飮馬川6이라는 곳입니다. 저기 앞에 있는 높은 산 안에 항상 도적 떼가 있었는데 지금은 어떻게 되었는지 모르겠습니다. 산세가 수려하고 시냇물이 구불구불 봉우리를 타고 흘러 내려오므로 음마천이라고 부르게 되었습니다."

두 사람이 산기슭에 도착했을 때 갑자기 징 소리와 북소리가 어지럽게 들리더니 산적 100~200명이 뛰어나와 길을 막았다. 선두에 선 두 사내가 각자 박도 한 자루씩 들고 고함을 질렀다.

"지나가는 행인은 발을 멈추어라! 너희 두 놈은 뭣하는 놈들이냐?

6_ 음마천飮馬川: 『수호전』에 나오는 지명. 하북 계주(지금의 톈진 지현薊縣) 일대다. 산세가 수려하고 물길과 산봉우리가 구불구불 얽혀 음마천이라고 불렀다.

어디를 가는 것이냐? 눈치껏 빨리 통행세를 낸다면 목숨은 살려주마!"

양림이 웃으며 말했다.

"형님, 제가 저런 병신 멍청이들을 어떻게 처치하는지 구경하시오."

필관창을 잡고 도적들에게 달려들었다. 두 사내는 양림이 무서운 기세로 가까이 달려오는 것을 보고 맨 앞에 선 사내가 소리를 질렀다.

"모두 멈추어라! 거기 혹시 양림 형님 아니시오?"

양림이 멈추어 바라보고 누군지 겨우 알아보았다. 선두에 나선 사내가 무기를 들고 앞에 나서서 절을 했고 뒤에 서 있던 사내들을 불러 모두 인사하도록 했다.

양림이 대종을 청하며 말했다.

"형님, 이리 오셔서 이 두 형제와 인사 나누십시오."

"이 두 장사는 누구인가? 동생과는 어떤 사이인가?"

"이들은 제가 알던 사람으로 원래 개천군蓋天軍 양양부襄陽府 사람인데 이름은 등비鄧飛입니다. 저 사람은 눈동자가 붉은색이라 강호에서는 '화안산예火眼狻猊'7라 부릅니다. 쇠사슬을 잘 사용하여 사람들이 가까이 갈 수가 없습니다. 한때는 오래 같이 일했는데 5년 전에 헤어져 그동안 만나지 못하다가 오늘 여기에서 만날 줄은 몰랐습니다."

등비가 물었다.

7_ 산예狻猊: 전설에 용이 낳은 아홉 자식 중 하나라고 한다. 모습은 사자처럼 생겼고 연기를 좋아하므로 향로 장식으로 많이 사용되었다.

"양림 형님, 저 형님은 누구입니까? 보통 사람은 아닌 것 같은데요."

"여기 이분은 양산박 호걸 중 신행태보 대종 형님이시다."

"혹시 하루에 800리를 갈 수 있다는 강주의 대 원장 아니십니까?"

대종이 웃으며 대답했다.

"제가 그 사람입니다."

두 두령이 황급하게 엎드려 절하며 말했다.

"평상시에 크신 이름을 듣기만 하다가 오늘 이렇게 만나 절하게 될 줄은 몰랐습니다."

대종이 서둘러 물었다.

"여기 이분은 성함이 어떻게 되십니까?"

"이 사람은 제 형제로 맹강孟康이라고 합니다. 진정주眞定州 사람으로 크고 작은 배를 잘 만듭니다. 원래 화석강을 운반하려고 큰 배를 만들었어야 했는데 제조관이 화를 내며 재촉하고 질책하자 일시의 분을 참지 못하고 죽여버렸습니다. 이내 도망가 강호에서 산적질하며 생활한 지는 이미 오래되었습니다. 이 사람은 키가 크며 살결도 깨끗하고 몸이 잘 빠져 사람들이 '옥번간玉幡竿'8이라고 합니다."

대종이 듣고 크게 기뻐했다.

네 사내가 서로 이야기하는데 양림이 물었다.

8_ 옥번간玉幡竿: 번은 발인할 때 상부가 들고 나가는 좁고 긴 조기弔旗다. 허우대가 멀쩡한 사람을 비유하여 옥으로 만든 조기를 거는 장대로 표현했다.

"두 형제는 언제부터 여기서 모였는가?"

등비가 대답했다.

"솔직히 말씀드리면 이미 1년이 조금 넘었습니다. 다만 반년 전에 서쪽에서 배선裴宣이라는 형님을 우연히 만났는데 경조부京兆府 사람입니다. 원래 본부 육안공목六案孔目9 출신으로 법률 공문서를 잘 다룹니다. 사람됨이 충직하고 총명하며 조금도 적당히 얼버무리지 않는지라 사람들은 '철면공목鐵面孔目'이라 부릅니다. 또한 창봉도 잘 다루고 도검에도 조예가 있어 문무를 겸비했습니다. 조정에서 탐욕스런 지부를 임명하여 트집을 잡아 자자하고 사문도로 유배를 보냈는데 마침 여기를 지나게 되었습니다. 우리가 호송 공인을 죽이고 구하여 여기에 안착하면서 무리 200~300명이 모였습니다. 배선이란 형님은 특히 쌍검을 매우 잘 사용하며 나이도 많아 산채의 두령으로 삼았습니다. 두 분 의사께서 번거롭지 않으시다면 잠시라도 함께 산채로 가시지요."

바로 졸개에게 말을 가져오게 하자, 대종과 양림은 갑마를 풀고 말에 올라 산채로 올라갔다. 잠시 후 산채 앞에 이르러 말에서 내렸다. 배선이 미리 연락을 받아 산채 밖으로 나와 계단을 내려와 영접했다. 대종과 양림이 보니 과연 뛰어난 인물이었다. 얼굴은 하얗고 살이 통통했으며 사람됨이 사리에 맞고 온당하여 속으로 좋아했다. 배선은 즉시

9_ 육안공목六案孔目: 옛날 중국 주, 현 관아에서 이·호·예·병·형·공 6방의 일을 맡은 서리. 이 일을 하는 자를 모두 육안공목이라고 한다.

두 의사를 취의청에 모시고 예의를 갖추었다. 대종이 정면에 앉았고 다음으로 양림, 배선, 등비, 맹강 순으로 손님과 주인 다섯 사내가 자리를 잡고 앉았다. 이날 신나게 풍악을 울리며 술을 마셨다.

대종이 연회에서 조개와 송강 두 사람이 어떻게 현명한 사람을 모으고, 의를 중시하며 재물을 아끼지 않고, 두령들과 어떻게 한마음으로 협력하며, 양산박 800리가 얼마나 광활하고, 그 안의 완자성은 얼마나 웅장하며, 사방은 망망한 안개가 어떻게 피어오르고, 군마가 얼마나 많으며, 관군이 쳐들어오는 것을 걱정하지 않는다고 세 사람에게 절절한 말로 설득했다. 배선이 대답했다.

"저도 여기 산채가 있고 말도 한 300필 되며 재산 또한 수레로 10량이 넘게 있고 양식과 양초는 헤아릴 수 없으며 아이들도 300~500명이 있습니다. 만일 형장께서 미천하다고 버리지 않고 대채에 들어가도록 추천해주신다면 작은 힘이나마 바치고자 합니다. 형장의 뜻은 어떠신지 모르겠습니다."

대종이 크게 기뻐하며 대답했다.

"조개, 송강 두 두령은 사람을 대하고 교제할 때 결코 다른 마음을 갖지 않습니다. 여러분의 도움을 얻게 된다면 금상첨화입니다. 만일 그리 생각하신다면 빨리 짐을 챙기십시오. 소생과 양림이 계주로 가서 공손 선생과 함께 올 테니 그때 함께 관군으로 변장하여 밤낮 가리지 않고 달려갑시다."

사람들은 크게 기뻐하며 한참 흥겹게 술을 마셨고 뒷산 단금정으로 자리를 옮겨 음마천 풍경을 감상하며 술을 마셨다. 대종이 보고 갈채

하며 말했다.

"산수가 아름답게 어울려 정말 수려하기 그지없구나. 두 분은 어떻게 여기까지 왔습니까?"

등비가 말했다.

"원래 별 볼일 없는 잡놈들이 여기에 머물고 있었는데 우리 둘에게 빼앗겼습니다."

모두 듣고 웃었다. 다섯 사내는 실컷 마시고 취하자 배선이 일어나 검무를 추며 흥을 돋우었고, 대종이 보고 입에서 칭찬을 멈추지 않았다. 밤에 산채에서 하루를 쉬었다. 다음 날 대종이 양림과 하산하려고 하니, 세 사내가 있는 힘껏 말렸으나 말리지 못하고 산 아래까지 따라 내려와 작별했다. 그들은 산채로 돌아가 짐을 싸고 옮겨갈 준비를 했다.

대종과 양림은 음마천 산채를 떠나 낮에는 길을 재촉했고 밤에는 쉬며 일찌감치 계주 성 밖에 도착하여 객점에 투숙했다. 양림이 물었다.

"형님, 제 생각에 공손 선생은 도를 배우는 사람이니 반드시 산림 속에 머물지 성안에는 머물 것 같지 않은데요."

"자네 말이 일리가 있네."

두 사람은 성 밖으로 나가 여기저기 공손 선생의 거처를 탐문하고 다녔으나 아무도 아는 사람이 없었다. 하루가 지나 아침 일찍 일어나 원근의 마을과 거리를 돌아다니며 찾았는데 역시 아무도 아는 사람이 없었다. 두 사람은 다시 객점으로 돌아와 쉬었다. 셋째 날 대종이 말했다.

"혹시 성안에 아는 사람이 있을 것도 같은데!"

이날 대종은 양림과 함께 계주 성안으로 들어가 찾으러 돌아다니다가 나이가 들고 명망도 있는 사람에게 물었으나 모두 잘 알지 못했다.

"모르겠는데. 아마 성안의 사람이 아니고 바깥 현의 명산이나 큰 사찰에 거주하지 않겠소?"

양림이 널찍한 대로를 걷다가 멀리서 온통 북소리가 진동하고 요란하게 주악을 울리며 어떤 사람을 환영하는 것이 보였다. 대종과 양림이 길옆에 서서 바라보니 앞에 옥졸 한 명은 많은 예물 화홍을 등에 지고 다른 한 명은 약간의 비단과 채색 견직물을 들고 있었다. 뒤쪽 옥졸은 청라산靑羅傘10을 들고 회자수劊子首11에게 햇빛을 가려주고 있었다. 그 사람은 생김새가 뛰어나 온몸에는 푸른 문신을 했고 두 눈썹은 거의 귀밑머리에 닿았으며 두 눈은 봉황의 눈처럼 하늘로 치켜올려져 있고 얼굴색은 누리끼리하여 얇은 수염이 몇 가닥 있었다. 이 사람은 하남河南 출신으로 양웅楊雄이라고 하는데 계주 지부로 부임하는 사촌형을 따라와 계속 이곳에서 유랑했다. 나중에 신임 지부가 그를 알아보고 양원 옥졸로 삼았으며 시내 중심에서 사형을 집행하는 회자수를 겸했다. 뛰어난 무예 실력이 있었으나 얼굴색이 약간 누리끼리하여 사람들은 그를 병관삭病關索12 양웅이라고 불렀다. 양웅은 무리 중간에 서 있었는데 뒤에 있는 옥졸은 귀두파법도鬼頭靶法刀13를 들고 있었다. 원래 시내

10_ 청라산靑羅傘: 청색 비단으로 만든 양산.
11_ 회자수劊子首: 망나니, 사형 집행을 맡아보던 천역賤役.
12_ 관삭關索:『삼국지통속연의』에 나오는 관우의 셋째 아들이라고 한다. 실제 역사 기록으로 남아 있지는 않다. 일설에 병病자는 항주 사투리로 새賽자와 같다고 함. 관삭보다 뛰어나다는 의미다.

중심가에서 사형을 집행하고 돌아오는데 아는 사람들이 그에게 화홍을 걸어주고 집으로 배웅하다가 길을 막고 서서 술을 들고 건배를 하고 있었다. 그때 마침 대종과 양림이 다가가고 있었다.

한편 옆 샛길에서 군졸 7~8명이 갑자기 튀어나왔다. 그중 우두머리는 '척살양踢殺羊' 장보張保14라는 사내였는데 계주에서 성을 지키는 군인이었다. 그는 군졸을 거느리고 성 안팎에서 돈을 뜯어내 쓰는 파락호로 관아에서 몇 번이나 손을 썼지만 도저히 버릇을 고칠 수 없었다. 양웅은 외부에서 계주로 들어온 사람인데도 아무것도 겁내지 않았고 오히려 사람들이 두려워하자, 그것이 고까웠다. 이날 많은 비단을 상으로 받은 것을 보고 무뢰한 몇 명을 이끌고 반쯤 취한 김에 서둘러 쫓아와 시비를 걸려고 했다. 사람들과 함께 모여 길을 막고 술 마시는 것을 보고 장보가 틈을 비집고 들어가 소리를 질렀다.

"절급님, 잘 지내셨소!"

"형님, 와서 술 한잔 하시지요."

"술은 필요 없고 특별히 돈이나 있으면 한 100냥만 빌려주시오."

"내가 형씨를 알긴 하지만 돈을 주고받을 만큼 친한 사이가 아닌데 빌려달라는 건 심하지 않소?"

13_ 귀두파법도鬼頭靶法刀: 자루에 귀신의 머리가 새겨진 칼. 처형을 집행할 때 사용한다.
14_ 김성탄 왈: 양지는 소(우이牛二) 때문에 곤란해지고, 양웅은 양(척살양) 때문에 곤경에 처하니 모두 필연적인 일은 아니지만 물 한 바가지로 물결을 일으키려는 수법일 따름이다.

"네가 오늘 사람들에게 사기를 쳐서 많은 재물을 얻어놓고 어째서 못 빌려준단 말이냐?"

"이것은 사람들이 내게 잘했다고 준 것인데 어째서 백성들에게 사기를 쳤다고 하느냐? 너는 군인이고 나는 옥졸이라 서로 아무런 상관도 없는데 네가 지금 여기서 행패를 부리려 하느냐!"

장보가 대답하지 않고 우르르 몰려와 화홍과 비단을 모두 빼앗았다. 양웅이 소리쳤다.

"너 이놈들 뭐하는 짓이냐!"

앞으로 달려가 물건을 빼앗는 놈을 치려고 하는데, 장보가 가슴을 붙들었고 뒤에서 두 놈이 손을 잡아당겼다. 몇 놈이 주먹을 휘두르자 옥졸들이 각자 몸을 피했다. 양웅은 장보와 두 군졸에게 붙잡혀 꼼짝할 수 없게 되어 풀려고 했으나 그리되지 않아 참을 수밖에 없었다.

이런 소란이 벌어지고 있는데 한 사내가 장작을 한 단 짊어지고 오다가 여러 사람이 양웅을 꼼짝 못하게 붙잡고 있는 것을 보았다. 사내는 양웅이 당하는 것을 보고 장작을 내려놓더니 사람들 사이를 뚫고 들어와 말리며 말했다.

"너희는 어째서 절급을 폭행하고 있느냐?"

장보가 눈을 크게 뜨고 고함을 버럭 질렀다.

"너 이런 척장을 맞고도 굶어 뒈지지 않고 얼어 죽지도 않을 거지새끼가 감히 어딜 끼어드니!"

사내가 화가 머리끝까지 나서 장보의 얼굴을 한 방 갈기니 땅바닥에 쓰러졌다. 파락호들이 보고 달려들다가 사내에게 한 방씩 얻어터지고 모두 여기저기 자빠져 나뒹굴었다. 양웅도 간신히 빠져나와 실력을 발휘해 두 주먹을 베틀 북처럼 휘둘러대니, 파락호들이 모두 얻어맞고 땅에 쓰러지고 말았다. 장보가 형세가 불리한 것을 알고 기어 일어나 줄행랑을 쳤다. 양웅이 몹시 화가 나 재빠르게 쫓아갔다. 장보는 보따리를 빼앗아 도망가는 놈을 쫓아갔고, 양웅은 뒤에서 같은 골목 안으로 쫓아 들어갔다. 사내도 길에서 파락호들을 붙들고 두들겨 패고 있었다.

대종과 양림이 보고 속으로 감탄하며 말했다.

"대단한 사람이군. 길을 지나가다가 억울하게 당하는 사람을 보고 지나치지 않고 도와주다니!"

가까이 다가가 말리며 말했다.

"여보시오, 호걸님. 우리 얼굴을 보고 이제 그만하시오."

두 사람은 그를 부축하여 골목 안으로 들어갔다. 양림은 그 대신 장작을 짊어졌고, 대종은 사내를 끌고 주점 안으로 들어갔다. 양림이 장작을 내려놓고 함께 작은 방 안으로 들어갔다. 사내가 두 손을 맞잡고 인사를 나누며 말했다.

"두 분 형장께서 저를 말려주셔서 감사합니다."

"우리 형제는 외지인인데 장사의 의기에 감탄했습니다. 다만 주먹이란 것을 과하게 사용했다가 잘못해서 인명을 상하게 할 수 있습니다. 그래서 일부러 참견한 것이니 장사께서 여기에 앉으셔서 같이 술 몇 잔 드시고 이야기라도 나누시지요."

"두 분께서 소인을 말려주신 것도 고마운데 술까지 얻어먹는 것은 정말 부당한 처사입니다."

양림이 거들며 말했다.

"사해 안의 사람들이 모두 친구라고 하지 않습니까? 그런 말씀 마시고 자리에 앉으십시오."

대종이 상좌를 양보했으나 사내가 어찌 감히 앉겠는가? 대종과 양림이 앉고 사내는 맞은편에 앉았다. 주보를 불러 양림이 은자 한 냥을 꺼내주면서 말했다.

"아무것도 묻지 말고 먹을 만한 것이 있으면 사서 가져오고 모두 한꺼번에 계산하여라."

주보가 은자를 받고 나가 음식과 과일, 안주 등을 가지고 탁자에 펼쳐놓았다.

세 사람이 여러 잔을 마시다가 대종이 물었다.

"장사의 고명이 어떻게 되십니까? 어디 사람입니까?"

"소인은 석수石秀라고 하는데 고향은 금릉金陵 건강부建康府15로 어려서부터 창봉을 배웠습니다. 평생 동안 고집이 세서 남들이 억울한 일을 당하는 것을 보면 참지 못하고 도와주어야 직성이 풀리므로 사람들이 저를 '평명삼랑拼命三郞'16이라 부릅니다. 숙부를 따라다니며 양과 말을 팔다가 숙부께서 급사하셔서 본전을 다 까먹었습니다. 고향으로 돌아가지 못하고 계주를 떠돌아다니며 장작을 팔아 간신히 먹고살고 있습

15_ 금릉과 건강 모두 현재 장쑤성江蘇省 난징南京의 옛 이름이다.
16_ 평명삼랑拼命三郞: 석수의 별명이다. 싸움에 용감하여 목숨을 아끼지 않거나 일어나 전력을 다하는 사람을 이른다.

니다. 이미 서로 알게 되었으니 솔직하게 말씀드리는 겁니다."

대종이 말했다.

"저희 둘은 여기에 볼일이 있어 왔습니다. 장사 같은 호걸이 여기저기 떠돌아다니며 장작을 팔면서 어떻게 출세를 하겠습니까? 차라리 몸을 세우고 강호로 나가 여생이나마 즐겁게 사는 것도 좋지 않겠습니까."

"제가 창봉 빼고는 아무것도 할 줄 아는 것이 없는데 어떻게 출세해서 즐겁게 살겠습니까?"

대종이 말했다.

"지금 세상에 누가 진짜를 알아보겠습니까! 조정은 간신들로 막혀 있고 간신들은 현명하지 못합니다. 저처럼 별 볼일 없는 사람도 단번에 양산박에 달려가 송 공명과 함께 입산하여 지금은 저울로 금은을 달아 나누고 옷을 바꿔 입고 있습니다. 지금 조정의 귀순 권유를 기다리고 있습니다만 그렇게만 된다면 벼슬에 오르지 못할 것도 없겠지요."

석수가 탄식하며 말했다.

"소인도 가입하고 싶지만 연줄이 없어 들어갈 수가 없습니다."

"만일 장사께서 가시겠다면 제가 당연히 추천해드리겠습니다."

"제가 감히 두 분의 성함을 물어봐도 되겠습니까?"

"저는 대종이라 하고 여기 제 형제는 양림이라고 합니다."

"강호에서 강주 신행태보라고 하는 말을 들었는데 혹시 당신이 바로 그 사람입니까?"

"제가 그 사람입니다."

곧 보따리 안에서 10냥을 꺼내주어 비용으로 삼도록 했다.

석수가 감히 받지 못하고 여러 차례 사양하다가 결국 받고 그가 정말 양산박 신행태보라는 것을 알았다. 막 마음속의 말을 털어놓고 가입을 부탁하려고 할 때 밖에서 사람을 찾는 소리가 들려왔다. 세 사람이 바라보니 양웅이 공인 20여 명을 데리고 주점 안으로 달려들어 왔다. 대종과 양림은 공인들을 보고 놀라 소란한 틈을 타서 밖으로 나가 피했다. 석수가 일어나 양웅을 맞이하며 말했다.

"절급께서는 어디서 오셨습니까?"

양웅이 말했다.

"형님, 아무리 찾아도 안 계시더니 여기서 술을 들고 계셨군요. 제가 그놈에게 손을 잡혀 꼼짝 못하다가 귀하에게 큰 도움을 받았습니다. 순간적으로 그놈만 쫓아가 보따리를 빼앗느라 귀하를 내버려두고 말았습니다. 여기 형제들이 제가 싸운다는 말을 듣고 도우러 몰려와 빼앗긴 홍화와 비단을 찾아왔으나 귀하를 찾을 수가 없었습니다. 방금 어떤 사람이 '두 길손이 주점으로 데리고 들어가 술을 마신다'고 하더군요. 그래서 알고 특별히 찾아왔습니다."

"방금 타지에서 온 길손 두 분이 저를 초청하여 술을 석 잔 마시며 이런저런 이야기를 하느라 절급께서 찾는지 몰랐습니다."

양웅이 크게 기뻐하며 물었다.

"귀하는 성명이 어떻게 되십니까? 고향은 어디십니까? 어쩌다 여기에 계시게 되었습니까?"

"저는 석수라고 하는데 금릉 건강부 사람입니다. 평생 고집이 세서 남들이 억울한 일을 당하는 것을 보면 참지 못하고 목숨을 걸고 도와주므로 사람들이 저를 '평명삼랑'이라고 부릅니다. 숙부를 따라 여기까지 와 양과 말을 팔다가 숙부께서 갑자기 작고하셔서 본전을 다 까먹었습니다. 계주를 떠돌아다니며 장작을 팔아 간신히 먹고살고 있습니다."

양웅이 주변을 두리번거리며 말했다.

"방금 귀하와 함께 술을 마시던 손님들은 어디로 가셨습니까?"

"두 사람은 절급이 사람들을 데리고 들어오는 것을 보고 몹시 소란스럽다고 하더니 나가버렸습니다."

양웅이 같이 온 사람들을 돌아보며 말했다.

"이미 이렇게 되었으니 주보를 불러 술 두 단지를 시켜 큰 잔에 다 같이 석 잔씩 마시고 헤어진 뒤 내일 다시 봅시다."

사람들은 술을 얻어 마시고 각자 돌아갔다. 양웅이 남아 석수에게 말했다.

"석가 삼랑께서는 너무 섭섭하게 생각하지 마십시오. 아마 여기에 아무런 친척도 없는 것 같으니 오늘 저와 결의형제를 맺는 것이 어떻겠습니까?"

석수가 그 말을 듣고 기뻐하며 말했다.

"실례지만 절급은 올해 연세가 어떻게 되십니까?"

"제가 올해 29세입니다."

"저는 올해 28세입니다. 절급께서 자리에 앉으시면 절하고 형님으로 모시겠습니다."

석수가 사배를 하자 양웅은 크게 기뻐하며 주보를 불러 말했다.

"마실 술과 과일을 준비하여 가져오너라. 내가 오늘 동생과 취하도록 마셔야겠다."

막 술을 마시려고 할 때 양웅의 장인 반공潘公이 5~7명을 데리고 들어오더니 주점 안을 뒤졌다. 양웅이 보고 일어서서 말했다.

"장인어른이 어쩐 일이십니까?"

"자네가 어떤 사람과 싸운다기에 찾아왔네."

"고맙게도 이 동생이 저를 구해줘, 장보 놈이 그림자만 봐도 무서워할 정도로 때려주었습니다. 그래서 제가 석가 형제와 의형제가 되기로 했습니다."

"잘했네, 잘했어! 여기 있는 형제들에게 술이라도 먹이고 돌려보내게."

양웅이 주보를 불러 술을 가져오도록 하여 사람들마다 석 잔씩 먹여 돌려보냈다. 반공을 가운데에 앉히고 양웅이 맞은편 상석에 앉았고 석수가 말석에 앉았다. 세 사람이 같이 앉자 주보가 술자리에 찾아와 술을 따랐다. 반공은 석수가 영웅의 풍모에 덩치도 장대함을 보고 속으로 기뻐하며 말했다.

"내 사위와 형제가 되어 서로 돕는다면 아주 잘된 일일세. 관아를 출입하더라도 누가 감히 괴롭히겠는가! 삼촌께서는 원래 무슨 사업을 하셨는가?"

"저희 아버지께서는 짐승 잡는 백정을 하셨습니다."

"삼촌도 짐승을 죽이는 일을 했는가?"

석수가 웃으며 말했다.

"어려서부터 백정 집에서 먹고 자랐는데 어떻게 짐승 잡는 일을 모르겠습니까?"

"나도 원래 백정 출신인데 나이가 많아 할 수가 없다네. 또 이 사위가 관아에서 일을 시작한 뒤로 이 업종으로 먹고사는 것은 포기했다네."

세 사람이 술을 흥겹게 마셨고 술값을 계산했으며, 석수는 장작을 돈으로 바꾸었다.

세 사람이 함께 집으로 돌아오자 양웅이 문 안으로 들어서며 말했다.

"여보, 빨리 나와 이 삼촌에게 인사하게."

부인이 주렴을 걷지도 않고 대답했다.

"여보, 당신에게 무슨 삼촌이 있어요?"

"당신은 아무것도 묻지 말고 먼저 나와 인사부터 해."

주렴을 걷고 부인 한 사람이 걸어나왔다. 원래 부인은 7월 7일생이라서 아명을 교운巧雲이라고 불렀다. 처음에 계주 사는 왕 압사王押司라는 서리에게 시집갔으나 2년 전에 죽고 얼마 후 양웅에게 재가하여 서로 부부가 된 지 1년이 안 되었다. 석수는 부인이 나오는 것을 보고 황망하게 앞으로 나가 인사하며 말했다.

"형수님, 앉으십시오."

석수가 절을 하자 부인이 말했다.

"제가 나이도 어린데 어떻게 감히 이런 예를 받겠습니까!"

"이 사람은 내가 오늘 새로 결의를 맺은 형제이니 당신이 형수가 되므로 반절로 답례하게."

석수가 그 자리에서 무릎 꿇고 사배를 했고, 부인은 이배로 답례를 했다. 안으로 청하여 앉고 방 한 칸을 비워 삼촌에게 머물도록 했다. 다음 날 양웅이 관아로 나가면서 집 안에 분부했다.
　"석수가 입을 옷과 두건을 준비하여라."
　객점 안에 짐이 약간 있었는데 모두 양웅의 집으로 옮겼다.
　한편 대종과 양림은 주점 안에서 공인들이 석수를 찾아온 것을 보고 혼란스러운 틈을 타 빠져나와 성 밖 객점에서 쉬었다. 다음 날 다시 공손승을 찾아다녔다. 이틀 동안 아는 사람을 하나도 찾지 못했고 거처 또한 도저히 알 수가 없자 두 사람이 함께 상의하여 돌아가기로 했다. 짐을 챙기고 계주를 출발하여 음마천으로 갔다. 배선, 등비, 맹강 일행과 함께 관군으로 변장하여 밤낮으로 양산박을 향해 갔다. 대종의 공로로 많은 인마를 한꺼번에 입산시키게 되자 산 위에서 축하 연회를 벌였다.

　한편 양웅의 장인 반공은 석수와 상의하여 도살장을 다시 열기로 하고 석수에게 말했다.
　"우리 집 뒷문은 한쪽이 막힌 골목이라네. 뒤쪽에 빈방이 한 칸 있는데 거기에 우물이 있어 편리하니 작업실을 만들 수 있고, 안에 있는 방에 삼촌이 머문다면 보살피기도 좋지 않겠는가."
　석수가 보고 아주 편리하여 기뻐했다. 반공은 다시 이전부터 잘 알던 조수를 데리고 와서 말했다.
　"삼촌은 장부만 맡아주게."

석수가 허락하고 조수를 불러 변색된 작업대, 대야, 도마를 닦고 많은 칼과 도구를 모두 갈았으며 고기를 진열하는 탁자를 정돈했다. 작업실과 돼지우리를 하나로 합쳤으며 살찐 돼지 10여 마리를 몰아넣고 길일을 택하여 푸줏간을 열었다. 이웃과 친지들이 모두 몰려와 붉은 비단을 내걸고 축하하며 이틀 동안 술을 마시고 축하연을 열었다. 양웅 일가는 석수가 가게를 열게 되자 모두 기뻐했고 다른 말이 없어졌다. 반공과 석수가 장사를 시작한 이래로 어느새 시간이 번개같이 흘러 다시 두 달여가 지났다. 때는 가을이 거의 지나고 겨울이 다가왔으며 석수는 안팎으로 몸에 걸친 옷을 새것으로 갈아입었다.

　석수가 하루는 오경에 일어나 현에 나가 돼지를 사고 3일 만에 집으로 돌아오니 가게가 아직도 열려 있지 않았다. 집 안에 들어가 보니 정육점 도마가 모두 치워져 있었고 연장들도 모두 감추어놓아 보이지 않았다. 석수는 섬세한 사람이라 속으로 짐작하고 혼자 중얼거렸다.

　'격언에 '사람은 3년을 한결같을 수 없고 아무리 아름다운 꽃도 백일 가기 어렵다'더니. 형님이 밖에서 관아 일 보며 집안일을 관리하지 않으니, 형수가 내가 새 옷을 입은 것을 보고 뒷말을 했나보네. 내가 이틀 동안 돌아오지 않은 사이에 분명 누군가가 말도 안 되는 소리를 지껄이자 의심이 생겨 장사를 때려치우려 했나보네. 그들이 뭐라고 말하기 전에 내가 먼저 작별하고 고향으로 돌아가면 그만이지. 자고로 '마음이 한결같은 사람을 어디서 찾겠는가?'라고 하더니만.'

　석수가 돼지를 우리에 가두고 방 안에 들어가 옷을 갈아입고 짐을 싸며 뒷부분부터 장부를 세세하게 결산했다. 반공이 이미 간단하게 술과 음식을 준비하여 석수를 불러 자리에 앉아 술을 마시도록 했다.

반공이 말했다.

"삼촌, 먼 곳까지 가서 돼지를 몰아오느라 정말 수고했네."

"어르신, 당연히 해야 할 일이었습니다. 여기 명백하게 장부를 정리했습니다. 만일 조금이라도 사심이 있었다면 하늘과 땅이 용서하지 않을 것입니다."

"삼촌, 아무 이유 없이 갑자기 그런 소리를 하는가?"

"소인이 고향을 떠난 지 이미 5~7년이 지나 오늘 고향에 한번 다녀오려고 특별히 장부를 돌려드립니다. 오늘 밤에 형님에게 인사하고 내일 아침에 바로 떠나겠습니다."

반공이 듣고 크게 웃다가 말했다.

"삼촌 잘못 알았네! 자네 잠시 멈추고 내 말 좀 들어보게."

제 4 4 회

절세미녀 반교운[1]

석수가 돌아와 정육점의 물건을 모두 치운 것을 보고 그만두고 떠나려고 했다. 반공이 말했다.

"삼촌, 잠깐 멈추게! 내가 삼촌이 무슨 생각을 하는지 알겠네. 삼촌이 이틀 동안 돌아오지 못했다가 오늘 돌아왔는데 도구와 물건을 모두 치워버린 것을 보고 당연히 속으로 가게를 닫으려는 것으로 생각해 떠나려고 하는 것 아닌가? 설마 이렇게 잘되는 장사를 때려치우고 삼촌을 집에서 쉬라고 할 리 있겠는가. 내가 솔직하게 말해주지. 내 딸이 그

---

[1]_ 44장 양웅이 술에 취해 반교운에게 욕을 하다楊雄醉罵潘巧雲. 석수가 지혜를 발휘해 배여해를 살해하다石秀智殺裵如海.

전에 시집을 갔는데 신랑인 계주부 왕 압사가 불행하게 일찍 죽었고 올해가 2주기라 중을 불러 망령을 추도하려고 이틀간 장사를 멈춘 걸세. 내일 보은사報恩寺 중이 와 망령을 제도할 텐데 삼촌이 접대를 해주었으면 좋겠네. 내가 나이도 많아 밤을 샐 수가 없어서 삼촌에게 부탁하는 것이라네."

"어르신께서 그렇게 말씀하시니 제가 다시 인내심을 가지고 좀더 지내보겠습니다."

"삼촌, 이제부터 오해하지 말고 예전처럼 지내게."

그날 석수는 술과 음식을 먹고 다시는 그런 말을 꺼내지 않았다.

다음 날 아침에 과연 도인이 제사용품을 짊어지고 와서 제단을 설치하고 불상, 제기, 북, 자바라, 종, 동종, 향, 꽃, 등롱과 초를 차려놓았고, 주방에서는 불공 음식을 준비했다. 양웅이 밖에서 집으로 돌아와 석수에게 분부했다.

"동생, 내가 오늘 밤에 감옥에서 당직을 서야 하므로 올 수 없으니 모든 일을 자네가 좀 도와주도록 하게나."

"형님은 걱정 말고 가십시오. 당연히 제가 형님 대신 처리하겠습니다."

양웅이 집을 나서자 석수가 문 앞에 서서 배웅했다. 이때 막 날이 밝아왔는데 나이 어린 중이 주렴을 걷고 들어와 석수에게 합장하고 허리를 절반 이상 숙여 인사를 했다. 석수가 답례하며 말했다.

"스님, 잠시만 기다리십시오."

그 중 뒤에는 한 도인이 상자 두 개를 지고 따라 들어왔다. 석수가 안에 대고 소리를 질렀다.

"어르신, 여기에 스님이 찾아왔습니다."

반공이 듣고 안에서 나오니 중이 말했다.

"의부義父, 어째서 한동안 절에 오지 않으셨습니까?"

"가게를 여느라 갈 시간이 없었습니다."

"압사님의 제삿날인데 아무것도 드릴 것이 없네요. 말린 국수 조금하고 대추 몇 포 가져왔습니다."

"아이고, 그러시면 안 되는데 쓸데없이 스님에게 돈만 낭비하게 했습니다!"

석수를 돌아보며 말했다.

"삼촌, 받아놓게."

석수가 들고 안으로 들어갔다가 말차를 타서 가지고 나와 문 앞에서 중에게 먹였다.

한편 부인이 감히 정중하게 참최斬衰2를 입지 않고 가볍게 화장을 하고 이층에서 내려와 물었다.

"삼촌, 누가 물건을 가지고 왔습니까?"

"어르신께 '의부'라고 부르는 중이 가지고 왔습니다."

부인이 석수의 말을 듣고 웃으며 말했다.

2_ 참최斬衰: 고대의 다섯 가지 상복 중 가장 정중한 상복. 예를 들면 부친상을 당한 자녀나 아버지가 없는 손자가 조부상을 당했을 때 입는 옷이다.

"해사려海闍黎 배여해裝如海 사형師兄이 오셨군요. 좋은 스님이세요. 자수 실을 파는 배씨 아들인데 보은사로 출가했어요. 우리가 그 스님이 있는 절의 시주라 우리 아버지를 양아버지로 모셨고 나이가 나보다 두 살 많아서 사형이라고 불러요. 그의 법명은 해공海公이에요. 삼촌, 밤에 염불하는 소리 한번 들어보세요. 목소리가 얼마나 듣기 좋은지 몰라요!"

"아, 원래 그런 사이였군요!"

속으로 이미 1푼쯤 눈치를 챘다. 부인은 바로 아래층으로 내려와 중을 만났다. 석수는 뒷짐을 지고 뒤따라와 장막 뒤에서 살짝 엿보았다.

부인이 나오는 것을 보고 중이 일어나 다가오더니 합장하고 허리를 깊게 구부리며 인사를 했고, 부인이 입을 열었다.

"사형은 어째서 이렇게 쓸데없는 곳에 돈을 낭비하세요?"

"누이, 뭐 입에 담을 것도 없는 사소한 물건 가지고 그러십니까?"

"사형, 무슨 그런 말씀을 하세요. 출가한 스님의 물건을 어떻게 함부로 받아요?"

"그러시다면 누이가 저희 절에 새로 지은 수륙당水陸堂3에 와서 불공을 드리면 좋을 텐데, 절급께서 어떻게 생각하실지 모르겠습니다."

"아마 지아비는 별로 신경 쓰지 않을 것입니다. 제 어머니가 돌아가

3_ 수륙당水陸堂: 불교에서 소식素食을 준비해 물과 땅에서 죽은 자를 제도濟度하는 것을 수륙재水陸齋라 함. 수륙당은 수륙재, 수륙도량水陸道場을 거행할 때 사용하는 가옥.

실 때 '혈분경血盆經'4을 염송해주기를 소원했으므로 조만간 절에 한번 가서 귀찮게 하고 돌아와야겠습니다."

"이것은 한집안 일인데 어째서 그리 섭섭하게 말씀하십니까? 분부만 하시면 제가 바로 거행하겠습니다."

"사형께서는 한 번만이라도 더 우리 엄마를 위해 염송해주시면 됩니다."

계집종이 차를 내왔다. 부인이 차를 들고 소매로 찻잔 주변을 잘 닦은 다음 두 손으로 중에게 건네주었다. 중이 손을 잡고 찻잔을 받으며 갈구하는 눈빛으로 부인의 눈을 뚫어지게 바라보았고, 부인도 두 눈을 가늘게 뜨고 미소지으며 중의 눈길을 전혀 피하지 않았다.

자고로 연놈이 음탕한 욕망으로 눈이 맞으면 간덩이가 붓는다고 하는데 석수가 휘장 밖에서 쳐다보는 것을 눈치채지 못했고, 석수는 2푼쯤 짐작하며 말했다.

"정직하다고 떠들어대는 사람은 속마음이 불량하므로 곧이곧대로 믿지 말고 방비하라'고 하더니. 저 여편네가 볼 때마다 항상 내게 음담 패설을 해대도 친형수처럼 대했더니 원래 정숙한 여자가 아니었군. 내 손에 걸려든 이상 감히 양웅 대신 나서지 못할 것이라고 장담 못하겠

4_ 혈분경血盆經: 이것은 바로 『목련정교혈분경目連正教血盆經』이다. 전설에 따르면 여자들이 생전에 애를 너무 많이 낳아 신불을 오염시켜서 죽으면 지옥에 떨어져 피로 가득 찬 연못에서 고통을 받는다고 한다. 생전에 중을 불러 혈분경을 염송하면 지옥행을 면하고 복을 받는다고 한다.

다!'

석수가 잠시 생각에 잠기더니 3푼쯤 깨닫고 휘장을 젖히며 불쑥 들어갔다. 그 중대가리가 놀라 찻잔을 놓고 당황하며 말했다.

"형님, 여기에 앉으시지요."

옆에 있던 음부淫婦가 참견하며 말했다.

"이 삼촌은 지아비가 근래에 사귄 의형제입니다."

까까중 놈이 순간 바짝 얼어붙어 서둘러 말했다.

"형님은 고향이 어디십니까? 성함이 어떻게 되십니까?"

"나? 이름은 석수이고 금릉 사람이야. 남의 일에 끼어들어 힘쓰고 주먹질 해 평명삼랑이라고 불려! 나는 거칠고 무식한 놈이라 무례하게 굴거나 대들더라도 중이 이해해주라!"

까까중 놈이 서둘러 대답했다.

"그럼요. 제가 어떻게 감히! 저는 도량道場5으로 오시는 스님들을 맞이하러 가봐야겠습니다."

허둥지둥 밖으로 나갔다. 음부가 말했다.

"사형, 빨리 다녀오세요!"

까까중 놈이 대답도 못하고 황급히 달아났다. 음부는 문을 나서는 중을 배웅하고 안으로 들어가버렸다. 석수가 혼자 문 앞에서 고개를 숙이고 한참을 생각하다가 마음에 4푼쯤 확신이 섰다.

5_ 도량道場: 중이나 도사들이 법사法事를 하는 장소.

시간이 한참 지나고 행자가 와서 촛불을 켜고 향을 피우는 것을 보았다. 잠시 후 중놈이 스님들을 데리고 도량으로 들어오자 반공이 석수를 시켜 맞이하도록 했다. 차와 탕으로 대접을 마치자, 북과 자바라를 치고 두드리며 찬양하고 불경을 읊었다. 중놈은 비슷한 연배의 젊은 중과 함께 제사를 주재하는 법사가 되어 요령을 흔들며 부처님을 청했고 소식素食을 받들어 제천호법諸天護法[6]과 단주에게 올리고 망부 왕압사가 일찌감치 천계에 승천하기를 기도했다. 음탕한 계집은 요염하게 화장하고 불단 앞에 나와 손에 향로에 들고 불붙인 향을 꽂으며 예불했다. 중놈은 갈수록 기운이 넘쳐 요령을 힘차게 흔들며 불경의 진언眞言을 읊었다. 법사를 진행하던 중들은 석수 마누라가 젊은 중과 어깨를 서로 비벼대며 기대는 모습을 보고 얼굴빛이 하얗게 질렸다. 증맹證盟[7]이 모두 끝나고 중들을 청하여 안에서 공양을 했다. 중놈은 다른 중들에게 자리를 양보하고 뒤에서 고개를 돌려 계집년을 바라보며 웃었고 계집도 입을 가리고 웃었다. 둘은 곳곳마다 서로 은밀하게 추파를 던졌고, 석수는 지켜보며 5푼 정도 확신을 가지며 마음이 심하게 불쾌해졌다. 중들은 모두 앉아 밥을 먹었고, 먼저 야채 안주로 술을 몇 잔 마셨으며 제사 음식을 치우며 참석한 중들에게 돈을 나누어주었다. 반공은 감사 인사를 하고 먼저 자러 들어갔다. 얼마 후 중들이 공양을 마치

---

[6]_ 제천호법諸天護法: 신계의 여러 신위.
[7]_ 증맹證盟: 사자의 이름을 적은 종이를 불태워 하늘에 알리는 의식.

고 소화시키러 산보를 나갔다. 한바탕 돌고 다시 도량으로 들어갔다. 석수는 기분이 매우 불쾌했고 확신이 6푼에 도달했다. 배가 아프다는 핑계를 대고 나무 벽을 세운 뒷방으로 자러 갔다.

계집년의 마음이 이미 움직였는데 무슨 정신으로 사람들이 보는 것을 신경 쓰겠는가? 중들이 북치고 자바라를 두드릴 때 계집년이 나가 차, 음식, 과일, 기름에 튀긴 간식을 가지고 나왔다. 중놈은 다른 중들과 경을 읊으며 천왕을 청하고 망자를 제도했으며, 영혼을 불러 씻기며 죄업을 참회케 하고 삼보三寶(불佛, 법法, 승僧)에게 참배했다. 추도식이 삼경에 이르자 다른 중들은 모두 피로에 지쳤으나, 그 중놈은 갈수록 힘이 넘치는지 목청을 높여 염송했다. 계집년이 주렴 밑에 한참을 서 있다가 욕정이 불같이 솟아오르자 자기도 모르게 흥분하여 계집종을 시켜 할 말이 있다는 핑계로 여해를 불렀다. 중놈이 염불을 하며 계집년 앞으로 다가갔다. 계집년이 중놈의 소매를 붙잡고 말했다.

"사형, 내일 공덕전功德錢8을 받으실 때 아버지에게 설분경을 염송하는 일을 잊지 말고 아뢰어주세요."

"오빠가 다 기억하고 있다. 소원을 풀어주고 싶으면 풀어주는 게 좋지."

중놈이 다시 말했다.

"너네 집 삼촌 정말 사납더라!"

8_ 공덕전功德錢: 불교도가 법사를 진행한 스님에게 지불하는 돈, 중이나 사찰에 시주하는 돈.

계집년이 고개를 외로 흔들며 말했다.

"친형제도 아닌데 그 사람한테 신경 쓸 것 없어요!"

"그렇다면야 나도 걱정할 것 없지."

한편으로 말을 주고받으며 소매 안에서 계집년의 손을 주물럭거렸다. 계집이 짐짓 주렴으로 가렸고, 중놈은 실실 웃으면서 밖으로 나가 판곡判斛9을 하며 망자를 전송했다. 한편 석수는 나무벽 뒤에서 자는 척하며 두 연놈을 몰래 보고 7푼 확신했다. 그날 밤 오경에 법사를 모두 마치고 지전을 태우며 부처님을 보내는 의식까지 모두 마쳤다. 중들이 모두 인사하고 돌아갔고, 계집년은 위층으로 올라가 잤다. 석수가 혼자 생각에 빠져 화를 내며 말했다.

'형님 같은 호걸이 한스럽게 이런 음부를 만나다니!'

가슴속에 가득한 울분을 참으며 푸줏간 안으로 돌아가 잠자리에 들었다.

다음 날 양웅이 집으로 돌아왔으나 아무도 얘기하지 않았다. 밥을 먹고 또 나가버렸다. 중놈이 깔끔한 승복으로 갈아입고 반공의 집으로 왔다. 계집년은 중이 왔다는 말을 듣고 급하게 일층으로 내려와 나가 맞이하고 안으로 들여앉히고 차를 타서 내오도록 했다.

"지난밤에 사형이 그렇게 애를 쓰셨는데 아직 공덕전도 드리지 못했

9_ 판곡判斛: 귀신에게 먹이는 일종의 밀가루 음식을 곡식斛食이라 함. 판곡判斛은 이 곡식을 귀신에게 흩어주는 것을 말함.

습니다."

"별말을 다 하네. 어젯밤에 말했던 설분경 때문에 일부러 동생을 찾아왔어. 소원을 들어주고 싶거든 절에서 염불은 내가 하고 있을 테니, 와서 축문祝文10 한 번 쓰면 그만이네."

"그러면 잘됐네요."

계집종을 불러 부친을 청하여 상의했다. 반공이 나와 감사 인사를 하며 말했다.

"제가 늙어서 견딜 수가 없어서 어젯밤에 자리를 지키지 못했습니다. 뜻밖에 석가 삼촌마저도 배가 아파 누워버려 아무도 스님들을 시중들지 못하여 송구스럽습니다. 너무 섭섭해하지 마시기 바랍니다!"

"의부께서는 별말씀을 다 하십니다."

계집년이 말했다.

"내가 어머니를 위해 설분경을 읊는 소원을 풀어드리고자 했더니 사형께서 그러시네요. 내일 절에 불사가 있으니 남들이 할 때 따라 하기만 하면 된다고 합니다. 먼저 사형이 절에 가서 염불을 하고 계시면 내가 아버지와 내일 밥 먹고 절에 가서 참회하고 축문을 태우면 불사를 올린 거나 마찬가지래요."

"그것도 괜찮구나. 하지만 내일은 장사가 바빠 계산대에 사람이 없을

10_ 축문祝文: 승려가 염불이나 예불을 통해 다른 사람을 대신해 참회할 때 태우는 것이다. 이름과 참회의 이유 등을 적음.

텐데."

"삼촌더러 집에 남아 하라면 되지 뭐가 걱정이에요?"

"네가 입만 열면 소원이라고 하니 내일은 할 수 없이 가야겠구나."

음부가 은자를 꺼내 공덕전으로 중놈에게 주며 말했다.

"사형의 노고에 비해 사례금이 아주 형편없네요. 내일 꼭 절에 잿밥이라도 얻어먹으러 갈게요."

"향을 피워놓고 기다릴게."

은자를 받으며 몸을 일으켜 감사 인사를 했다.

"보시를 이렇게 많이 주시다니, 절에 가서 여러 스님과 나누어 쓰겠습니다. 내일 동생이 증맹을 하러 오길 기다릴게."

계집이 중을 문밖까지 배웅했고, 석수는 푸줏간에서 쉬고 일어나 서둘러 돼지를 잡아 장사 준비를 했다.

이날 양웅이 늦게 집으로 돌아오니, 부인이 저녁밥도 먹이고 발도 씻겨주었으며 반공을 시켜 양웅에게 말하게 했다.

"내 마누라가 죽을 때 보은사에 가서 혈분경을 염송하여 소원을 들어주기로 딸아이가 맹세했다네. 내가 내일 딸아이와 절에 가서 증맹을 하고 돌아올 테니 그리 알게."

"여보, 그런 일이라면 당신이 내게 직접 말해도 되는 일 아닌가!"

"내가 당신에게 말했다가 괜히 꾸짖기라도 할까봐 말을 못했죠."

그날 밤은 그렇게 모두 별말 없이 쉬었다. 다음 날 오경에 양웅이 일어나 관아로 일하러 나갔고, 석수는 일어나 장사 준비를 했다. 한편 음부는 일찍 일어나 머리를 빗고 전족한 발을 잘 감쌌으며 목을 잘 씻고

향을 태워 옷에 냄새가 배게 했으며, 계집종 영아迎兒도 일어나 향을 잘 싸고 아침밥을 재촉했으며, 반공도 일어나 지전과 초를 사고 가마를 불렀다. 석수는 아침 일찍 일어나 장사만 준비하고 아무것도 상관하지 않았다. 밥을 먹고 영아도 머리 빗고 화장을 했다. 사시에 반공이 옷을 갈아입고 석수를 찾아와 말했다.

"번거롭겠지만 삼촌이 문 앞도 좀 신경 쓰게. 나는 딸과 함께 가서 소원을 빌고 돌아오겠네."

석수가 웃으며 대답했다.

"제가 알아서 돌아보겠습니다. 어르신께서는 형수나 잘 보살피시고 좋은 향이라도 많이 사르고 일찍 돌아오십시오."

석수는 이미 8푼 정도 눈치를 챘다.

한편 반공과 영아는 가마 뒤를 따라 보은사로 향했다. 중놈은 이미 산문 아래에 나와 기다리고 있다가 가마가 도착하는 것을 보고 기쁨을 참지 못하며 뛰어나와 맞이했다. 반공이 말했다.

"스님께서 수고가 많으시오."

음부가 가마에서 인사하며 말했다.

"사형께서 애를 많이 쓰셔서 송구합니다."

"아닙니다. 별 말씀을. 소승이 이미 스님들과 수륙당에서 오경부터 염불을 하여 지금까지 쉬지 않았고 동생이 와서 증맹을 하기만을 기다렸습니다. 이미 공덕이 적지 않게 쌓였을 것입니다."

부인이 노인네를 이끌고 수륙당 위로 데리고 올라가 먼저 향화와 등촉 등을 준비했다. 중 10여 명이 저쪽에서 경을 읽고 있었고, 음부는 축원을 하며 삼보에 참배를 했다. 중놈이 지장보살 앞으로 인도하여 증맹하여 참회하도록 했다. 부처께 복을 기원하는 축문이 모두 끝나 종이를 불에 태우고, 중들을 청하여 공양하러 가며 제자를 붙여 시중들도록 했다. 중놈이 청하여 말했다.

"의부와 누이는 제 방으로 가서서 차나 한잔 하시지요."

계집을 승방 깊은 곳으로 인도했는데 미리 모든 것을 준비해놓았으므로 소리를 질렀다.

"사형, 차 좀 가져다주세요!"

시자 둘이 차를 들고 들어왔다. 주홍 받침 위 눈같이 하얀 은잔 안에 아주 가늘게 갈은 차를 내왔다. 차를 마시고 잔을 내려놓자 말했다.

"누이는 안에 앉아 있어."

다시 조그마한 방 안으로 데리고 들어가니 칠흑 같은 식탁 위에 거문고가 빛을 내뿜고 있으며 명인의 서화가 몇 점 걸려 있고 작은 탁자 위에는 오묘한 향이 타고 있었다. 반공과 딸이 같이 앉고 중놈이 맞은편에 앉으며 영아가 그 옆에 앉았다. 계집년이 말했다.

"사형, 청정하며 은은하고 조용하며 안락해서 정말 출가한 스님이 수행하기 좋은 곳이군요."

"동생은 농담하지 마. 동생 집과 어떻게 비교나 되겠어?"

반공이 끼어들어 말했다.

"하루 종일 사형을 귀찮게 했습니다. 우리는 돌아가야겠습니다."

중놈이 어디 그냥 돌려보내려 하겠는가?

"서로 남도 아니고 또 의부께서 어렵게 발걸음하셨는데 어떻게 그냥 보내겠습니까? 오늘 누이가 시주도 하셨는데 어떻게 공양도 아니하고 돌아가시려 합니까? 사형, 빨리 가져오세요!"

말이 끝나자마자 쟁반 두 개가 들어오는데 평소에 간직해두었던 희귀한 과일과 보기 드문 채소와 갖가지 사찰 음식이 탁자 가득 차려졌다.

"사형, 어째서 술을 내오셨습니까? 괜히 번거롭게 했군요."

"격식도 갖추지 못해서 약소하나마 조그만 성의를 표하고자 할 뿐입니다."

사형이란 자가 술을 가져와 잔에 따르자 중놈이 말했다.

"의부께서 오랜만에 오셨으니 이 술이라도 한잔 드셔보십시오."

노인네가 마시고 말했다.

"술맛 좋다. 정말 진국이군!"

"전에 한 시주가 대대로 전해오는 비법을 전해주어 쌀 3~5석을 담갔는데 내일 몇 병 드릴 테니 사위에게 맛이나 보여주십시오."

"어떻게 그렇게 할 수가 있습니까? 그럼 안 되지요!"

중놈이 다시 권하며 말했다.

"아무것도 대접할 게 없는데 누이도 그냥 한잔 마셔봐."

두 젊은 중이 돌아가며 연달아 술을 따랐고 영아도 몇 잔을 받아 마셨다. 계집년이 말했다.

"술은 이제 그만 마실게요."

"여기 오기가 쉽지 않을 텐데 한 잔 더 마셔."

반공이 가마꾼을 불러 술을 한 잔씩 돌리려고 했다. 중놈이 말했다.

"제가 분부해놓았으니 의부께서는 아무 걱정 마십시오. 이미 잡부들은 밖에서 술과 국수를 대접받고 있을 것입니다. 의부께서는 마음 놓으시고 마음 편히 몇 잔 더 드십시오."

원래 이 중놈은 이 부인을 위하여 일부러 이런 기가 센 술을 준비하여 대책을 마련한 것이었다. 반공은 마시라는 권유에 더 이상 버티지 못하고 두 잔을 마셨다가 금방 취하고 말았다. 중이 말했다.

"의부를 부축하여 침대로 모시고 가 주무시게 하게."

중이 두 사형을 불러 부축하고 외지고 조용한 방에 옮겨 재웠다. 중이 다시 권하여 말했다.

"자기, 이제 마음 놓고 한 잔 마셔."

계집년이 원래 마음이 있었던 데다 술기운에 휩쓸려 정신이 몽롱해져 주정을 부렸다.

"사형, 나한테 이렇게 술을 먹여놓고 어쩌려고?"

중놈이 목소리를 낮게 깔고 말했다.

"내가 자기를 열렬히 사랑해서 그런 거야."

"나 이제 술은 그만 마실래……."

"자기 이제 내 방에 부처님 이빨11 보러 갈래?"

"나도 그러려고 했어."

중놈이 부인을 이끌고 어떤 건물 이층으로 올라갔는데, 이 방은 바

11_ 불아佛牙: 석가모니를 화장한 뒤에 치아만 손상되지 않고 온전하게 남아 있어 불교도들이 진귀한 보물로 받들고 모셨기 때문에 귀한 물건을 불아佛牙라 칭함.

로 중놈의 침실로 매우 깨끗하게 정돈되어 있었다. 계집이 그럭저럭 마음에 들어 기뻐하며 말했다.

"자기 방이 정말 깨끗하고 좋네."

중놈이 실실 웃으며 말했다.

"마누라만 있으면 돼."

계집도 배시시 웃으며 말했다.

"자기는 여자 하나도 못 얻나?"

"어디에서 이런 시주를 얻겠니?"

"자기 빨리 부처님 이빨이나 보여줘."

"영아를 내려보내면 내가 금방 꺼내올게."

"영아야, 너 빨리 내려가서 아버지가 깨어났는지 어떤지 살펴보아라!"

영아가 아래층으로 내려가 반공을 보살피러 갔다. 중놈이 이층 문을 잠그자 계집이 웃으며 말했다.

"사형, 나를 여기에 가두어놓고 어쩌려고?"

중놈은 음욕이 불끈 솟아올라 계집에게 다가가 끌어안으며 말했다.

"내가 2년 전부터 자기를 속으로 얼마나 흠모했는지 알아? 오늘 드디어 자기가 어렵게 여기에 왔는데 내가 이 좋은 기회를 놓칠 것 같아!"

"나를 속이려고 그러는 모양인데 내 남편이 그렇게 만만한 사람인 줄 알아? 만일 들키면 절대 너를 용서하지 않을 거야!"

중놈이 무릎을 꿇고 말했다.

"제발 자기가 나 좀 불쌍하게 봐줘!"

계집이 손을 펴고 말했다.

"빡빡 중이 제법 치근덕거릴 줄도 아네. 귀뺨이라도 한 대 맞고 싶어?"

"헤헤. 때리는 것은 자기 맘이지만 손이라도 다칠까 걱정이야."

계집도 음욕이 솟아올라 중놈을 끌어안고 말했다.

"내가 설마 진짜로 자기를 때리겠어?"

중놈이 계집을 끌어안고 침상 앞에 데리고 가 옷을 벗기고 허리띠를 풀고 욕정을 채웠다.

시간이 한참 지나서야 운우雲雨의 정이 비로소 끝났다. 중놈이 계집년을 끌어안고 말했다.

"네가 이미 나를 좋아하니 죽어도 여한이 없구나. 오늘 비록 네 덕분에 내 소원이 이루어지기는 했지만, 일시적인 사랑과 쾌락만 얻고 밤새도록 즐기며 함께 보낼 수가 없어 몹시 안타깝구나. 이렇게 오래도록 보지 못했다간 내가 제명에 죽지 못하겠다!"

"그렇게 허둥댈 것 없어요. 내가 이미 계책을 하나 생각해두었어요. 우리 서방이 한 달에 20일은 감옥에서 잠을 잔단 말이야. 내가 영아를 매수해서 매일 밤 뒷문에서 기다리게 할게요. 만일 밤에 남편이 집에 없으면 향 탁자를 옮겨놓고 밤에 향을 태우는 것을 신호로 자기가 집에 들어오면 아무런 방해가 없을 거야. 다만 잠이 들어 오경에 깨지 못할까 그게 걱정이야. 어디에서 새벽을 알려주는 두타라도 하나 매수하여 목탁을 두드리며 큰 소리로 불경이라도 외면 나가기 좋잖아요. 혹시 이런 사람을 구한다면 밖에서 파수도 보고 또 깜빡 잠들어도 깨울 수 있잖아요."

중놈이 이 말을 듣고 크게 기뻐하며 말했다.

"절묘하다! 자기 말대로 하면 되겠네. 여기에 엉터리 두타가 하나 있는데 그놈에게 부탁해서 망을 보면 되겠군."

"같이 온 놈들이 의심할까 두려워 여기에 감히 오래 머물 수가 없어요. 나는 빨리 돌아가야 하니 자기는 약속을 어기지 말아요."

계집이 서둘러 머리를 정돈하고 다시 얼굴에 분을 찍어 바르며 이층 문을 열고 아래층으로 내려갔다. 영아에게 반공을 깨우도록 하고 서둘러 승방에서 나왔다. 가마꾼들은 이미 술과 국수를 먹고 절 앞에서 기다리고 있었다. 중놈은 계집을 산문 밖까지 배웅했고, 계집년은 중놈과 작별하고 가마에 올라 반공, 영아와 집으로 돌아갔다.

한편 중놈은 새벽을 알려줄 두타를 찾아갔다. 본래 절 뒤 휴식하는 곳 작은 암자에 엉터리 두타가 하나 살고 있었는데 사람들은 그를 호도인胡道人12이라고 불렀다. 매일 오경에 일어나 목탁을 두드리며 새벽 예불을 할 수 있게 알리고 날이 밝으면 밥을 얻어먹었다. 중놈이 그를 방으로 불러 술 석 잔을 대접했고 또 은자를 주었다. 호 두타가 일어나서 물었다.

12_ 호도인胡道人: 중국 한위 시대에 불교가 전해져 범문을 한역했다. 서역에서 와 불경을 번역한 외국 승려를 호도인이라고 불렀다.

"제가 아무것도 한 것이 없는데 어떻게 돈을 받겠습니까? 또한 평소에도 스님의 은혜를 입고 있습니다."

"네가 지성스런 사람이라 내가 조만간에 돈을 대주고 도첩을 사서 너를 출가시켜주려고 했다. 이 은자를 가지고 나가서 옷이라도 사서 입거라."

원래 중놈이 평소에 사형을 시켜 불시에 음식을 호도인에게 보내기도 했고 절에 불사라도 있으면 데려다 불경을 염송시키며 시주 돈을 주기도 했다. 호도인은 이미 여러 도움을 받았던지라 곰곰이 생각하고 말했다.

'오늘 내게 돈을 주는 것을 보니 분명히 나를 부릴 데가 있을 것이다. 그가 말하길 기다릴 필요 없이 내가 먼저 말해야겠다.'

호도인이 망설이지 않고 입을 열었다.

"스님, 제게 시키실 일이 있으면 무슨 일이든지 분부만 내리십시오."

"호도인, 당신이 이렇게 좋게 말씀하시니 솔직히 털어놓겠습니다. 반공에게 딸이 있어 저와 왕래를 갖고자 하는데 뒷문에 향 탁자를 밖에 내어놓으면 제가 들어가기로 약조를 했습니다. 내가 거기 가서 서성거리기도 그렇고, 그래서 그대가 먼저 가서 살펴보고 이상 없다고 알려주면 가겠습니다. 또 번거롭지만 오경에 일어나셔서 사람들을 깨우는 염불을 하실 때, 그 집 후문에 오셔서 사람이 없는가를 보고 목탁을 크게 두드려 잠을 깨워주시고 큰 소리로 염불을 하시면 제가 나오기가 쉬울 것 같습니다."

호도인이 말했다.

"그게 뭐 어렵겠습니까!"

망설이지 않고 대답했다.

그날 먼저 반공의 집 후문에 와서 탁발하는데, 영아가 나와 말했다.

"도인께서는 어째서 앞문에 와서 탁발하지 않고 뒷문으로 오셨소?"

호도인이 염불을 하기 시작하자 안에서 계집년이 듣고 후문으로 나와 물었다.

"혹시 도인은 오경에 사람을 깨우는 두타 아니십니까?"

"제가 바로 오경에 사람을 깨우는 두타인데 어떤 사람이 잠을 깨워달라고 해서 왔습니다. 밤에 향을 피우시면 부처님께서 기뻐하실 겁니다."

계집년이 듣고 크게 기뻐하며 영아를 불러 이층에 올라가 동전을 가져다가 보시하게 했다. 두타는 영아가 몸을 돌려 들어가는 것을 보고 계집년에게 말했다.

"저는 해사부의 심복으로 특별히 먼저 길을 익히러 왔습니다."

"이미 알고 있어요. 오늘 밤에 오셔서 보시고 향을 놓는 탁자가 밖에 놓여 있으면 그에게 알려주세요."

호도인이 고개를 끄덕였다. 영아가 동전을 가지고 왔고, 도인은 돈을 받고 돌아갔다. 계집년은 이층으로 돌아와 속마음을 영아에게 말했다. 계집종은 얼마 되지 않더라도 재물이 생기는데 따르지 않을 이유가 없었다.

한편 양웅은 이날 감옥에서 당직을 서는 날이라 밤이 되기도 전에 미리 돌아와 감옥에서 잘 때 덮을 이불을 가지고 다시 감옥으로 갔다. 이날 영아는 기다리지 못하고 날이 저물기도 전에 일찌감치 향 탁자를 준비하여 황혼 무렵에 뒷문 밖에 옮겨놓았고, 계집년은 옆에 숨어 기다렸다. 초경 무렵 한 사람이 두건을 쓰고 몰래 들어오자 영아가 깜짝 놀라며 말했다.

"누, 누구세요?"

그 사람은 아무 대답도 하지 않고 있는데, 계집년이 옆에 서서 손으로 두건을 벗기니 대머리가 환하게 드러나자 가볍게 꾸짖었다.

"땡추가 어디서 본 것은 있어가지고!"

연놈은 서로 끌어안고 이층으로 올라갔다. 영아는 향 탁자를 치우고 뒷문을 잠근 다음 자러 돌아갔다.

연놈은 이날 밤 아교처럼 달라붙어 달기가 꿀 같았고 골수를 빨아먹는 것처럼 진해 물고기가 물을 만난 듯이 5~7번씩이나 쾌락을 즐겼다. 한참 잠에 빠져들고 있을 때 '똑똑' 목탁 소리가 울리며 커다란 염불 소리가 들려와 중놈과 계집년이 함께 잠에서 깨어났다. 중놈이 옷을 걸치고 일어나며 말했다.

"나는 갈 테니 오늘 밤에 다시 보자."

"오늘부터 뒷문 밖에 향 탁자가 놓여 있을 때 약속 어기면 안 돼. 혹시 뒷문에 없을 때는 절대 들어오지 마."

중놈이 침상에서 내려오자, 계집년이 두건을 씌워주며 영아를 시켜 뒷문을 열어주게 해 금방 떠났다. 이때부터 양웅이 집을 나가 감옥에서 자게 되면 중놈이 바로 집 안으로 들어왔다. 집 안에 남자라곤 늙은이밖에 없었는데 밤이 깊기도 전에 먼저 들어가 잠들어버리고, 계집 종 영아는 이미 한통속이 되어버렸다. 석수 한 사람만 속이면 되는데, 계집이 이미 색정에 깊이 빠진 터라 어디 신경이나 쓰겠는가? 중놈도 이미 여자 맛을 알게 되어 제정신이 아니었다. 중놈은 두타가 보고하기만 하면 절을 떠났고, 계집년은 영아를 중간 다리로 삼아 그를 출입시켰다. 그리하여 쾌락에 가득 찬 왕래 유희가 이미 한 달이 넘어가고 있었다.

한편 석수는 매일 가게를 닫고 푸줏간에서 잠을 잤다. 항상 반교운의 일이 마음에 걸렸으나 결정하지 못하고 또 중놈이 왕래하는 것을 알지 못했다. 매일 오경에는 잠을 잤는데 어느 날 갑자기 일어나 이 일을 눈치채고 말았다. 새벽을 알리는 두타가 골목 안으로 들어와 목탁을 두드리며 큰 소리로 염불하는 것을 들었다. 석수는 눈치가 빠른 사람이라 9푼 정도 알아채고 냉정하게 생각하며 중얼거렸다.

'이 골목은 막힌 곳인데 어째서 저 두타가 매일 여기에 와서 목탁을 두드리며 염불을 하는 것이냐? 아무래도 뭔가 수상해!'

이날은 11월 중순으로 오경에 석수가 한참 잠을 이루지 못하고 있는데, 그때 두타가 목탁을 두드리며 골목으로 들어와 뒷문 앞에 이르러 큰 소리로 염불하기 시작했다.

"보도중생普度衆生, 구고구난救苦救難, 제불보살諸佛菩薩!"

석수가 염불하는 소리를 듣고 뭔가 수상하여 벌떡 일어나 문틈으로 살펴보니, 머리에 두건을 뒤집어쓴 사람이 어둠 속에서 튀어나와 두타와 함께 떠났고, 뒤이어 영아가 문을 잠그는 것이 보였다. 석수가 이 광경을 목격하고 10푼 확신에 차서 차갑게 말했다.

"형님 같은 호걸이 이런 음흉한 부인을 얻다니. 저런 음흉한 년이 형님을 속이고 이런 짓거리를 하고 있다니!"

날이 밝기를 한참 기다렸다가 돼지고기를 문 앞에 매달아놓고 아침 시장에서 팔았으며 밥을 먹고 외상값을 받으러 갔다. 점심 무렵에 주관아로 양웅을 찾아갔다.

주교에 이르렀을 때 마침 다리를 지나던 양웅과 마주쳤다. 양웅이 보고 물었다.

"동생, 어디 갔다 오나?"

"외상값 좀 받으러 나왔다가 형님을 만나러 왔습니다."

"내가 항상 공무로 바빠서 동생과 즐겁게 술 한잔 마시지 못했네. 여기 와서 앉게."

양웅이 석수를 주교 아래 주점으로 데리고 외진 방을 골라 들어가 둘이 앉았다. 주보를 불러 좋은 술을 가져오라 시키고 반찬과 해산물, 안주를 준비시켰다. 두 사람이 술을 석 잔 마셨을 때, 양웅은 석수가 고개를 숙이고 뭔가 깊이 생각하고 있는 것을 보았다. 양웅은 성미가 급한 사람이라 거리낌 없이 물었다.

"동생, 마음속에 뭔가 좋지 않은 일이 있는 듯한데 혹시 집에서 누가 심한 말로 자네를 속상하게 하지 않았는가?"

"집에서는 아무런 말도 없었습니다. 다만 저는 형님께서 친형제처럼 대해주셔서 감히 한 말씀 올리고자 하는데 해도 될지 모르겠습니다."

"동생, 갑자기 무슨 까닭에 그리 어려워하는가? 할 말이 있으면 무슨 말이든지 해보게."

"형님이 매일 밖에 나오셔서 관아의 일만 돌보므로 등 뒤에서 벌어지는 일은 잘 모를 것입니다. 형수님은 깨끗한 사람이 아닙니다. 제가 직접 본 적이 한두 번이 아닌데도 지금까지 감히 말씀드리지 못했습니다. 오늘은 자세히 봤기에 도저히 참을 수가 없어서 형님을 찾아 말씀드리는 것입니다. 진심에서 나온 말을 너무 탓하지 마시기 바랍니다."

"내가 등 뒤에 눈이 없어서 알 수가 없네. 자네가 말하는 사람은 대체 누구인가?"

"전에 집에서 불사를 할 때 해사려라는 중놈을 불렀는데 형수가 그놈과 눈길을 주고받는 것을 제가 모두 지켜보았습니다. 셋째 날 또 절에 가서 혈분경을 염불하여 원을 푼다고 가서 둘 다 술이 취해 돌아왔습니다. 근래에는 두타가 골목 안으로 들어와 목탁을 치고 염불을 하는데 뭔가 수상했습니다. 오늘 오경에 제가 일어나 살펴보다가 과연 그 중놈이 머리에 두건을 쓰고 집에서 나가는 것을 보았습니다. 이런 음란한 부인을 집 안에 두었다가 어디에 쓰겠습니까?"

양웅이 듣고 크게 성이 나서 말했다.

"그 천한 년이 어찌 감히 이럴 수가 있단 말이냐!"

"형님, 일단 화를 참으시고 오늘 밤은 아무 말 마시고 평소와 같이 하십시오. 내일은 당직한다고 핑계대고 삼경 후에 다시 돌아오셔서 대문을 두드리시면 그놈이 반드시 뒷문으로 달아날 것입니다. 제가 그놈을 잡아 형님께 처분을 맡기겠습니다."

"동생 말대로 하겠네."

석수가 다시 당부하며 말했다.

"형님, 오늘 밤은 절대 함부로 말하시면 안 됩니다."

"내가 내일 자네 말대로 하면 되지 않겠는가."

둘은 다시 몇 잔을 더 마시고 술값을 지불하고 함께 일층으로 내려와 술집을 나오고 헤어지려고 했다. 그때 우후 4~5명이 양웅을 불러 말했다.

"어쩐지 절급을 아무리 찾아도 없더라. 지부 상공께서 화원에 앉아 계신데 절급을 불러 우리와 함께 봉술 시범을 좀 보이라고 하십니다. 빨리요, 빨리 가요!"

양웅이 석수에게 분부했다.

"본관께서 부르시니 나는 가봐야겠네. 동생 먼저 집에 돌아가게."

석수는 즉시 집으로 돌아와 가게를 정리해놓고 푸줏간 안에 들어가 쉬었다.

한편 양웅은 지부에게 불려간 뒤 화원에서 봉술 시범을 했다. 지부가 구경을 마치고 기뻐하며 술을 가져오게 하여 큰 잔으로 연속 10잔을 주었다. 양웅이 술을 마시고 각자 흩어졌다. 사람들이 다시 양웅을 청하여 술을 먹였고 밤이 되자 크게 취하여 부축을 받고 집으로 돌아왔다. 계집은 남편이 취한 것을 보고 데리고 온 사람에게 감사하고 영아와 함께 부축하여 이층으로 데리고 올라가 등잔을 밝게 켜놓았다. 양웅이 침상에 앉아 있는데, 영아는 솜신을 벗겼고, 계집년은 두건을 벗기고 머리를 싸맨 수건을 풀었다. 양웅은 부인이 두건을 벗기는 것을 보고 갑자기 울화가 치밀었다. 자고로 '술에 취하면 멀쩡한 소리를 한다'고 했다. 계집년을 가리키며 다짜고짜 욕설을 퍼부었다.

"너 이 천한 쌍년아, 이 죽일 년아! 내가 무슨 수를 써서라도 너를 죽여버릴 테다!"

계집이 몹시 놀랐으나 아무 말도 못하고 양웅을 달래고 시중하여 재웠다. 양웅은 침대에 누워 자면서도 입으로는 한에 찬 소리로 욕을 해댔다.

"너 이 천한 년! 이 더러운 년! 너 이, 너 이……감히 호랑이 콧수염을 건드리다니! 너 이, 너 이……내 손에 걸리기만 하면 가만히 내버려두지 않겠다."

계집은 숨도 크게 쉬지 못하고 양웅이 잠들기만 기다렸다.

시간이 점차 흘러 오경이 되었고 양웅은 이때 깨어나 물을 달라고 했다. 부인도 일어나 물을 떠다가 양웅에게 주었는데 탁자 위에 밤새 켜두었던 등이 아직 다 타지 않았다. 양웅이 물을 마시고 물었다.

"부인, 당신 밤새 옷도 안 벗고 잤소?"

"당신이 술이 떡이 되도록 취해 토할까 무서워 어떻게 옷을 벗겠어요? 다리 밑에서 누워 조금 잤어요."

"내가 엊저녁에 뭐라고 않던가?"

"당신은 평소에 술버릇이 좋아 술만 취하면 그냥 잠들었잖아요. 어젯밤에는 제가 조금 마음을 놓을 수가 없었어요."

양웅이 다시 말했다.

"내가 한동안 석수 동생이랑 술 한잔도 즐겁게 같이 마시지 않았으니 당신이 준비해서 대접하게."

 계집년이 대답하지 않고 답상踏床13 위에 앉아 눈에 눈물이 가득 고이더니 입으로는 탄식을 했다. 양웅이 또 말했다.

 "여보, 내가 밤에 술에 취하여 당신에게 번거롭게 하지 않았다더니 어째서 괴로워하는 거야?"

 계집이 눈물이 흐르는 눈을 가리고 대답하지 않았다. 양웅이 몇 번이나 물으니 계집이 얼굴을 가리고 거짓으로 울었다. 양웅도 답상에서 그녀를 침상으로 끌어올리며 어째서 괴로워하는가를 물었.

 계집이 울면서 말했다.

 "우리 아버지가 당초에 나를 왕 압사에게 시집을 보내면서 백년해로 하기만 바랐으나 중간에 죽을 줄 누가 알았겠습니까! 지금 내가 당신 같은 대단한 호걸에게 시집을 왔는데 당신이 나를 지켜주지 못할 줄은 생각도 못했습니다!"

 "또 무슨 괴상한 소리를 하느냐! 누가 너를 괴롭히기에 내가 너를 지켜주지 못한단 말이냐?"

 "내가 본래 말하지 않으려고 했는데 당신이 그 사람 말을 들을 것 같아 두렵습니다. 말을 하면 또 당신이 분을 참지 못할까 겁이 나요."

 양웅이 듣고 말했다.

 "당신 무슨 말을 하려는 것이야?"

13_ 답상踏床: 침상에 앉을 때 다리를 올려놓는 작은 발판.

"제가 말씀드릴 테니 당신 화내지 마세요. 당신이 형제로 삼은 저 석수가 집에 온 뒤에 처음에는 좋았어요. 나중에 점차 속을 드러내더니 당신이 돌아오지 않으면 항상 저를 보고 말했어요. '형님이 오늘 또 안 들어오셔서 형수님 혼자 주무시니 외로우시겠습니다.' 저는 그 사람에게 신경 쓰지 않았는데 그렇게 한 것이 하루 이틀이 아니지만 뭐라 하지 않았어요. 어제 아침에 내가 주방에서 목을 씻고 있는데 이놈이 뒤에서 걸어 들어오더니 주변에 아무도 없는 것을 보고 등 뒤에서 손을 뻗어 내 가슴을 만지며 말했어요. '형수님, 임신하셨나요? 아닌가요?'라고 하는데 내가 손을 뿌리쳤어요. 본래 소리를 지르려고 했는데 이웃들이 알았다간 웃음거리가 될 것이 두려워 당신을 핑계대고 얼버무리고 말았어요. 그래서 당신이 돌아오기만 기다렸는데 떡이 되도록 취해 들어오니 또 감히 말할 수가 없었어요. 내가 이놈을 뜯어먹지 못한 것이 한스러운데, 당신이 이렇게 '석수 형제'에게 잘하라고 하면 나는 어쩌라고요!"

양웅이 듣고 마음속에 화가 치밀어올라 욕을 해대며 말했다.

"'호랑이를 그리면 가죽은 그릴 수 있으나 뼈까지 그릴 수 없고, 사람의 얼굴은 알아도 마음을 알 수 없다'고 하더니. 이놈이 도리어 내게 찾아와 해사려에 대해 뭐라 하더니 모두 턱없는 소리였군! 분명히 이놈이 당황하여 선수를 쳐 잔꾀를 쓴 것이로구나!"

이를 부드득 갈며 말했다.

"친형제도 아니니 내치면 그만이지!"

양웅은 날이 밝기를 기다려 아래층으로 내려와 반공에게 말했다.

"이미 잡은 고기는 소금에 절여버리고 오늘부터 장사는 때려치우세요!"

순식간에 궤짝과 도마를 모두 부숴버렸다. 석수가 아침에 일어나 고기를 꺼내 문 앞에 가서 장사를 하려는데 도마와 궤짝이 엎어져 있었다. 석수는 눈치가 빠른 사람인데 어찌 눈치를 채지 못하겠는가? 웃으며 말했다.

'그렇군. 양웅이 술김에 말을 꺼내서 부인이 눈치를 채고 도리어 꾀를 내며 부추겨 분명히 내가 무례를 범했다고 말해 남편에게 가게를 접게 한 것이 분명해. 따진다면 양웅이 망신을 당할 것이 분명하다. 차라리 내가 한발 물러나 다른 방법을 찾아야겠다.'

석수는 곧바로 푸줏간으로 가서 짐을 쌌고 양웅도 그가 난처해할까 봐 나가버렸다. 석수가 짐을 들고 해완첨도解腕尖刀14를 찬 다음 반공을 찾아가 말했다.

"제가 오랫동안 댁에서 소란을 피워 오늘 형님이 가게를 닫아버리고 돌아가라고 하는군요. 장부는 이미 명확하게 정리했으니 한 푼도 문제가 없습니다. 혹시 조금이라도 속였다면 하늘과 땅이 용서치 않을 것입니다!"

반공은 사위에게 명을 받은 터라 그를 남겨둘 수도 없으므로 떠나도

14_ 해완첨도解腕尖刀: 일상에서 쓰는 작은 패도佩刀. 일반적으로 날카롭고 길며 칼등이 두껍고 칼날이 얇으며 자루가 짧음.

록 내버려두었다.

  석수는 가까운 골목에 머물 객점을 찾아 방을 빌려 거주했다. 석수는 곰곰이 생각했다.

  '양웅이 나와 의형제가 되었는데 내가 이 일을 명백하게 처리하지 않으면 그가 목숨을 잃을 것이다. 그가 비록 순간적으로 부인의 말을 믿고 속으로 나를 탓하겠지만, 나 또한 변명할 수도 없다. 그렇다고 내가 떠나서는 안 되고 온 힘을 다해 이 일을 밝혀야 한다. 오늘은 몇 시에 감옥에 가서 당직을 서는지 알아보고 사경에 일어나면 해답을 알게 될 것이다.'

  객점에 이틀을 머물며 양웅 집 앞에 가서 소식을 염탐했다. 그날 밤 옥졸이 이불을 가지고 나가는 것을 보고 석수가 속으로 중얼거렸다.

  '오늘 밤에 분명히 당직을 할 테니 시간을 내어 살펴보면 알게 되겠지.'

  그날 밤 객점으로 돌아와 자고 사경에 일어나 호신용 해완첨도를 들고 몰래 문을 열고 나가 양웅 집의 후문이 있는 골목에 들어갔다. 어둠 속에 숨어 바라보니 오경이 거의 다 되었을 때 그 두타가 목탁을 끼고 골목 앞에서 두리번두리번했다. 석수가 번개같이 몸을 날려 두타의 뒤로 가 한 손으로 붙잡고 한 손으로 칼을 목에 대며 낮은 소리로 말했다.

  "꼼짝 마라! 만일 소리를 지르면 죽여버리겠다. 솔직하게 말해라. 해 화상이 너더러 어떻게 하라고 했느냐?"

  "여보시오, 살려주면 모든 것을 말씀드리겠습니다!"

"살려줄 테니 빨리 말해라!"

"해사려와 반공의 딸이 매일 밤 왕래하며 부정한 관계를 가지고 있습니다. 저더러 매일 뒷문에 향 탁자가 놓여 있는 것을 보면 그를 불러 들어가게 했습니다. 오경이 되면 내가 와서 목탁을 두드리고 염불을 하여 나오게 했습니다."

"그놈은 지금 어디에 있느냐?"

"그는 아직도 안에서 자고 있을 것입니다. 제가 목탁을 치면 그가 바로 나올 겁니다."

"옷과 목탁을 이리 내놓아라."

두타에게 목탁을 빼앗고 옷도 벗긴 다음 석수가 칼로 목을 찌르니 땅에 쓰러져 죽었다. 석수가 가사를 입고 행전을 차며 칼을 꽂고 목탁을 두드리며 골목 안으로 들어갔다.

중놈이 침상에서 목탁을 '똑똑' 두드리는 소리를 듣고 서둘러 일어나 옷을 입고 아래층으로 내려왔다. 영아가 먼저 문을 열어주니, 중놈이 뒤를 따라와 뒷문 밖으로 나왔다. 석수가 계속 목탁을 두드리자 중이 조그맣게 소리를 질렀다.

"자꾸 목탁을 두드리면 어쩌자는 거야!"

석수가 대답은 하지 않고 그를 골목 입구까지 데리고 가 쓰러뜨린 다음 누르고 조용히 말했다.

"소리 내지 마라. 큰 소리 내면 죽여버리겠다! 옷을 벗길 때까지 기다려라!"

중놈이 석수임을 알고 어떻게 감히 발버둥치며 소리를 지르겠는가?

석수는 터럭 하나 남기지 않고 옷을 모두 벗겼다. 조용히 무릎을 굽혀 칼을 뽑아 서너 번 찔러 죽이고 칼을 두타의 몸 옆에 놓았다. 옷 두 벌을 둘둘 말아 하나로 묶고 객점으로 돌아와 문을 잠그고 조용히 잤다.
　한편 계주 성 안에 죽을 파는 왕공이 이날 오경에 죽을 멜대에 매고 등불을 든 사내아이 뒤를 따라 아침 시장에 죽을 팔러 걸어가고 있었다. 마침 시체 옆을 지나다가 발에 걸려 넘어져 죽을 땅에 쏟고 말았다. 사내아이가 보고 소리를 질렀다.
　"아이고, 중 하나가 여기에 취해 쓰러져 있네!"
　노인네가 땅바닥을 더듬어 일어나니 두 손에 피가 잔뜩 묻어 놀라 '아이고' 소리를 지르는데 얼마나 크게 질렀는지 알 수 없었다. 몇몇 이웃이 듣고 문을 열고 나와 불로 비추어보니 온 바닥에 피죽이 범벅이 되어 있고 시체 둘이 바닥에 쓰러져 있었다. 이웃들은 관가에 알리려고 늙은이를 끌고 갔다.

제 4 5 회
양산박 가는 길[1]

이웃들이 왕공을 붙잡아 끌고 함께 계주부로 달려가 고발했다. 지부가 등청하자 일행은 엎드려 아뢰었다.

"이 노인네가 죽통을 짊어지고 가다가 죽을 땅에 쏟았습니다. 일어나 바라보니 죽은 시체가 바닥에 엎어진 죽 안에 쓰러져 있었습니다. 하나는 중이고 하나는 두타인데 모두 몸에 실오라기 하나 걸치지 않았고 두타 옆에는 칼이 하나 놓여 있었습니다."

노인네가 말했다.

1_ 45장 병관삭이 취병산에서 소동을 일으키다病關索大鬧翠屏山. 평명삼랑이 축가점을 불사르다拼命三郎火燒祝家店.

"제가 매일 떡과 죽을 팔아 먹고사는데 오경이면 나와 아침시장으로 서둘러 달려갑니다. 오늘 아침은 조금 일찍 일어나 이 철부지 어린아이와 함께 달려가는데 정신이 팔려 바닥을 보지 못하고 걸려 넘어져서 접시가 모두 깨지고 말았습니다. 상공 제발 불쌍하게 여겨주십시오! 피가 흥건한 시체 두 구를 보고 또 깜짝 놀랐습니다. 이웃들을 불렀더니 도리어 저를 관아로 끌고 왔습니다. 상공께서는 맑은 거울처럼 굽어 살펴주시기 바라옵니다."

지부는 즉시 진술을 받아 적어 문서를 작성하게 하고 현지 이갑里甲2에게 오작행인을 데리고 이웃, 왕공 등을 압송하여 시신을 간단하게 검시하고 돌아와 보고하도록 했다. 모두 현장으로 몰려가 검시를 끝내고 주 관아로 돌아가 지부에게 보고했다.

"살해당한 중은 보은사 승려 배여해이고, 옆에 죽어 있던 두타는 보은사 뒤 암자의 호도인입니다. 중은 몸에 터럭 하나 걸치지 않고 서너 군데를 칼에 찔려 치명상을 입고 죽었습니다. 죽은 호도인 옆에 흉기가 하나 놓여 있었는데 목에 칼에 찔린 상처가 하나 있었습니다. 호도인이 칼로 중을 찔러 죽이고 지은 죄가 두려워 자살한 것 같습니다."

지부가 본사 중을 불러 추국하여 까닭을 물었으나 아무도 이유를

2_ 이갑里甲: 이갑 제도는 명나라 때 만들어진 하층 사회조직으로 노역법을 실행했다. 110호를 1리로 편성하여 부유한 사람 10명을 뽑아 10년마다 돌아가며 이장里長을 맡아 리의 일을 담당하게 했다. 100호는 10갑으로 나누고 우두머리는 갑수甲首라고 한다. 매년 이장 1명과 갑수 1명이 1리와 1갑의 일을 처리했다.

알지 못했다. 지부가 결단을 내리지 못하자, 문서를 담당하는 공목이 아뢰었다.

"중이 옷을 훌떡 벗고 있는 것을 보니 저 두타와 불법적이고 그렇고 그런 짓거리를 하다가 서로 죽인 것이지 왕공과는 상관없는 일인 것 같습니다. 이웃들은 보증인을 세워 기다리게 하고, 시체는 본사 주지에게 넘겨 관을 준비하여 담고 다른 곳에 놓아두도록 하십시오. '상호 살해'라는 문서를 작성하면 될 것입니다."

지부가 대답했다.

"자네 말이 맞네."

즉시 사람들을 시켜 그대로 명령했다.

앞 골목에 남의 일에 간섭하기 좋아하는 자제가 이 일을 노래 곡조로 만들어 불렀다.

가소로운 보은사 중이 전생에 지은 업보와 번뇌에 몸을 맡겨
선남을 몰래 속이고 여신도를 유혹하여 육신을 시주하고 즐겁게 자비를 베풀었구나.
관세음이 어떻게 극락으로 인도하라고
일찌감치 혈분 지옥에 떨어져 추한 모습을 나타내는가?
색즉시공 공즉시색이라는 반야심경의 글귀는 모두 잊었단 말이냐.
이제 제자는 인간 세상에서 제도濟度는 안 하고
장로마저 골목 안 차가운 바닥에 누워 열반하고 말았구나.
장로를 용서하고 두타가 받아들였다면

두 중이 사이좋게 한방에 함께 살 수 있었을 텐데
결국 무상(영원불변한 것은 없음)의 경지를 가리게 되었구나.
목련존자目連尊者는 어머니를 구하려고 서천西天 지옥에까지 쫓아갔는데
이 중놈은 계집을 탐하다 목숨조차 잃어버렸구나!

뒤쪽 골목 안에 역시 감초같이 참견하기 좋아하는 자제가 몇 있었는데, 앞 골목에서 노래를 지었다는 소문을 듣고 질 수 없다며 「임강선臨江仙」을 지어 그들과 경쟁했다.

사음계邪淫戒를 어겨 죽음을 부른 것은 당연한 응보應報라지만
세상의 이치인 인연에서 터럭만큼도 어긋나지 않았다네.
타고난 본성으로 따져봐도 아주 이상하구나.
어째서 아무것도 걸치지 않고
칼마저 바닥에 내려놓았느냐!
큰 스님은 오늘 아침에 열반하시고
작은 스님은 어젯밤에 미쳐 날뛰었도다.
두타는 스스로 목을 찔러 우애를 보이고
한 구멍을 다투다 죽으니
서로 용서하지 않으리라 맹서했으리.

노래 두 곡은 여기저기 골목마다 울려 퍼졌다. 부인이 노래 두 곡을 듣고 넋이 나갔으나 감히 말도 못하고 속으로 몰래 고통스러워했다.

양웅은 계주부 관아 안에서 중과 두타가 살해되었다는 말을 듣고 생각했다.

'이 일은 분명히 석수가 저지른 일이다. 내가 전에 엉뚱하게 그를 탓하고 말았구나. 내가 오늘 한가하니 그를 찾아가 진실을 물어봐야겠다.'

주교 앞을 지나가는데 등 뒤에서 누군가가 불렀다.

"형님, 어디 가시오?"

양웅이 고개를 돌려 뒤를 보니 석수가 보여 물었다.

"동생, 내가 지금 자네를 찾고 있었네."

"형님, 할 말이 있으니 제가 머무는 곳에 가시지요."

양웅을 객점 안 작은 방으로 데리고 들어가서 말했다.

"형님, 제 말이 거짓말이 아니지요?"

"동생, 나를 용서하게. 내가 순간적으로 어리석게 술김에 실언을 해서 도리어 마누라에게 사실대로 털어놓아 동생에게 잘못을 범하고 말았네. 내가 지금 잘못을 빌려고 일부러 동생을 찾아왔네."

"형님, 제가 비록 아무 재주도 없는 소인이지만 한 점 부끄럼 없는 사내대장부인데 어떻게 다른 짓을 하겠습니까? 형님이 나중에라도 간사한 계책에 해를 당할까 두려워 증거를 보여드리려 합니다."

중과 두타의 옷을 꺼내며 말했다.

"모두 벗겨왔습니다."

양웅이 옷을 보니 속에서 천불이 일어나 흥분해서 말했다.

"동생, 용서하게, 내가 오늘 밤 더러운 년을 발기발기 찢어 분을 풀어야겠네!"

석수가 웃으며 말했다.

"또 그러십니까! 형님은 관에서 일하는 사람이니 어떻게 법도를 모른 척하시겠습니까? 또 간통 현장을 잡은 것도 아닌데 어떻게 죽이겠습니까? 만일 제 말이 거짓말이라면 사람을 잘못 죽이는 게 되는 것 아닙니까?"

"아무리 그래도 어떻게 가만히 있으란 말인가?"

"형님, 제 말대로만 하시면 대장부의 도리를 다하게 될 것입니다."

"동생, 자네가 어떻게 나더러 대장부의 도리를 다하게 만들겠단 말인가?"

"여기 동문 밖에 산이 하나 있는데 취병산이라 하고 매우 조용한 곳입니다. 형님께서는 내일 이렇게만 말하세요. '내가 한동안 향도 사르지 못했으니 오늘은 부인과 함께 가야겠네'라고 하시고 부인을 속여 영아를 데리고 함께 산으로 올라오세요. 제가 먼저 그곳에 가서 기다렸다가 저와 직접 대면한다면 누가 맞는지 시비가 명백하게 가려질 것입니다. 형님이 그때 이혼장을 쓰고 부인을 버리면 최상의 방법 아니겠습니까?"

"동생, 어째서 자네가 청백하다는 것을 꼭 밝히겠다고 하는가? 내가 이미 부인이 거짓말했다는 것을 모두 알았다네!"

"그렇지 않습니다. 저도 그가 왕래한 것이 진실이라는 것을 형님께 밝혀드려야 합니다."

"동생이 이렇게 말하니 절대 틀릴 리가 없네. 내가 내일은 그 더러운 년과 정확하게 올 것이니 자네도 꼭 지키게."

"나오지 않는다면 제가 한 말은 모두 터무니없는 거짓입니다."

양웅이 석수와 헤어져 객점을 나와 관아로 돌아가 일을 처리하고 늦게 집으로 돌아갔다. 평소와 다를 것 없이 살인에 관한 이야기는 입 밖에도 꺼내지 않았다. 다음 날 아침에 일어나 부인에게 말했다.

"내가 어젯밤에 꿈을 꾸었는데 신선이 나타나 이전에 소원을 빌었을 때 했던 약속을 이행하지 않는다고 나를 나무라더라고. 예전에 동문 밖 악묘에서 향을 사르며 빌었던 것인데 아직까지 지키지 못했어. 오늘 마침 내가 한가하니 가서 실행하려고 하는데 자네도 같이 가야겠네."

"당신이나 혼자 가서 약속을 끝내든지 하세요. 내가 가서 뭐하겠어요?"

"이 원심願心은 당초 당신이랑 혼담이 오갈 때 했던 것이라 반드시 같이 가야 하네."

"그렇다면 아침은 채식으로 하고 물을 끓여 목욕하고 가야겠네요."

"나는 나가서 향과 지전을 사고 가마를 부르겠네. 자네는 목욕하고 머리 빗고 단장한 뒤 나를 기다리게. 영아도 데리고 가세."

양웅이 다시 객점으로 가 석수와 약속했다.

"밥을 먹고 갈 테니 동생도 늦지 말게."

"형님, 혹시 가마를 태우고 오신다면 산 중턱에서 내려 세 사람이 걸어 올라오십시오. 저는 으슥한 곳에서 기다리고 있을 테니 쓸데없는 사람들은 데려오지 마세요."

양웅은 석수와 약속하고 지전과 초를 사서 돌아와 아침을 먹었다.

부인은 무슨 일이 있는지 전혀 모른 채 아름답게 치장했고 영아도 화장을 했다. 가마꾼이 가마를 들고 일찌감치 문 앞에서 와서 기다리고 있었다. 양웅이 말했다.

"장인어른은 집을 보고 계시지요. 제가 부인을 데리고 가 향을 사르고 바로 돌아오겠습니다."

"향 많이 사르고 서둘러 갔다가 일찍 돌아오게."

부인이 가마에 오르고, 영아와 양웅은 뒤를 따랐다. 동문을 나와 양웅이 가마꾼들에게 낮은 소리로 말했다.

"내가 가마 값을 더 줄 테니 취병산으로 가세."

두 시진이 못 되어 이미 취병산에 도착했다. 원래 취병산은 계주 동쪽 20리 거리로 사람들의 무덤으로 가득 찬 곳이었다. 위에서 바라보면 초원과 사시나무밖에 보이지 않았고 암자나 절은 전혀 없었다. 양웅은 가마가 산 중턱에 이르자 가마꾼을 불러 세우고 총관葱箮3을 뽑아 가마의 발을 들고 부인을 내리게 했다. 부인이 양웅을 보며 말했다.

"어째서 이런 산속으로 오셨어요?"

"아무 말 말고 올라가기나 해. 가마꾼, 따라오지 말고 여기서 기다려라. 잠시 후 술값도 같이 한꺼번에 주마."

"그러세요. 소인들은 여기에서 기다릴게요."

3_ 총관葱箮: 가마 문 앞에 가림막을 쳐서 가로막는 막대기인데, 가마가 기울었을 때 사람이 튀어나오는 것을 방지하기도 한다.

양웅이 부인과 영아를 데리고 함께 사오층 산비탈을 오르니 석수가 위에 앉아 있었다. 부인이 말했다.

"향과 지전은 어째서 안 가져왔어요?"

양웅이 말했다.

"내가 먼저 사람을 시켜 올라가게 했네."

부인을 인도하여 오래된 무덤으로 데리고 갔다. 석수가 보따리와 요도, 간봉 등을 나무 밑동에 놓아두고 앞으로 다가오며 말했다.

"형수님께 인사드립니다!"

부인이 서둘러 대답하며 말했다.

"삼촌께서 여기는 웬일이세요?"

한편으로 말을 건네면서도 속으로는 깜짝 놀랐다.

"여기서 한참 동안 기다리고 있었습니다."

양웅이 말했다.

"전에 삼촌이 여러 차례 당신에게 농지거리로 희롱하고 또 손으로 당신의 가슴을 만졌다고 말해서, 당신 혹시 임신이라도 하지 않았는지 물어보려는 것이야. 오늘 여기에 아무도 없으니 당신들 두 사람을 대질해서 확인해야겠어."

"아이고, 지나간 일을 지금 와서 말해 무엇하겠어요!"

석수가 눈을 동그랗게 뜨고 말했다.

"형수님, 그게 무슨 말씀이시오?"

"삼촌, 쓸데없이 자기 입으로 자기 발등 찧는 어리석은 짓을 해서 어쩌겠다는 겁니까?"

석수는 교운의 말을 듣고 정말 어이가 없었다.

"형수님! 허, 참!"

보따리를 풀어 해사려와 두타의 옷을 끄집어내 땅바닥에 집어던지며 말했다.

"이 옷 알아보시겠습니까?"

부인이 옷을 보고 수치심으로 갑자기 얼굴이 붉어지며 아무 말도 못하고 입을 다물었다.

석수가 '씨익' 요도를 뽑아들고 양웅에게 말했다.

"이 일은 영아에게 물어봐야겠습니다."

양웅이 계집종의 머리를 붙잡아 앞에 꿇어앉히고 고함을 질렀다.

"너 이 천박한 년아, 빨리 사실대로 불지 못하겠느냐! 중의 방에 들어가 어떻게 간통을 하고, 어떻게 약속하여 향 탁자로 신호를 삼았으며, 어떻게 두타를 오게 하여 목탁을 두드리게 했느냐? 내게 사실대로 말한다면 네 목숨은 살려주겠다. 혹시 한마디라도 거짓이 있다면 너 먼저 피떡을 만들어버리겠다!"

영아가 벌벌 떨며 말했다.

"나리, 저랑 상관없는 일이에요! 살려주시면 제가 말씀드릴게요."

중의 방에서 술을 먹던 일, 이층에 올라가 부처님 치아를 구경하던 일, 그녀를 내보내 반공이 술에서 깨어나는지 감시시키던 일을 아뢰었다. 셋째 날 두타가 뒷문으로 찾아와 어떻게 탁발했고, 동전을 가져오게 하여 두타에게 보시했으며, 부인이 돌중과 약속을 정하여 양웅이 감옥에서 숙직을 하게 되면 향 탁자를 뒷문 밖에 내놓는 것을 암호로 두타가 보고 돌아가 보고하기로 했던 일을 털어놓았다. 해사려가 속인으로 변복하여 머리에 두건을 쓰고 들어와 부인이 벗겨 빡빡 머리가 드러나던 것을 불었다. 또 오경에 목탁 소리가 울리면 나가 문을 열어 내보냈고, 부인이 보상으로 팔찌와 의복 한 벌을 주기로 해 시키는 대로 했다고 자백했다.

"둘의 왕래가 이미 수십 번이 넘었는데 어찌된 일인지 나중에 살해당했어요. 또 제게 노리개 몇 개를 주면서 나리에게 석가 삼촌이 농담을 지껄이며 희롱했다고 말하라 시켰어요. 이 일은 제가 눈으로 본 것이 아니라서 감히 드릴 말씀이 없어요. 제가 말씀드린 것은 모두 사실이고 꾸미거나 거짓된 것은 결코 없어요."

영아가 말을 마치자 석수가 말했다.

"형님, 아셨습니까? 방금 영아의 진술은 제가 시킨 것이 절대 아닙니다. 형님께서 형수에게 까닭을 자세히 물어보십시오!"

양웅이 부인을 붙들고 고함을 질렀다.

"에라 이 더러운 년아! 종년이 이미 모두 자백했으니 잡아뗄 생각은 집어치우고 다시 사실대로 말한다면 네 천한 목숨은 살려주겠다."

"제가 잘못했어요. 지난날 부부로 살던 정을 보시고 제발 한 번만 용서해주세요!"

"형님, 어물어물 넘어가선 안 됩니다! 형수에게 까닭을 처음부터 자세하게 물어보아야 합니다."

"더러운 년아, 빨리 말해라!"

부인은 2년 전에 중에게 마음이 생겼고, 자기 아버지를 어떻게 의부로 삼았는지 말했다. 불공을 올리는 날 어떻게 먼저 나와 인사를 했고, 차를 가져다주면서 자기만 바라보며 웃던 일, 석수가 나오자 다급하게 나가던 일을 이야기했다. 또 향을 들고 나갔을 때 바라보며 몸을 밀착시켰고, 야밤에 장막 앞에서 손을 주무르며 어머니의 소원을 이루어주도록 했는지를 자백했다. 자기라고 부르며 부처님 이빨을 보여준다고 속였으며, 영원히 함께하고 싶다고 했던 것을 말했고, 양웅을 이간질해 석수를 트집잡아 내쫓았으며, 영아를 그에게 보내 '갑자기 일이 생겼으니 오지 말라'고 전했던 것까지 일일이 털어놓았다.

석수가 말했다.

"당신은 어째서 형님에게 거꾸로 내가 당신을 희롱했다고 말했소?"

"전날에 남편이 술에 취해 내게 욕을 해대기에 아무래도 이상해서 삼촌이 눈치채고 남편에게 이야기했을 거라 짐작했어요. 또 2~3일 전부터 그가 먼저 이렇게 말하라고 시키기에 이날 아침에 그렇게 얼버무린 거예요. 사실 삼촌은 절대 그런 적이 없습니다."

석수가 말했다.

"오늘 삼자대면을 하여 사실이 밝혀졌으니 형님이 하고 싶은 대로 처리하십시오."

"동생, 자네가 저 더러운 년의 머리 장식을 빼고, 옷을 벗기면 내가 작살을 내버리겠다!"

석수가 망설이지 않고 머리를 치장하는 장식품을 모두 빼버리고 옷도 벗겼으며, 양웅이 치마 끈 두 개로 부인을 나무에 묶었다. 석수는 곧바로 영아의 머리 장식품도 모두 빼내고 손에 칼을 움켜쥐고 다가가며 말했다.

"형님, 이 어린 년은 살려둬서 뭐하겠습니까? 깨끗하게 화근을 뿌리째 뽑아버립시다!"

"그래야지. 동생 내가 해치울 테니 칼 이리 주게!"

영아가 형세가 좋지 않음을 알고 소리를 지르려고 하자 양웅이 칼을 들고 내려쳐 반 토막을 내버렸다. 부인이 나무에 묶인 채 소리를 질렀다.

"삼촌, 제발 말려주세요!"

"형수님, 제가 말릴 일이 아닙니다."

양웅이 나서서 먼저 칼로 혀를 뽑더니 단칼에 잘라 부인이 소리를 지를 수 없도록 했다. 양웅이 삿대질하며 욕을 퍼부었다.

"너 이 더러운 년아! 내가 순간적으로 잘못된 말을 곧이듣고 너에게 속아 넘어갈 뻔했다. 너는 먼저 형제간의 정분을 깨뜨렸을 뿐 아니라 시간이 지난 뒤에는 분명이 너에게 목숨마저도 빼앗겼을 것이다. 네년의 오장은 대체 어떻게 생겼느냐? 내가 한번 살펴봐야겠다!"

단칼에 가슴에서 아랫배까지 내려 가르더니 오장을 끄집어내 소나무에 걸어놓았다. 양웅은 부인을 일곱 조각으로 자르고 비녀 등 장식품을 모두 보따리에 싸서 묶었다.

양웅이 말했다.

"동생, 자네 여기로 와서 나랑 앞으로의 계획을 상의해보세. 이제 간통하던 연놈을 모두 죽였지만 자네와 나는 어디로 가야 한단 말인가?"

"제가 갈 곳이 있는데, 형님도 함께 가시지요."

"어디로 간단 말인가?"

"형님이 사람을 죽였고, 저도 사람을 죽였으니 양산박으로 가 도적이 되지 않으면 어디로 가겠습니까?"

"잠깐. 나나 자네는 거기에 아는 사람 하나 없는데 어떻게 우리를 기꺼이 받아들이겠는가?"

"형님 그렇지 않습니다. 지금 천하에 산동 급시우 송강이 강호의 어진 사람을 찾아 받아들이고 천하의 호걸들과 교제하는 것을 누가 모른단 말입니까? 형님과 제 무예 실력이 괜찮은데 어째서 받아들이지 않을 것을 걱정하십니까?"

"모든 일은 시작하기가 어렵고 나중 일은 쉬운 것이니 후환을 면하기 어렵다네. 내가 관아에서 일하던 공인이라 혹시라도 의심하여 우리를 받아들이지 않을까 걱정이라네."

석수가 웃으며 말했다.

"그는 압사 출신 아닙니까? 제가 형님을 안심시켜드리겠습니다. 전에 형님이 저와 의형제를 맺던 그날 먼저 주점에서 저와 술을 마시던 두 사람 중 한 사람은 양산박 신행태보 대종이고, 나머지는 금표자 양림이었습니다. 그가 제게 은자 10냥을 주었는데 아직도 보따리 안에 들어 있으므로 가서 의지하고자 합니다."

"이미 그런 연줄이 있으니 우리 집에 가서 여비 좀 가지고 가세."

"형님, 일을 꼬이게 만들어 소란을 일으키시려 합니까? 혹시 성에 들어갔다가 들통나 잡히기라도 한다면 어떻게 벗어나시겠습니까? 보따리 안에 팔찌와 비녀 같은 장신구가 약간 있고, 저도 은자가 어느 정도 있으니 함께 가면서 쓰기에 충분한데 어째서 가지러 가려고 하십니까?

만일 시비라도 일어난다면 어떻게 빠져나오겠습니까? 이 일은 금방 들통날 것이니 망설이지 말고 산 뒤쪽으로 돌아 달아납시다."

석수가 등에 보따리를 지고 간봉을 들었고, 양웅은 몸에 요도를 차고 박도를 들었다. 막 묘지를 떠나려고 하는데 소나무 뒤에서 한 사람이 걸어 나오더니 소리를 질렀다.

"이런 태평스럽고 평화로운 세상에 사람을 죽이고 양산박으로 도망가 도적이 되려고 하다니. 내가 숨어서 엿들은 지 이미 한참이오!"

양웅과 석수가 놀라 바라보니 그 사람은 땅에 엎드려 절을 하고 있었다. 양웅은 그를 알고 있었다. 그는 시천時遷이라고 하는데 고당주高唐州4 사람으로 여기까지 흘러들어 왔으며 도처를 돌아다니며 처마와 담벼락을 나는 듯이 넘나들고 울타리를 뛰어넘으며 말에 훌쩍 뛰어 타는 실력으로 훔치고 속이는 일을 했다. 전에 계주부 관아에서 소송당해 처벌되었는데, 양웅이 구해준 적이 있었다. 사람들은 그를 '고상조鼓上蚤'5라고 불렀다. 양웅이 즉시 시천에게 물었다.

"네가 어째서 여기까지 왔느냐?"

"절급 형님께 아룁니다. 소인이 근래에 먹고살기가 막막하여 이 산 안의 고분을 뒤져 귀한 물건 한두 가지 도굴하러 왔습니다. 형님이 여기에서 일을 치르시는 것을 보고 방해가 될까 감히 나오지 못했습니

4_ 고당주高唐州: 지금의 산둥성 가오탕高唐.
5_ 고상조鼓上蚤: 북 위에서 톡톡 튀는 벼룩처럼 높이 뛴다는 의미.

다. 방금 양산박에 가셔서 도적이 되시겠다고 하셨는데, 저도 지금 여기에서 언제까지 개와 닭 도둑질이나 하면서 살아야겠습니까? 형님 두 분을 따라 입산하면 안 될까요? 소인도 같이 데리고 가주시겠습니까?"

석수가 말했다.

"당신도 이미 강호의 사내에 속하고, 그곳에서는 인재를 불러 모으고 있으니 당신 하나 더 있다고 많다며 거절하겠소? 원한다면 같이 갑시다."

"소인이 외딴길을 알고 있으니 그리로 가시지요."

즉시 양웅과 석수를 데리고 지름길로 뒷산으로 내려가 양산박을 향해 갔다.

한편 가마꾼 둘이 산 중턱에서 붉은 해가 서산으로 넘어갈 때까지 기다렸는데 세 사람은 내려오지 않았다. 분부를 받았으므로 감히 올라가지도 못했다. 그러나 더 이상 꾸물거리지 못하고 발길이 닿는 대로 산 위로 찾아 올라왔다가 까마귀가 고분 위에 떼 지어 모여 있는 것을 보았다. 두 가마꾼이 올라가 보니 까마귀들이 서로 창자를 뜯어먹으려고 싸우느라 난리법석이었다. 가마꾼이 고묘를 둘러보고 깜짝 놀라 황급하게 집으로 돌아가 반공에게 알리고, 함께 계주부 관아로 가서 알렸다. 지부가 즉시 현위에게 명령하여 오작행인을 데리고 취병산으로 가 시신을 검시하도록 했다. 검시를 마치고 돌아와 지부에게 보고했다.

"검시 결과 반교운이란 부인이 소나무 옆에 토막나 있었고, 시녀 영아는 고분 아래에서 피살되었습니다. 분묘 옆에 부인과 중 두타의 의복이 남아 있었습니다."

지부가 듣고 며칠 전에 해화상과 두타의 일이 생각나 반공을 자세하게 심문했다. 노인네가 중의 방에서 술에 취했던 일과 석수가 나간 까닭을 자세하게 설명했다. 지부가 이야기를 듣고 말했다.

"어림짐작해보니 부인과 중이 간통했고, 시녀와 두타가 다리 역할을 한 듯하구나. 석수란 놈은 억울한 일을 당하여 두타와 중을 죽였고, 양웅이란 놈은 오늘 부인과 시녀를 죽였음에 의심의 여지가 없다. 틀림없이 이럴 것이다! 양웅, 석수를 잡아들이면 확실하게 알 수 있을 것이다."

즉시 공문을 서명 발급하여 양웅과 석수를 잡도록 했고, 나머지 가마꾼 등은 각자 돌아가 명을 기다리도록 했다. 반공은 스스로 가서 관을 사 시체를 넣고 장사를 지냈다.

다시 양웅과 석수, 시천은 계주 지역을 떠나 밤에는 자고 새벽에 출발하여 하루도 쉬지 않고 걸어 운주鄆州 지역에 이르렀다. 향림와香林洼를 지나자 높은 산이 눈에 들어왔고 어느새 날은 어두워지고 있었다. 앞쪽 시내 가까이에 위치한 객점을 보고 세 사람이 문 앞으로 걸어갔고, 점소이가 문을 닫으려다가 세 사람이 들어오는 것을 보았다.

"손님, 먼 길을 걸으셔서 늦게 오셨나요?"

시천이 대답했다.

"우리가 오늘 100리를 넘게 걸어 이렇게 늦게 도착했다."

점소이가 문을 열고 세 사람을 안으로 들여 쉬게 하며 물었다.

"손님, 끼니는 어떻게 하시겠습니까?"

"우리가 해먹겠네."

"오늘은 손님이 없어서 부뚜막의 솥 두 개가 모두 깨끗하니 쓰셔도 상관없습니다."

시천이 물었다.

"객점에 술과 고기는 파는가?"

"오늘 아침에는 고기가 있었는데 근처 동네 사람들이 모두 사갔습니다. 여기에는 술 한 단지만 남아 있고 반찬으로 삼을 만한 것은 없습니다."

"할 수 없으니 밥이나 해먹게 쌀 닷 되나 좀 빌려주게."

시천은 점소이에게 쌀을 받아 씻어 밥을 지었고, 석수는 방 안에서 짐을 정돈했다. 양웅은 비녀 한 개를 꺼내 점소이에게 주며 먼저 술 한 동이를 내오게 하고 내일 한꺼번에 계산하기로 했다. 점소이는 비녀를 받고 안에 들어가 단지를 들어 내와 뚜껑을 열었고 익힌 채소 한 접시를 탁자 위에 올려놓았다. 시천이 뜨거운 물 한 통을 가져와 양웅과 석수에게 손발을 씻도록 했고 술을 따르며 점소이를 불러 한쪽에 앉혀 술을 먹였다. 대접 네 개를 놓고 술을 따라 마셨다.

석수가 객점 처마 밑에 박도 10여 개가 꽂혀 있는 것을 보고 소이에게 물었다.

"자네 객점에 어째서 이런 무기가 있는가?"

"주인이 여기에 놓아둔 것입니다."

"네 주인은 어떤 사람이냐?"

"손님, 강호에 사는 사람이 어째서 이곳의 이름을 모르십니까? 앞의 높은 산은 독룡산獨龍山이라고 부릅니다. 산 앞에 있는 높다란 언덕을 독룡강獨龍崗이라고 하는데 그 위가 바로 주인의 집입니다. 여기에서 사방으로 30리를 축가장祝家莊이라고 합니다. 장주 태공 축 조봉朝奉6에게 아들이 셋 있는데 '축가삼걸'이라고 합니다. 장원 앞뒤로 인가가 500~700호 있고 모두 소작농으로 각 호에 박도를 두 개씩 나누어주었습니다. 여기는 축가점祝家店이라고 부르는데 항상 수십 가구 사람들이 객점에서 자기 때문에 나누어준 박도를 여기에 놓아둔 것입니다."

"어째서 객점에 무기를 나누어준단 말인가?"

"여기는 양산박에서 멀지 않아 혹시 저기 도적들이 양식이라도 빌리러 오지 않을까 두렵기 때문에 여기에서 준비를 하는 것입니다."

"당신에게 은자를 좀 줄 테니 내가 쓰게 박도 하나를 주는 게 어떤가?"

"무기에 모두 일련번호가 있어서 안 됩니다. 우리 주인의 법도가 가볍지 않아 몽둥이질을 견뎌낼 수가 없습니다."

석수가 웃으며 말했다.

"내가 농담한 것이니 그렇게 진지할 필요 없네. 술이나 마시게."

"저는 더 이상 마실 수가 없으니 먼저 들어가 쉬겠습니다. 손님들은 더 드십시오."

6_ 조봉朝奉: 송대에 조봉랑朝奉郎, 조봉대부朝奉大夫 등의 관직 이름이 있었다. 송나라 때는 일반적으로 지방 토호의 존칭으로 사용했음.

점소이는 들어가버렸다.

양웅과 석수는 다시 술을 마시고 있는데 시천이 말했다.

"형님, 고기 좀 드시겠습니까?"

양웅이 말했다.

"점소이가 팔 고기가 없다고 했는데 어디에서 구했단 말인가?"

시천이 헤헤 하고 웃으며 부뚜막으로 가서 수탉을 한 마리 들어올렸다. 양웅이 물었다.

"이 닭을 어디에서 찾았나?"

"소인이 방금 뒤에 볼일을 보러 갔다가 닭장 안에 있는 것을 보았습니다. 아무리 생각해도 안주거리가 없어서 몰래 잡아 시냇가에 가서 죽였습니다. 뜨거운 물을 가지고 뒤에 가 털을 뽑고 깨끗하게 씻어 삶아 두 형님 드시라고 가져왔습니다."

양웅이 말했다.

"너 이놈 아직도 이렇게 도둑질이나 하고 있구나!"

석수가 웃으며 말했다.

"제 버릇 개 못 준다더니!"

세 사람은 한바탕 웃고 닭을 손으로 찢어 먹으며 밥을 퍼서 먹었다.

그 점원이 막 잠이 들려다가 안심이 안 되었는지 다시 일어나 앞뒤로 둘러보았다. 주방 탁자 위에 닭털과 뼈가 남아 있는 것을 보고 부뚜막에 가서 살펴보니 솥 안에 닭 국물이 반이나 남아 있었다. 점소이가 서둘러 뒤쪽 닭장 안을 들여다보니 닭이 보이지 않자 황급하게 뛰쳐나와 물었다.

"손님, 당신들 어찌 이런 도리 없는 짓을 하시오! 어떻게 우리 객점에 아침을 알리는 수탉을 훔쳐 먹었단 말이오?"

시천이 시치미 떼며 말했다.

"귀신이 곡할 노릇이네! 내가 도중에 사온 닭을 먹었고, 자네 닭은 본 적이 없는데?"

"그럼 우리 닭이 어디로 갔단 말이오?"

"들고양이에게 끌려갔는지, 족제비가 먹었는지, 매가 채갔는지 우리가 어떻게 알겠는가?"

"우리 닭은 닭장 안에 있었는데 당신이 훔치지 않았으면 누가 훔쳤단 말이오?"

석수가 말했다.

"다툴 것 없네. 얼마나 된다고 그러는가. 배상하면 되지 않겠나."

"내 닭은 새벽을 알리는 닭이니 객점에 없어서는 안 됩니다. 당신이 은자 10냥으로 배상해도 안 되니 내 닭 물어내세요."

석수가 잔뜩 화가 나서 말했다.

"네가 누구를 놀리는 것이냐? 어르신께서 배상 못한다면 어쩌려느냐?"

점소이가 웃으며 말했다.

"손님, 여기에서 소란 피울 생각일랑 하지 마시오! 우리 객점은 다른 객점과 달리 당신을 잡아 양산박 도적으로 만들어 장원으로 끌고 갈 겁니다."

석수가 듣고 욕을 퍼부었다.

"양산박 도적이라 하더라도 네가 무슨 재주로 나를 잡아 상을 받겠느냐?"

양웅도 노하여 말했다.

"좋게 네게 돈으로 주려고 했더니 이제 배상 못하겠으니 어떻게 나를 잡아갈래?"

점소이가 크게 소리를 질렀다.

"도적이야!"

고함 소리를 듣고 객점 안에서 시커먼 사내 3~5명이 걸어나와 양웅과 석수에게 달려들었다. 석수가 주먹으로 한 놈을 쳐서 쓰러뜨렸다. 점소이가 소리를 지르려고 할 때 시천이 주먹으로 치니 얼굴을 맞고 아무 소리도 지르지 못했다. 덩치들이 모두 뒷문으로 달아났다.

양웅이 말했다.

"동생, 이놈들이 분명히 사람들에게 알릴 테니 우리는 빨리 밥이나 먹고 달아나세."

세 사람은 즉시 밥을 배부르게 먹고 보따리를 나누어 지며 신발을 신고 요도를 찼으며 각자 창 받침대에서 박도를 하나씩 집어들었다. 석수가 말했다.

"어차피 이렇게 되었으니 이놈을 용서할 수 없다!"

부뚜막 앞에 가서 볏짚을 찾아 불을 붙이고 사방팔방에 불을 질렀다. 바람이 불어 초가집은 툭툭 소리를 내며 불이 번졌다. 불이 순식간에 온 하늘에 가득 찼고, 세 사내는 발걸음을 힘껏 뻗으며 성큼성큼 대로를 향해 걸었다. 세 사람이 두 경쯤 걸었을 때 앞뒤로 셀 수 없이 많은 횃불이 보였고, 200여 명의 사람이 함성을 지르며 쫓아왔다. 석수가 말했다.

"당황하지 말고 샛길을 찾아 달아납시다."

양웅이 말했다.

"멈추어라! 한 놈이 오면 한 놈을 죽이고, 두 놈이 달려들면 두 놈을 죽이면 된다. 날이 새기를 기다렸다가 가자."

미처 말이 다 끝나기도 전에 사방으로 포위되고 말았다. 양웅이 선두에 서고 석수가 뒤에 섰으며 시천이 중간에 서서 박도를 잡고 장객들과 싸웠다. 장객들은 처음에 아무것도 모르고 창봉을 휘두르며 달려들었고, 양웅은 박도로 5~7명을 찔러 쓰러뜨렸다. 앞장선 자들은 바로 달아났고 뒤에 있던 자들은 서둘러 도망가려 했으나, 석수가 따라가 6~7명을 베어 쓰러뜨렸다. 사방에서 포위했던 장객들은 10여 명이 죽고 다치는 것을 보고서야 형세가 보통이 아님을 눈치채고 모두 살려고 달아났다. 세 사람이 빈틈이 생기는 곳으로 달아나려는데 갑자기 함성이 일더니 마른 풀 더미에서 갈고리 두 개가 튀어나와 시천을 걸어 풀덤불 속으로 끌고 들어갔다.

석수가 급히 몸을 돌려 시천을 구하려고 할 때 등 뒤에서 갈고리 두 개가 또 튀어나왔다. 양웅이 재빠르게 눈치채고 박도로 한 번 밀어젖힌 뒤 건초 더미를 향하여 찔러대니 비명을 지르며 모두 달아났다. 두 사람은 시천이 붙잡힌 것을 보았으나 무척 깊이 들어갈 수 없었고 또 싸울 엄두가 나지 않았다. 시천을 돌아볼 겨를도 없이 사방으로 길을 찾아 달릴 따름이었다. 멀리서 횃불이 어지럽게 비추었고, 오솔길에 잡목과 나무가 없어서 길을 갈 수 있게 비춰주어 쉬지 않고 동쪽을 향해 걸었다. 장객들은 사방에서 쫓아오지 못하고 상처 입은 사람들을 구하러 갔으며 시천의 팔을 등 뒤로 묶고 축가장으로 압송했다.

한편 날이 밝을 때까지 달아나던 양웅과 석수의 눈에 한 시골 주점이 들어왔다. 석수가 말했다.

"형님, 앞에 보이는 주점에서 술과 밥을 사서 먹고 길도 물어봅시다."

두 사람은 주점 안으로 들어가 박도를 기대어 세우고 앉아 주보를 불러 술을 시키고 밥을 지어 먹었다. 주보가 채소를 내오고 술을 데워 왔다. 막 마시려고 하는데 밖에서 한 사내가 들어왔다. 사내의 얼굴은 넓적하고 뺨은 각이 졌으며 눈동자는 선명하고 귀가 큼직했으며 외모는 추했으나 몸체는 두툼했다. 몸에는 다갈색 비단 적삼을 입었고 머리에는 만자 두건을 썼으며 허리에는 하얀 비단 허리띠를 찼고 발에는 동유를 먹인 가죽신을 신었다. 사내가 말했다.

"대관인께서 너희가 멜대를 지고 장원으로 가져오라고 하셨다."

주점 주인이 서둘러 대답했다.

"멜대에 담았으니 잠시 뒤에 장원으로 보내드리겠습니다."

사내가 분부를 마치고 몸을 돌리더니 다시 말했다.

"빨리 가져오너라!"

사내가 양웅과 석수를 앞을 지나 문으로 나가는데, 양웅이 그를 알아보고 소리쳤다.

"얘야, 네가 어째서 여기에 있느냐? 나 좀 보아라!"

그 사람이 고개를 돌려 바라보더니 석수를 알아보고 바로 소리를 질렀다.

"은인 아니십니까! 여기는 어쩐 일입니까?"

사내는 엎드려 양웅에게 큰절을 했다.

수호전 4
ⓒ 방영학 송도진

초판인쇄	2012년 10월 15일
초판발행	2012년 10월 22일

지은이	시내암
옮긴이	방영학 송도진
펴낸이	강성민
편집	이은혜 박민수 김신식
독자모니터링	황치영
마케팅	최현수
온라인마케팅	김희숙 김상만 이원주

펴낸곳 (주)글항아리 | 출판등록 2009년 1월 19일 제406-2009-000002호

주소	413-756 경기도 파주시 문발동 파주출판도시 513-8
전자우편	bookpot@hanmail.net
전화번호	031-955-8891(마케팅) 031-955-2670(편집부)
팩스	031-955-2557

ISBN	978-89-6735-022-2	04900
	978-89-6735-018-5	(세트)

이 책의 판권은 옮긴이와 글항아리에 있습니다.
이 책 내용의 전부 또는 일부를 재사용하려면 반드시 양측의 서면 동의를 받아야 합니다.

이 도서의 국립중앙도서관 출판시도서목록(CIP)은 e-CIP홈페이지(http://www.nl.go.kr/ecip)와 국가자료공동목록시스템(http://www.nl.go.kr/kolisnet)에서 이용하실 수 있습니다. (CIP제어번호: CIP2012004469)